第七章

谢行川正面对着她,眼睫半垂着,眼底映着影影绰绰的灯光,光影流水般起伏不定。

空间安静,她沉默了一会儿,这才说道:"你走路怎么没有声音啊?过来也不预告一下。"

他朝前走了两步,有点儿无语地笑着问道:"你弄我预告了?"

"我没弄你,"她为自己澄清,"我那是要试戏,在找状态……"

话没说完,谢行川掭了一下她的袖子,看向她若隐若现的领口,眼睛眯了眯:"你演戏穿这样?这穿的什么?"

"我自己买的,"她说,"懒得穿内衬了,这里又没人。"

"我不是人?"

她觉得离谱:"你不是在对面吗?离那么远。"

谢行川:"我在对面隔着屏风看你在这里扭来扭去的不要命?"

简桃眨眼,语速放缓:"你看到了?"

"我瞎了才看不到,"他挑了挑唇角,说,"还以为你特意扭给我看的。"

"别太不要脸,"也不知为什么,她伸手想推他,有些脸热地别开视线,"我还给你跳艳舞是吧?"

谢行川要笑不笑地单手捏住她的下巴,声音低了些:"你也知道这是艳舞?"他又凑近,气息含着点儿漫不经心的侵略性,"你演戏如果穿这个我真的会对你不客气,听到没?"

"谁演戏会穿成这样啊?正经电影好吗?"她说,"就算我跟导演要求想穿成这样,他也不可能同意。"

谢行川:"你还跟导演要求?"

她撇嘴,侧过头去:"我跟你没法沟通……"

话没说完,很低的吮吸声已经在她的耳朵下方响起,谢行川顺势低头,啜着她侧颈上的细嫩皮肤,手指去解她腰间的束带,呼吸有些灼热。

简桃腰间泛起酥麻感,吮吸声像是火苗,遇氧越烧越快。

第七章 咬七口 桃小狐狸

绸质的戏服滑落时如同水珠，蜿蜒下行。

"别……"简桃被他弄得失力，艰难地伸手去推他，"不行，明天，试戏了。"

动作停顿了两秒，他无奈地笑，呼吸滚烫地洒在她的肩窝上："明天试戏，你今天惹我？"

"我没惹你，"她下意识地反驳，"那你也太经不起逗了，我只是想……"

到这儿她没再说下去，察觉到什么，喉间哽了哽。

谢行川动作太快了，她头晕了。

两个人就那么僵持了二十多秒，他呼吸混乱，鼻尖抵着她的耳郭，说话时有明显的气流声被无限放大："真不行？"

她动了两下，肩头微微拱起："明天真试戏……很重要的。"

他从善如流："行，那我憋死。"

她启了启唇，没说出话来，发出个气音。

她后面是张窄窄的桌台，手指就搭在上面，他靠得近，掌心也覆盖在她的手上，有一搭没一搭地捻着她的手指，从指根捏到指尖。

就这么过了一会儿，她感觉手心都被他捏软了，骨头也像是一起被熔掉了。他有时候等不及，有时候又像挺有耐心的猎人，一点点地思考决断。

他没放开她，但又没有实质性动作，简桃清晰地体会到了"度秒如年"四个字的含义，每一秒似都被拆解成无数个碎片，流向不同的可能之中。

越安静她越承受不住。

终于，像是自己的心理建设完成，他将下巴抵在她的颈窝里，捏着她的手腕，微微做了一个往前带的动作，没太用劲，低声问："那辛苦一下简老师？"

她抿了抿唇，不甚自然地别开视线，说："随你……"

她的戏服松松垮垮的，顺着颈项掉至肩头，半遮半掩。

浴室里传来水龙头没关紧的声音，水花"淅淅沥沥"地溅在瓷砖上，有空旷的回声，梳妆台的镜子隐隐照到屏风，照出了一点点掩在她的头发下的通红耳尖……

她心猿意马地洗了十多分钟手，到后面完全在神游，直到外面的人懒懒地提醒她："你是打算洗掉层皮还是怎么？"

她这才赶忙将水龙头关上。

她也不知道为什么，提的人又不是自己，她反而这么拘谨，他倒是一副餍足的坦荡样子。

情况是不是反了？

次日，简桃出发前去试镜。

这次试镜的地方不算太远，开车一个多小时，等她到的时候，其他艺人基本也到齐了。

导演正在门口跟谁的经纪人谈笑："肯定最后一次，我保证。"

室内一水儿的单人沙发，上面坐的全是有头有脸的演员，一线花旦占一半，二线花旦只有一个，剩下的都是青衣类演员，有演正剧的，也有演电影拿过奖的。

一言蔽之：神仙打架。

简桃在旁边的位子上坐好。她看出这个项目真是热门了，一大半艺人带了经纪人，还有些经纪人跟导演关系好，不像她，就带了两个助理。

不过这么有名的原著，再加上含妖的故事背景，投资方随随便便就是大制作，又是口碑这么好的导演和团队制作，大家都想参演也是应当的。

她甚至还"曲线救国"，去旅游综艺节目浪迹了一个月，就为了那支小小的短片。

简桃正出神间，第一场试戏开始了。

屏风离得不远,她能看到缩小版的表演,青衣和花旦的表演流派到底不同,也由此能看出正剧和偶像剧的表演形式:青衣演员更偏体验派,而演惯了偶像剧的花旦更擅长美观和形式。

进圈两三年,她几乎常年在上表演课,有好的机会也会客串正剧,对表演形式多少懂一些。

简桃琢磨着:导演和观众会更喜欢哪种呢?

然而她思考了十分钟,还是决定抛去这些条条框框——用最适合人物的表演方式。

第五个女演员上台时,竟拿起一旁点缀场景的琵琶,问:"能用吗?"

得到导演肯定的回复后,她应当也是做了准备,将琵琶弹奏融进了舞曲之中。

开了这个头,剩下的女演员,只要是会乐器的,就全都当附加值展示了一番,让人觉得像是误闯进了什么才艺表演大会。

不过技多不压身嘛,简桃想。

她是倒数第三个上台的,不算什么很好的顺序,前面已经连着三个女演员表演了才艺,因此工作人员布景前还询问她:"简老师要用什么道具?"

她当然会乐器,参加综艺节目时偶尔也会录些开场节目,跨年晚会同样不会缺席。因此,琵琶、古筝、胡琴,虽说不上精通,但她都能颇具神秘性地卖弄一番。

不过她摇了摇头,笑说:"没事,不用了。"

这是只刚化成人形的小狐狸,进行第一场技惊四座的表演时,也不过化形两个月余,游历人间,又是贪玩的性子,她并不觉得这个人物会喜欢过于繁复的乐器。

第二则是,若是提炼人设的核心,狐狸是这个角色区别于其他女主角的重要特征,她不能当作普通人那样去演。她认为,小狐狸的表演核心当是眼睛。

眼神戏才是这场舞的重点,过多的乐器只会混淆重点。

没了乐器，她显然比前面的演员更加轻盈，举手投足间活脱脱便是个游荡在山林间的小狐狸，无忧无虑，身姿敏捷。

水红衣袍扬起，她的双腿划开柔软弧线，超群的柔韧性使得裙摆扬得更高，也更加飘逸，像是大片狐狸尾巴铺开，又迅速收起。简桃落地时眼前水袖散开，露出一双似会勾魂摄魄的眼睛，然而不过一秒，那双眼睛又迅速转换成人畜无害的清亮状态，令人疑心是产生了幻觉，只能陷入思考以及回味状态。

五分钟的表演，一气呵成得像是只有瞬间，最后收尾时，她自己加了一个小小的细节，像是小狐狸侧身查看尾巴有没有藏好，晃了晃，又狡黠地团起。

简桃结束表演后，助理上来给她披衣服，小声说道："我看到好几个工作人员都看愣了……"

简桃耸肩："也不知道导演满不满意。"

不过她自己挺满意的，算是把自己想要表现的东西都演出来了。

大家依次跳完舞，又试了第二场奄奄一息的濒死戏。

简桃依然按照想法稳定发挥。

很快，试完戏的演员们陆续退场，简桃等到了最后。众人收工时，她看到了一条有些脏的狐狸尾巴，上前问道："老师，刚才怎么没拿这条尾巴？"

工作人员不太好意思："弄脏了，到时候买条新的。"

"没必要呀，"她说，"我觉得云姬被人从雪境里救出时，就是这样的尾巴。"

工作人员闻言愣了一下。

"她那时候受了伤，肯定脏兮兮的，尾巴太白白净净不符合设定，刚才我拿到那么白的毛还愣了一下，"简桃笑了笑，"再弄掉点儿毛，加点儿血迹会更真实。"

她和助理按时退场。这是最后一场试戏了，也不知道最终她能不能拿到这个角色。她挺舍不得地回头看了一眼，眨了眨眼睛，才转头

第七章 咬七口 桃小狐狸

说道:"走吧。"

一直坐在监视器后的导演,一分钟后若有所思地起身,对着资料单往下看:"刚才走的那个小姑娘是哪个,简桃是吧?"

"对的。"

他回想着她方才的表演场景,以及她离开前回头的最后一个眼神,笔尖在那两个字后面点了点,说:"她对人物的理解最到位。"

简桃试完戏后,就又是漫长的等待过程。

通知没下来,她就永远不清楚女主角在哪天定。

等待中简桃照常工作,不过比起之前稍微多了些休息时间,偶尔也会窝在酒店里看看电影,充充电,其余空闲下来的时间要么练舞,要么就是上表演课了。

她等待的间隙中,给 Fay 拍摄的小短片也登录了微博平台。

晚上八点,简桃结束今日健身,洗完澡擦着头发出来,就收到了梦姐的消息,让她上微博转发一下短片的宣传微博。

她一刷新微博,首页已经出来了内容。

Fay 官方微博:"综艺样片的第一眼,那个心灵手巧又颇具商业头脑的女生就吸引了所有人的注意力。大家纷纷在想,如果她成为一间酒楼的老板娘,快意恩仇的江湖里,又会发生怎样的故事?@简桃,Fay 首席鉴赏官兼代言人,很高兴了解你的故事。"

微博下面附了视频。

视频发出来已经快一个小时了,她因为洗澡没看到消息,这会儿编辑好内容按下转发键,才发现转发量已经有五千多了。

她本以为是粉丝转发的,打开看了才知道,其实夸奖的路人也很多,分为夸手机的、满意于她的造型的,以及惊讶于她的演技居然比自己想象的要好的。

短片的反响很不错,话题很快就冲上了话题榜。

简桃倒也不太意外。她之前看过粗剪的样片,确实非常不错,Fay

舍得花钱,请的是非常有名的导演,后期特效也不错,演员只要跟上,用手机看是完全不会出戏的。

而且她的好几场打戏效果都很好,最后她揭面具的特效也很带感。

但她完全没想到的是,经过一天时间发酵,第二天傍晚,事件又出现了一些微妙变化——

起因是有百万粉丝的博主以短片为灵感,给她剪辑了一段视频,很快视频被平台推送到首页,博主的活粉不少,简桃又自带巨大流量……因此视频很快出圈,搬运的微博也已经有上万的转发量。

视频标题异常简单,简单得就像博主花了半个小时随手剪辑,再起名上传的:"简桃红衣混剪——惊鸿一面。"

标题一语双关,背景音乐也是剪辑圈热门的《惊鸿一面》,随着人影绰约起舞,清逸乐声悠悠奏响:

柳下闻瑶琴,起舞和一曲。
仿佛映当年,翩若惊鸿影。
…………

踩点画面配上歌词,看起来舒适又带感,确实是视觉和听觉上的双重享受。明明到这里一切进展也算正常,简桃经历过不少风浪,出道前的千万直拍视频就是这么来的,后期也断断续续经历过几次这种事,这不算大事。

但她万万没想到,热评第一竟然是:"云姬!啊啊啊——我心里的云姬走出来了!"

而后事态渐渐往众望所归上发展:

"今年《玲珑》选角不是特别大阵仗吗?书里女主角最有名的就是那曲惊鸿舞了吧。我后面慕名去看了原著,没法控制地全程代入简桃的脸,她真的好适合。"

"昨儿的短片里不是有个足尖顶酒杯的镜头吗?《玲珑》原著我

最喜欢的就是女主角用脚尖顶扇子那段，如果她来演我真的做梦都笑醒了，这不就是三次元的云姬？！导演你们看看民意吧，她真的值得啊！"

"云姬三大名场面：惊鸿舞、足尖扇、回眸笑。纵观圈内，除了简桃我想不到谁能演好。"

"她的演技真被低估了，不比其他人差，再说了，选角符合很重要的好吗？好想她演啊，看完我真的觉得她就是云姬了。"

这个剪辑视频再加上昨晚的短片，一时之间，似乎将她作为演员的优势全部推到了大家面前，呼声渐盛下，甚至连"简桃云姬"这种词条都出现在了话题榜当中。

简桃被吓得给梦姐发消息："话题是你们做的吗？别啊，这也敢啊？"

梦姐回复："这我们敢吗？自己上去的！"

梦姐很快又发来消息："正是选角关键时期，我们也不想被人说操控舆论啊，是大家真的觉得你适合，你不能捂群众的嘴吧？"

捡个桃子："你们真没有吗？评论你们也没下场？"

梦姐直接给她发来个截图，是工作室和公司发消息问梦姐怎么回事。

梦姐："你看这像我们做的吗？我知道你想看大家最真实的反馈意见，所以我可以坦率地告诉你，我也是刚知道的。

"你也不必担心捧杀什么的，圈内这种例子也比较多，因为剪辑视频让片方看到大家心里的选择，这个市场毕竟还是观众说了算。"

简桃想了想，说："倒也没有担心捧杀，自己上去的那我还挺高兴的。"

梦姐发来个疑惑的猫猫表情包。

但简桃高兴之余，多少也有点儿压力大。大家都把她捧到了这个位置，万一最后她没拿到角色，岂不是很丢人？

终于，《玲珑》的选角在五天后，迎来了最终的结果。

结果是直接以邮件通知的形式，发送到艺人留下的邮箱中的。

简桃在那天登录了工作室的邮箱，守着等了半个多小时，终于"叮咚"一声，邮件到达——《玲珑》电影试镜通知结果。

她的心跳停了半秒，旋即血压跟着升高，四肢血液仿佛跟着一起加速流动，明明是苦等已久的结果，但在拆开的前一秒，她本能地想看而不敢看。

这会儿门口传来响动，是谢行川回来了。他刚摘下脖子上的浅色围巾挂好，再一低头，简桃已经小跑到了他身前。

仿佛抓到了什么机会，她舔了舔唇，说道："回来啦？先去洗个手吧。"

见他进了盥洗室，她又伸长脖子监督道："洗干净点儿，用洗手液多揉两遍。"

"怎么？"谢行川懒懒地回身。

简桃说："帮我开封邮件，我的手好抖。"

"行。"谢行川接过她递来的手机，垂眼问，"什么邮件？"

他抽得太快，简桃一时还没反应过来，片刻后，她才回神说道："就是《玲珑》片方的选角邮件，女主角不是选了大半年吗？试戏都去了好多次，我目前得知的好几个热门人选都被毙了，"她猜测，"你说这次不会是要捧新人造势……"

她还在自顾自地说着，谢行川倒是突然出声打断她的话："周六下午两点。"

简桃愣了一下："什么？"

他垂眼确认，然后复述道："剧组通知你拍定妆照。"

简桃感觉如同不知哪一刻被人推上过山车最高点，又在没做好心理准备时骤然俯冲，迎面而来的压强拍得人头昏脑涨，片刻失聪。

她彻底愣住，只剩下眨眼这一项身体机能还在运转，如同在漫长的俯冲过程里，试图捡回被吹散的思绪，以确认他那句话是不是她想的那个意思。

第七章 咬七口 桃小狐狸

谢行川挑了挑唇，替她确认道："选中了，你是女主角。"

下一秒手机被抛回她的手心里，简桃掌心滚烫，低下了头。邮件内白底黑字撞入眼帘，她来不及看完全文，只剩下几个关键字在眼里反复跳跃，像一瞬间烟花蹿入高空中，紧接着"噼里啪啦"地爆炸。

几千份资料的选拔，她从一刷到五刷，一场一场地试戏，为了证明自己能适应快节奏的表演方式，甚至去新西兰历了将近一个月的劫。

那支十几分钟的短片，拍摄时甚至有业内人士戏称："这只是一个歌词换台词的 MV 而已，何必拍得那么精细，折磨自己？"

然而此刻证明，每一个细节都至关重要，哪怕她在某个环节稍稍松懈，也许都不会有这一刻的结果。因为有那么多演员的团队和导演或投资方私交甚好，她很清楚，不做到每个环节都出彩，自己很难被选中。

但此刻的成就感无法比拟，是只有当自己真的付出努力和汗水去向目标靠近，才会拥有的巨大满足感，所有情绪被拉到峰值，人也像泡在云里。

她加速跳动的心脏无处安放，谢行川正顺势脱下外套，双手稍稍打开，抬头看了她一眼。

简桃冲到他身前，又停下。

他问："怎么？"

简桃沉默。

她总不好意思说自己刚刚产生了一点儿冲动，差点儿就跟他拥抱庆祝了吧。

略停了两秒，她清了清嗓子，诚恳地说道："就是……表达对你的感谢。"

"你对我的感谢就是从玄关冲到这里，然后在我面前急刹，差点儿撞到我的脸上？"

他一副也不知道是不是猜到了她想抱他的语气，无端地，简桃的心脏又跟着"怦怦"跳了两下，她讲不清原因，但知道不是因为戏。

"再说了，"他轻飘飘地说道，"你谢我干什么？这是你自己的本事。"

终于控制不住嘴角上扬，简桃半靠在梳妆台边，半闭着眼品味道："你这实话怎么这么好听呢？"

她得意的时候是稍稍仰起下巴的，有点儿像仰头等人来摸的猫咪，侧着脑袋轻蹭着化妆镜，有些愉悦地眯起眼睛，浅茶色的眼珠半转不转地看向他，含着笑意的颊边因情绪激动泛起些红晕。

他知道她并没那个心思，但此刻她的样子又诚然带有无声的勾人意味。

她是很漂亮，有时候是让人看过一眼就不会忘记的漂亮。

谢行川收回视线，说："想好怎么庆祝了吗？"

悬空摇晃的小腿落地，她撸了撸袖子："那今天就由我下厨做一顿饭，作为对你的奖励。"

"对我的奖励？"谢行川抬了抬尾音，"你确定？"

简桃不搭理他的挑衅语气，躺在床上点好了菜，等骑手送过来。

半个小时后，谢行川打开手提袋，挺有兴致地挑了几样海鲜出来："这些东西你都会做？"

"不会呀，"她眨了眨眼，理直气壮地说，"但你不是会嘛！"

看热闹看到自己头上，谢行川停顿了两秒，确认："刚刚是谁说要一展身手？"

"我啊，"简桃说，"我又没说不给你做，我不是买了我的拿手菜吗？"

谢行川："具体内容是？"

"番茄炒鸡蛋。"

她刚开口，谢行川几乎和她同时出声，一脸早已料到的表情。

简桃觉得没劲，壮士断腕般下了大决心："换一个行了吧？凉拌西红柿。"

三分钟后，她拿出红色的蔬菜在水龙头下洗净，照例还是切成丁，

第七章 咬七口桃小狐狸

和炒鸡蛋一模一样的步骤。

谢行川在一旁拿出龙虾解冻，过了两秒，看她已经熟练地装碗，撒上白糖，结束。

不知道到底是哪里戳到了他的笑点，简桃正要转身，看到他的肩膀抖了两下。不用猜她都知道他在嘲笑自己黔驴技穷，示威般推了一下他的手臂："笑什么笑？我都没炒了！"

"人家凉拌切片，你凉拌切丁。"

"你懂什么？"简桃很懂地反驳了一句，然后说，"主要是我不会切。"

案板上正摆着他切好的火腿，一片一片厚薄均匀，简桃的那句"你很会吗？"被咽回了肚子里。为了表示自己挺求上进，她拖来把凳子，就坐在一旁："行，那我看你做饭学习。"

说是学习，她其实只学了十多分钟，手肘撑在流理台上，一边玩手机一边腾出空看他切菜。等切完东西，他再转过头去，就发现她已经趴在桌边睡着了。

他突然想起高中那会儿，看得最多的就是她挺直的背脊，上课的四十五分钟她永远不打瞌睡。彼时他就吊着一口气，懒懒地转着手上的笔，不知道怎么会有人似乎永远有用不完的精力。

后来他才知道，她是不敢松懈。

最后一道菜上桌时，简桃福至心灵般醒来，趴在椅背上缓了缓，这才反应过来自己睡着了，抬眼问道："你怎么没叫我？"她又跟着浅叹一口气，"好了，又没学到。"

"学没学到有什么关系？"谢行川不疾不徐地抬起眼皮，"反正下次菜买来了也是我做。"

她嘟囔："那你也别把我说得像什么都没干似的，我这不是在你旁边当气氛组吗？"

"是，"谢行川说，"气氛组简老师，拿筷子吃饭。"

周六就在等待中如期而至，简桃提前敷了好几天面膜，准时前往地方拍定妆照。

正在她开始换装、换造型，忙得昏天黑地时，她饰演云姬的消息已经传开了，微博广场上说什么的都有，满意和不满意的人对半开。

"流量艺人"这几个字一出，似乎大家就默认了演技方面会有些欠缺——哪怕她觉得自己对这个角色理解得已经非常到位。

甚至有人跑到原著作者的微博底下留言，还被原著作者兼编剧的秦湾回复了。

"湾大，《玲珑》定女主角了，真的是简桃吗？她的脸没的说，可我真以为会是演技更好的大青衣来演的，我好怕我的云姬被演砸啊！"

秦湾："唉，剧组选的，我干涉不了。"

"我心里的云姬是又清纯又勾人的，坚韧果决但善良，很利落，红衣的时候带一点点攻击性——偶像剧出身的女演员演得出来这种感觉吗？"

秦湾："只能说编剧对选角真的没有发言权，我没有看过这个女演员演的戏，但也确实觉得，云姬对于偶像剧演员来说，演绎起来非常有难度。"

…………

就这两条留言，让简桃在洗澡的半个小时内一直反复回想，等从浴室里出来，头发还没擦干，就又点进了秦湾的微博。

她坐在床沿上，发梢"滴答滴答"地往下滴着水。谢行川伸手捻了一滴，这才问道："头发忘了吹？"

"没，"她说，"这电影的编剧对我好像不是特别满意，可能觉得我演技不够好。"

谢行川看了她的手机一眼，这才说道："那把头发吹干了再看。"

她慢吞吞地挪到椅子上，脚趾踩着软垫，心不在焉地吹完了头发，又坐着发了一会儿呆，那些兴奋的情绪渐渐消退后，变成了漫无目的

第七章 咬七口 桃小狐狸

的思考和怀疑。

理智告诉她应该相信导演和剧组的判断,这么个大制作,女主角能定为电影基本没有实绩的她,证明她在某些方面确实无可取代,但感性上她又实在忍不住有些自我怀疑——虽说编剧的意见无法干涉她签约,但哪个演员不想做到被"亲妈"认可呢?

但她看微博也得不到什么信息,秦湾的微博也只是分享日常生活罢了。

躺下后,她还是在思考这事,黑暗里一直没有困意,过了半晌,叹了一口气。

谢行川:"叹什么气?"

"谢行川,我问你个事,你实话实说。"她转头看向他,认真地问道,"我的演技真的不行吗?"

他没说话,大概是在酝酿说法,简桃等了半晌似乎知道了答案,正要泄气地转过头时,听到他开口——

"没。"

"什么没?"

"没觉得你演技不好过。"他说,"我只是在想,当年如果你签了那几个项目,现在应该早拿不少奖了。"

她想起一年半之前,以谢行川的能力,他给她介绍些好的电影资源并不算难事。

那是个很普通的午后,他状似不经意地提起最近有几部电影,随意地问她有没有兴趣。

不过她最后还是没去。

原因挺多,一是她那会儿还不想欠他人情,二是她觉得观众们不会喜欢德不配位的"资源咖",她突然往上跳那么多,容易引得大家反感。

更重要的是,当时她对自己的业务能力还不够满意,觉得自己的演技得再磨一磨。前面的电影成绩不算好,她希望再出现时,能让所有人刮目相看。

今年也是因为接二连三的热播剧和爆剧向她证明,她对演技和剧本的判断是正确的,所以她才觉得可以再试一试电影。

电影毕竟是大银幕作品,人物五官被放大后,每一个细微表情都尤其重要,这不是短期内能够速成的,她要想演好,基本功必须扎实。她本就不是表演系出身,应当比大家付出更多努力。

在她回忆时,谢行川再度开口:"当然,没有责怪你的意思,你的人生你自己定。你是为自己而活,我尊重你的意见。"

她当然知道,谢行川所说的那句话,只是告诉她,她不比任何人差。

她往被子里缩了缩,用被单盖住鼻尖:"我也觉得,我的演技还挺好的……"顿了顿,她又补充,"起码云姬这个角色,我还是有自信能处理好的。"

"那就够了,"黑暗中,他语气很淡,"秦湾最近不是挺喜欢那个应岩吗?说什么他演技特别好,还说要给他写定制剧本。以你的能力,你去给他当个导师都绰绰有余,不用听她在这儿戴着有色眼镜说的话。"

简桃回正的头又忽地侧向他。

谢行川顿了顿。

但她没关注他为什么也看了秦湾的微博这件事,满心陷入回忆之中:"应岩?哦,对,那个《现在请入戏》的选手对吧?秦湾是为他发了好多微博助力。"

简桃继续说:"不过这个综艺节目听着也好耳熟。"

思索半晌,除去这是最近热播的演技综艺节目之外,简桃终于想起:"这综艺节目是不是前几天给你递了邀请函啊?我记得我看到过。"

"嗯。"

"不是正在播吗?为什么又请人?飞行嘉宾?"

"原来一组的导师因为一些问题不能参加了,节目组正在找救场的人。"

她消化了一下这消息:"那你同意了?"

第七章 咬七口 桃小狐狸

"没，"谢行川说道，"忙，我不是那么善良的人。"

她又自己琢磨了一会儿，看没到十二点，给梦姐发了消息，问梦姐最近有没有什么在接触的项目。

一般都是这样，如果她想挑选工作的话，梦姐会给她发来最近洽谈的项目，看看她有没有很想接的；如果她没空选或无所谓，通告跑什么，就全由经纪人定。

梦姐还没睡，整理了表格给她发来，每一项都很清晰，从项目名到时间，再到利弊，都写好了。

果不其然，她和谢行川的资源重合率高，毕竟都算知名艺人，有些项目如果给他递了邀请函，也会给她发上一份。

谢行川说得没错，《现在请入戏》缺了个导师，节目组给她的拟邀是导师或是演技评鉴官。

她猜如果有两个艺人接受了邀请，节目组就会再设立一个演技评鉴官的位置，如果最终只谈到一个艺人，就填补导师的空缺。

她截图下来，在这个综艺节目上画了个圈，发给梦姐："我有点儿想去这个节目。"

梦姐正在输入文字，两分钟后回复："可以，我也准备和你说这个，节目录了一半多了，剩下的只用一个多月，而且现成的好流量，这也可以在电影上映前抬一抬你的演技口碑。"

梦姐："节目组还蛮急的。如果这周能定，他们希望这周你就能去录节目，免得空一期。你如果确定的话我就立刻回了？只是你可能要辛苦一些。"

人有的时候就是需要一些破釜沉舟的勇气，简桃将心一横，从想法诞生到点头只用了二十分钟："嗯。"

六分钟后，梦姐将一切安排妥当。

"没问题明天就去录制点看你的队员了，有空你把前面播出的节目都看一遍。毕竟新加入，你可能会被拿来和之前的导师对比。"

对话的最后一句，是梦姐的四个字——

"好好表现。"

手机息屏时，简桃其实还有点儿没反应过来。虽说圈内的机会有时候就是这样，再多犹豫一秒就会错失掉，但一眨眼就做了决定，她还是生出一丝不确定性。

这感觉，又有点儿像她当时决定和谢行川结婚的情况。

她感觉自己这会儿很有破釜沉舟的味道，但总得向大家证明，演偶像剧没有观众想象的那么简单，流量艺人也是真有演技的。她也想靠自己扭转编剧对她的看法，毕竟这对电影的呈现也很重要。

但这时候，她还是忍不住枕着手臂，小声叫了声谢行川的名字，碎碎念道："谢行川，我做什么决定你都会支持我吗？"

问完她感觉自己有点儿神经，这种话她怎么会对着谢行川问出口。她已经做好准备他会问她又在发什么疯，或者他可能已经睡着。

一秒、两秒、三秒……

他开口，嗓音有点儿困倦的沙哑感，不清晰地回道："会。"

他可能只是想早点儿应付完她然后睡觉吧。

但不管原因是什么，有这句话，她的心才算稍微落回肚子里一些。

既然她已经决定，那就不妨相信，这就是最好的决定吧。

困意终于渐渐袭来，翻身中她闻到他身上的檀香气息，很奇妙地想着，这好像是他们第一次像夜聊一样慢慢说些生活里担心的话题，而不是只有接吻和潮热的汗意。

这感觉好像还不错。

睡着之前，她慢慢这么想着。

次日清晨，简桃刚醒来，就看到了梦姐六点半发来的消息。

梦姐发的是张截图。

图内，某位名为"'不行就桃'马上开搞"的网友，正在询问简桃接下来的行程。

第七章 咬七口 桃小狐狸

梦姐吃一堑长一智:"还有,你一定记得确认一下,谢行川是不是真的不去《现在请入戏》了。"

如果没有旅行综艺节目,就不会有她和谢行川的超话出现。

简桃打了个哈欠,这才卷着被子慢腾腾地挪向谢行川。

他正处于半梦半醒的状态,被人戳了戳肩膀,这才睁开眼皮。

简桃本来想问"你是确定不去那个综艺节目了吧",但开口之前又觉得是不是有点儿太直白生硬了,想了想,委婉地问道:"那个《现在请入戏》,你真不去吗?"

她也刚醒,睫毛卷翘,鼻尖泛红,刚苏醒的皮肤如同瓷釉,细腻又光滑。

说话时,她还小心翼翼地往前凑了凑,一双眼殷切地看着他,像饱含什么期待之意。

他注意到她的肩膀轻轻蹭了蹭自己的。

谢行川没说话,只看着她。

简桃低头回复梦姐:"放心吧,他默认了。"

她下午六点要去看一下自己组的队员。在这之前,她拿出手机,倍速恶补了之前的节目内容,并将一些热门选手的脸和名字对上了号。

秦湾最喜欢的那个应岩,就是她要带的这队里的队员。

而除了应岩,其他队员几乎可以称得上平平无奇,甚至有几个队员演技挺差,靠粉丝投票留下来的。

总之这是场不小的挑战,简桃还在看节目的过程中,特意把每个队员的问题以及表演时可以发挥的点记录了下来。

下午她要先去给《星夜环游》加拍一个广告,没办法,综艺节目播得太好,新加了不少赞助。

这广告拍摄是赞助商点名要她和谢行川加拍的,录制地点也挺巧,就在《现在请入戏》隔壁那栋楼。

简桃安排得挺好,等拍完广告一转弯,就能去看看队员们最近的排练情况。

拍摄完广告，她和谢行川难得和谐，在七楼的洗手间整理了一下衣服。

似乎等了她几分钟，待她转身时，谢行川才说道："走吧。"

简桃警惕地停住步伐："去哪儿？"

他回道："不是要去隔壁录综艺节目？"

简桃："我去不就行了吗？"

似乎是担心她没听懂，他补充："今晚八点开录。"

"对啊，我现在去看他们，然后过两个小时去录制节目。"

见他脚步没有挪动半分，某个不可能的念头也慢慢浮现，简桃仍在否定："你不是没接这个综艺节目吗？不可能又接了吧？"

"一开始是没接。"他神色从容，似乎是回忆起了什么，舔了舔嘴角，悠悠地问道，"但你早上不是在……求我？"

简桃在巨大化妆镜前停留了五分钟。

她不太清楚——自己早上是在迂回地确认他有没有接那个综艺节目，怎么在谢行川的眼里，就变成了……求他？

她嘴唇张张合合半晌，最终礼貌地发问："那你觉得，我求你的目的是什么呢？"

他难道觉得这一切合理吗？

"不清楚，"他大概也没多想，顿了顿才说道，"大概是我在，你会有安全感？"

她张了张嘴，发现自己失声了。

他还真的觉得这理由蛮合理的？

没想到这么荒诞的理由在他的逻辑里可以自洽，简桃长长地舒出一口气，由衷感叹道："你们男艺人真的还挺自信的。"

简桃："合约签了？"

"签了。"看出她的表情的意思，谢行川又没什么情绪地说道，"你不想让我去，可以撤销。"

"这怎么撤销，那不算违约？"简桃问，"你不用付违约金吗？"

第七章 咬七口 桃小狐狸

"要,但我付得起。"

简桃大概估算了一下请他需要的费用,然后乘以20%——得出了一个天文数字。

"别跟钱过去,该赚的钱要赚,"简桃说,"你上吧,大不了我们注意点儿。"

只是到时候梦姐那边有点儿难搞——她要怎么说,梦姐才会信这是巧合?

梦姐该不会觉得,自己是故意在跟谢行川私会吧?

简桃一路都在想这事,直到推开演播厅的玻璃门,迎上窃窃私语声,方回过神来。

她在玻璃门上的影子里看见了谢行川的脸,还好,他径直从她旁边走过,去了休息室里,没有攀谈。

相比她的冷静,里面的选手在看清一晃而过的人影后,气氛顷刻间沸腾起来。

"我没眼花吧?!"

"谢老师也来参加节目?"

"昨天刚看完他在电影节上拿奖的那部片子,真人比电影里的更帅。"

"节目组花了多少钱啊?我怎么都没看到消息?!"

简桃会参加节目在他们的信息范围内,而谢行川则是从天而降,大家在注意力被吸走片刻后,这才全看了回来。

简桃笑了一下:"晚上好,接下来一个多月由我接管你们,你们不用太拘束,叫我老师或者小桃都行。"

有男生低下头去,声音偏低:"这样不好吧……"

他旁边的人猛地推了他一下,然后兴奋地起身道:"老师!应岩他贼喜欢你!壁纸和头像都是你,你的生日他倒背如流的那种!"

她愣了一下,没想到秦湾那么喜欢的应岩,居然是自己的迷弟。

和以前的一些演技综艺节目不同的是,《现在请入戏》这档节目,请的都是从各个表演院校挑出来的学生，或者是喜欢在平台上演一些小片段的网红，前三名选手都能获得不同的资源，充分满足了观众想看"养成系"节目的心理。

再加上最近圈里活跃的都是老面孔，加入些新人，节目更具期待和可看性。

当然，导师也需要自带流量，才能撑起节目的话题热度。

到目前为止，这节目也确实发掘了一些可造之才，能为影视圈注入些新鲜力量。

此刻大家都看着她，还有不少人是看好戏的眼神，揶揄着被提到的应岩。

他在节目里热度很高，关注度自然也不会低。

思绪飘忽了一瞬，简桃扬了扬嘴角，落落大方地说道："那就祝你能留到最后，也许我们有可以对戏的机会。"

应岩倏地抬头，表情惊喜——这是很有距离感，但又给足了期待的回答。

一旁跟那男生相熟的朋友起哄道："一看老师就是被告白出经验了。"

"哈哈哈——谁上学时还没喜欢过简桃呢？"

"确实。老师的脸好像比我的巴掌还小。"

"行了，"该收的时候得收住，简桃敲了敲剧本，"时间不多了，进入正题吧，等会儿要表演的几个剧本，你们彩排一遍我看看。"

她这队一共还剩下十二个选手，共三个剧目片段，都选自有名气的电视剧或电影，是里面的经典片段。

选手演完之后，节目组提供的晚餐也被送了上来。她这组男生居多，很快大家便围坐在一旁，掀开盖子就火速开吃。

她仍在一旁坐着，有男生探头过来问："桃老师，你不吃吗？"

简桃喝了一口黑咖啡，捏了捏眉心，说道："你们演成这样，我吃不下。"

第七章 咬七口 桃小狐狸

这话一出,饭桌旁的梁侃直接笑出声来,跨坐在板凳上,饭都差点儿喷出来了。

这人还好意思笑,就数他演得最差,台词都没背清楚。

简桃看了他一眼,然后说道:"梁侃,你少吃一点儿,等会儿你要演的是绝症患者吧,吃多了进不去状态。"

"等会儿演的角色跟我现在有什么关系?"梁侃抖着腿,根本没把她的话听进去,"上去再说呗,难道要我因为演戏不吃饭啊?"

这梁侃家里有钱,但是本人对待演戏的态度堪称恶劣,跟过来混似的,对谁都不看在眼里。

都是富家子弟,谢行川真的比梁侃强太多。

她忽略了自己现在已经会自动把别人和谢行川进行对比这件事,深吸了一口气,然后说:"那不然呢?候飞演绝症患者的时候,为了达到面黄肌瘦只有骨头的状态,三个月掉了三十多斤;江悦选美小姐出身,身材维持了十几年,为了演运动员二话不说直接增肌;演完沉重题材的作品直接去看心理医生的演员不在少数——你一个演员不为角色服务,来这里干什么?"

似乎没想到一直很好相处的简桃会突然变得严肃,房间里顿时鸦雀无声,只有摄像机闪着红光,大家连呼吸都变轻了。

简桃继续说:"我不知道你们为什么来参加这个节目,但演员这行远没有大家看着那么光鲜,演仙气飘飘的仙侠剧要吊威亚,要反季节穿衣,影视城四十摄氏度的天气穿得里三层外三层,里衫脱下来都是湿的……爆炸戏、落水戏、当人质被箍住脖子不能呼吸的戏,演这些都是家常便饭。

"比起上来就教你们演技,第一节课,我觉得我应该教你们的是态度。

"表演是一个非常残忍、枯燥甚至是孤独的过程,现在你们看似风光无限,其实根本没经历过这行的风云变幻,要是没有足够的能力,这个综艺节目结束那天就是你们人生的最高点,再往后你们只会不断下坠。你们的敷衍态度最终会变成痛苦和自怨自艾,你们会看不到人生的希望,然后越过越差。

"你们根本不知道这种在短短一两个月就将你们推到风口浪尖上的综艺节目,背后更迭得有多么迅速,巨大的落差感毁掉一个人只需要半年而已。我现在是你们的导师,所以我不希望你们走到那一步。

"我完全可以和你们说好话,快快乐乐地跟你们玩一个月,拿完通告费潇洒走人。但演戏是我的职业,所以我要做好它;导师也是我的职业,此刻,我也要做好它。"

虽然来这里是为了证明自己,可一旦成为导师,她也要负起肩上的责任。

她想起自己最开始入圈,想法简单到不能再简单。

她只是想站在所有人都能看到的地方,给简伟诚以及抛弃家庭的母亲看,她可以赚很多钱,过得非常好,被很多人爱着——她会变成他们梦想中完美的她,却不会再朝他们回头。

她会看到他们后悔的表情。

她靠的是一些运气和大家的偏爱,但更多的是她抓住机会就不敢松手的决心,因为这一次错过了,下次就不知道会是什么时候才有机会了。

她知道的,她只能靠自己。

如果不是紧抓住每一次机会,她断不可能有今天的成就,这是想也不敢想的事。

所以今天面对这些选手,只有她清楚这是多么可遇不可求的机会。

她应该把它留给真正想要并为之努力的人。

最终,简桃说:"真正想要学习的人可以留下,我会尽力把我的经验教给你们;如果觉得自己只是来玩玩而已的人,去别的老师那里,或者退赛。

"我只有这么多精力,只会给值得的人。"

等她说完,已经有女生吃完了手里的东西,放下盒饭说:"老师

第七章 咬七口 桃小狐狸

我吃好了,如果有什么问题您可以和我说,我再排演一遍。"

渐渐地,吃完饭的人都放下了手中的筷子,走到她身边。她知道或许是上一个导师在时的氛围太散漫,才导致这么几期他们一点儿进步也没有。

没关系,办法她来想。

待大家都起身,简桃才看向中央的梁侃:"你呢,退赛还是留下?"

梁侃顿了半晌才说:"那我不会演啊。"

"你还没学怎么就知道自己不会?"

"这能怎么演?"梁侃抓了抓头发,"我真的倒霉呀,每期都抽到最难演的片段,这次直接演绝症患者。人家演得好的人都拿最佳男主角奖了,我有那本事?"

房间里响起有人没忍住的几声笑声,简桃也跟着溢出气声。她忍了忍才说:"每个人都有短板,这很正常,表演就是一个扬长避短的过程。"

她拿出手机看梁侃那场表演的回放:"譬如你看,你根本控制不好表情,就不要有过多的面部语言,不然观众只会出戏。"

梁侃:"我也不想看起来像抽风啊,但我还能怎么演?"

简桃:"流泪就够了。"

梁侃:"我要是能流泪至于是这个样子?"

简桃:"我是老师还是你是老师?"

梁侃自知失言,低头做了个"请"的动作。

简桃抬头:"如果业务能力达不到要求,就先用现成的技巧。开演的时候你就盯着灯,一直盯着,盯到眼睛酸了觉得难受,生理性地想流眼泪,然后闭眼让它流出来就行。"

"还能这样?"

"正好你盯着灯的时候他们可以说台词,免得你弄些乱七八糟的表情,反而破坏气氛。"

简桃因材施教,除了对刺儿头梁侃比较严肃以外,对其他听话的选手,又恢复了平常的平易近人样子。分析完大家的问题后,她都会给出相应简单的解决办法,又因为她也并非科班出身,所以给的办法都非常好理解,大家第二次排演时,效果已经好很多了。

梁侃也和头顶的灯面面相觑,并在最后憋出了一滴泪来。

"可以,这一个小时进步很大,"简桃说,"照这么发展,结束的时候大家都会有很大进步的。

"准备一下,要上台了,大家记住千万不要用力过猛,不要努力想去给观众呈现什么东西,而是代入人物,想想如果你是角色,你会怎么样,自然而然地把情绪送出来,才是让人觉得舒服的。"

上台前,突然有选手说:"老师,如果我们能有很大进步就好了,让大家发现你对表演的理解真的很强。"

简桃顿了一下,这才笑了笑,说:"好好演,有机会。"

接下来的半个小时都很紧张,虽然简桃已经做好了妆发,但是为了配合新的服装还需要修改,后台化妆间内,十几个老师同样也忙碌着。

很快,《现在请入戏》新一期节目正式拉开直播帷幕。

简桃和其余几位导师坐在位子上,等着主持人走流程,灯光也随之打来。

节目组已经放出了简桃会参与节目录制的消息,因此现场观众并不太惊讶,加上换导师是挺敏感的一个因素,所以主持人并没有过多渲染缘由,侧重于介绍简桃本人和作品,弹幕也渐渐火热,大家挨个儿认领自己最喜欢的角色和剧。

她今天穿了条浅蓝的长裙,两侧编发向后,看着挺减龄,比起其他导师也多了几分娇俏感。

直播间里的网友正讨论得激烈,以为接下来会是选手登场,没料到舞台却骤然暗下来,明显是有大招要放。

主持人:"接下来,有请节目首位演技评鉴官登场——给大家一点儿小线索,三大电影奖最佳男主角奖获得者,票房过百亿,无争议

第七章 咬七口 桃小狐狸

的符合大众审美的脸,有人猜到名字了吗?"

伴随着背景音乐中的鼓点,弹幕逐渐被惊讶的内容代替。

这是根本没人爆料过的消息。

台下的人也开始沸腾:

"谢行川吗?!之前不是爆料他推了这个综艺节目?"

"不会是简桃要来他才跟着来的吧?'摆烂夫妇'是真的!"

一旁的人惊讶地看过去:"真有人嗑简桃和谢行川的糖啊?"

别的搭档同框,粉丝:"他们好相爱!"

"不行就桃"同框,粉丝:"有得编了。"

那女生嘴皮子很利索,听到谢行川也在,整个人兴奋得拿现场当互联网:"这不就该我推销了吗?'不行就桃',学名'摆烂夫妇',全是假糖绝无真料,从未建房,谈何塌房?老师、上司、父母、生活让你喘不过气?想感受强行按头两位当红艺人的快乐吗?想享受全由自己支配的世界吗?加入我们,一起缺德。"

一阵大笑声响起。

全场沸腾中,灯光聚往导师席的侧方。

谢行川正单手搭着扶手,半靠在座椅里。他今天穿的是私服,黑色领口向上,衬出明显的喉结,顶灯的光投下,令他的五官越发立体,下颌线清晰分明。

他朝镜头勾了勾唇示意,而后导播很懂地去捕捉观众的反应,尖叫、欢呼、呆滞……怎样的反应都有,导播再将镜头切到选手席位上,有些选手甚至直接起立,惊得脊背微弓,捂住了表情管理有些失控的下半张脸。

镜头再一转……聚焦简桃。

她没什么反应,毕竟早就知道了,而且经纪人还在台下,于是她略垂着眼,舔了舔嘴唇,长久训练让她没展现出任何情绪,如同面对一场普通会面。

而别的导师也都震惊地倾身,明显完全不知道这个消息。

直播间网友也在品味：

"吓得我原地做了个仰卧起坐，简桃怎么一点儿反应都没有啊？？"

"何止……没发现她的组员也都不惊讶吗？太奇怪了。"

"不行就桃"的粉丝此时已蠢蠢欲动。

"这还用想？肯定是开拍之前小情侣一起出发，所以学生已经提前见过了亲属嘛！"

"虽然是假料但很喜欢……嘿嘿……"

主持人总算将新成员介绍完毕，众人短暂休整，第一组学员即将上场。

等待中，简桃也收到了梦姐发来的消息。

梦姐："他还真来了？早上他怎么跟你说的？"

简桃如实相告："他今早确实没接这节目。"

"那后来他怎么又接了？"

"他以为我在邀请他。"

梦姐有以下六点要说："……"

简桃没再继续回复消息，反扣手机，准备进入状态。

抽签决定，她带的队员第一个上场。

这组女生偏多，情感处理得稍微细腻一些，状态很容易就调整好了。

简桃在左侧的小屏幕中，能看到队员表演时的实时弹幕，大家都在说演员节奏整体变好了。

起先，大家并不太确定这是简桃的功劳，直到第四组梁侃那队上台。

他们还没开演，网友已发弹幕笑开了。

"哈哈哈——等的就是这组，他上期的表演笑死我了。"

"被爱人刺杀之后的表演好像我足底推拿被按得好痛。"

直到表演开始五分钟后，观众也都还在回味梁侃上一期的"精彩"表演，然而这一场的镜头简桃已经和老师交流过，没有给梁侃一个特写，偶尔镜头凑近也是拍他难耐地转过头去或是抓床单，因此其他两个演

第七章 咬七口 桃小狐狸

员都顺利地入了戏。

到结尾时终于有了感人气氛，而梁侃酝酿了十多分钟，也顺利地在闭眼的那一刻，眼角滑出滴泪来。

导播顺着他的眼角拍至耳骨，那滴眼泪缓缓地落进发丝里，无迹可寻。

表演落幕。

简桃松了一口气，这组队员的表演效果不错。

弹幕沉默了片刻才出现。

"我没看错吧，他演哭戏了？"

"侃子今天变得让我有点儿不认识了，他是可以演好戏的吗？那之前都是怎么回事？"

"老实说他今天发挥得还行，没有影响到队友所以气氛稳住了，最后一滴泪有点儿点睛之笔的味道，因为底子太差所以进步是最大的。"

最后一组也是简桃这队的选手，没有什么一夜任督二脉全开这种神话，但他们确实肉眼可见地有了进步，观众也慢慢想起些什么。

"你们有没有发现，简桃那组的队员今天的表演好像都挺好的。"

"我也觉得，一组可能是意外，两组是运气，但是三组都很好，我觉得应该不是平白无故来的。"

"明晚有加更花絮了，我们可以看看是不是简桃指导，万一是换了个表演老师呢？"

由于选手很多，所以除去直播外，次日节目正式上架的版本，会剪去一些平庸的表演片段，也会将台前幕后的一些镜头作为花絮加更。

入夜，录制工作终于结束。

简桃大体还算满意，觉得她在训练室的那段话没白说，起码大家态度上端正了很多，只要表演态度端正，那这帮人就还有的救。

其他队伍的人都散了，只有她给自己组的选手还布置了任务，每个人都有一段对应的表演训练，专攻弱项，今晚做完要发给她检查。

其实她来这里本只是为了向编剧证明她的能力，但她偏偏又是这种性格，凡事要么不做，要做就想做到最好。

她这边拖了一阵子，梦姐还有别的工作在忙，便说十二点再来接她，但时间估测有误，十一点半她这边就结束录制了。

简桃在休息室等了一会儿，后台渐渐冷清下来，只剩下打扫的阿姨，房间的温度也逐渐降低。

她跺了跺脚，想到谢行川是开车过来的，只是不知道这会儿他开到哪儿了。

抱着"也许他在车库接了个电话耽误了二十分钟"的侥幸心理，简桃打开微信，按下说话键，然后将手探到了窗外。

冷风呼啸。

很快，谢行川的手机振动，他收到了条语音消息。

他点开语音消息的瞬间，被拉到一半的音量，让整个车内回荡着呼啸的风声，他感觉宛如置身龙卷风中央，下一秒就会被吹起来。

很快，第二条语音消息跟来。

捡个桃子："分享歌曲《为你我受冷风吹》。"

她一个字没打，但情绪表达得已然非常到位。

谢行川后靠着座椅，慢悠悠地打字："为我？"

捡个桃子："主要是说我在吹冷风。"

他没说话，看了最上方"对方正在输入"半晌，后视镜里映出一双微微上挑的眼，含了点儿不自察的笑意。

果不其然，对面的人开始了。

捡个桃子："不知道今晚路边会不会有个好心帅哥，路过时打开车门，捡走一只寒风中瑟瑟发抖的可怜小桃？"

发完这段话后，简桃看到对面的人没了动静。

他不会是等红灯的时候跟逗狗似的逗了她一下，现在在专心开车了吧？

她正这么思考着，对着镜子把假睫毛摘了，扔完垃圾后一低头，谢行川发来一条消息和一个视频。

第七章 咬七口 桃小狐狸

姓谢的狗:"人呢?"

视频拍摄的是正对大楼后面那条街道,狗仔无处蹲守,很安全,风也很大,树被吹得"哗啦"作响。

简桃怔了一下:"啊?"

姓谢的狗:"不是在寒风里发抖?"

她回过神来,火速去找自己的包:"哦,我在休息室里烤小太阳,等一下,马上到。"

等到上了车,她摘下口罩,这才问:"你是刚从车库出来吗?"

这速度很像。

谢行川点火,扶着方向盘:"嗯。"

"这都过去二十分钟了,你怎么没走?"

他顿了顿,答:"接了个电话。"

居然真被她猜中了。

简桃点了点头,"噢"了一声:"那我还挺走运的。"

她给梦姐发了消息,说不用再来接她。

二人回到酒店时已经很晚了,她洗澡耗时又长,等吹干头发钻进被子里的时候,谢行川已经在做睡前准备工作了。

他把自己这边的台灯调暗,枕头从腰后抽出,剩下一个,单手垫在脑后,垂着眼睫。

简桃看出他是要睡了,也没说话,趴在枕头上读新消息。群聊里,组员正在发今晚的作业。

她这会儿也有些困,打算明早起来再逐个认真批改,但思绪还是难免被牵动,又回到这个综艺节目上。

她的确是来证明自己的演技的,但首先她要做的是保住自己的队伍。如果她带的队伍是第一个团灭的,即使她再懂表演,大家也会觉得她没有能力。

只有队伍留下,证明她懂表演,她才能告诉大家,自己不只有理论知识。

所以队员的可塑性也很重要。

想到这儿,她翻了个身,忘记谢行川有点儿困了,碎碎念道:"后面好像有复活赛,如果我们这边的队员表现好的话,是可以指定一个选手复活到自己的队伍的。

"我觉得段英博不错,你觉得呢?

"段英博就是之前和我一起拍 Fay 短片的那个男演员,我后来回看节目才知道他也参加了这个综艺节目,被淘汰真的挺可惜的。

"我看了,他那场表演就是导播没切好镜头,其实有的地方他处理得不错的,只是对手发挥得太好了。他本人还可以,优点挺多。"

说着说着,简桃数了起来:"敬业、台词不错、对演戏有自己的理解、反应快,而且他外形条件挺不错的,高,五官也……"

说到这里她转过头,突然想起谢行川是不是睡了,正要暂停的下一秒,看到黑暗里,平躺的男人坐起身来。

她顿住动作,有点儿没明白他要干什么。

谢行川摁亮台灯,重新把枕头垫在腰后,抄手看着她。

简桃有点儿迷茫地眨了眨眼:"你开灯干吗?你不是要睡了吗?"

"不睡了,听你夸。"背光里,他垂着眼,情绪不明地仰了仰下巴,"说得挺好,继续。"

窗外狂风继续肆虐,隐约有几道闷雷炸响,光亮透过窗帘泄进来一些。

方才还正困的谢行川此时已经坐在床头,抄着手瞧着她,示意她继续夸。

她没太反应过来。她只是在想怎么才能保全队伍,谢行川怎么突然就这样了?

四目相对之间,灯火摇曳,他敛着双眼,情绪不明地抿着唇,她却能很明显地看出他不爽了。

这倒稀奇。

第七章 咬七口 桃小狐狸

她一直觉得谢行川是很会藏情绪的人，让人看不清他在想什么。

一点儿其他的细微情绪在发酵，简桃看着他的眼睛，那颗很小的棕色痣又跳了出来，眼睫在瞳孔上覆下分明的影，谢行川没避开她的目光。

心头轻微一跳，她方回过味来。

将心比心，如果谢行川在她面前这样夸别的女演员，她也会不爽。

简桃没去仔细思索其中缘由，跟着坐起身来，继续说道："我只是单纯站在导师的立场上，觉得段英博不错，毕竟我们这组队员里现在只有应岩一个会演的，有时候我不在没人能帮他们，多个会表演的人，多一分胜算。"

说到这儿，她扯着被角欣然前倾，故意问谢行川："你想听我继续夸他啊？"

谢行川轻眯起眼，舌尖在齿关缓慢地扫过，不爽的意味已经很明显。

她浑不知似的轻点手指，是真的夸起来了："段英博演戏的信念感不错，所以他很能让对手戏演员代入情绪；台词可圈可点，应该是被淘汰后自己琢磨了，现在咬字很清晰；然后造型做对的话，脸还是有可看性的，主要是比较高，气质在那儿……"

话没说完，她看到谢行川眼里"你还真夸是吧"几个大字呼之欲出。在他抬手的瞬间，简桃快速补充："但是跟谢老师比起来呢，段英博还是差多了。"

谢行川的手指已经捏上她的脸颊，他扯了扯嘴角，情绪不明地说："迟了。"

"真迟了吗？"一切尽在掌控中，简桃继续说，"我还想说他的造型跟你在上一部电影里的有点儿像，他可以参考一下你的表演，度拿捏得刚好，自然又有生命力，不过学也只能学到你的皮毛了，主要你那脸摆在那儿就已经赢了。"

这话确实也是她的实话，虽然一开始她确实故意皮了那么一下。

她拉了两下，终于把谢行川捏着她的脸颊的手拽下来，后面那段话已经是她夸人的最高规格词汇，他要还没爽，那她可真没办法了。

简桃抬头想去看他的表情，然而谢行川已经侧头，只留给了她半截耳郭。

简桃越看不到他的样子越心痒，隐隐觉得自己是成功了吧，跪在床上往前凑，想看得不行："给我看看，你现在肯定在暗爽。"

下一秒台灯被人关闭，她从风向感知到他的动作，他应该是躺下了。

谢行川的声音从下方传出，他催促道："睡觉。"

"你别转移话题，"简桃盘腿而坐，忍不住又趴了下来，伸手摸黑去找他的嘴唇，"你现在是不是在笑？"

出师不利，第一个摸到的是他的颈窝，简桃顺着人体骨骼向上，沿着锁骨转弯，成功摸到了他正在滚动的喉结。

为什么喉结在动？

她这么想着，本着研究和好奇心，多挠了两下，手正要继续向上移时，有振动感循着那位置传出，谢行川低声开口："你要是真不想睡，我现在也可以在你身上。"

她迅速在自己的位置上躺好，轻声说："晚安。"

得益于她悬崖勒马，这晚尚算和平。

由于谢行川不喜欢，简桃也打消了复活段英博的念头，因为她又想起来有个女选手也非常不错。

次日刚醒，打开手机就是一堆消息提示，简桃眯眼看去，群里大家的作业都交得差不多了。

她从床上坐起身来，学谢行川那样往腰后垫了个枕头，点开了一个最新的视频。

这男生的普通话不太好，所以她布置给他的作业是慢慢说台词，他自己选的片段正好非常应景，第一句台词是："醒了吗？"

他选的估计是那种感情戏，又是凌晨一点多发的，说话慢时，会有点儿气泡音的感觉。

简桃正要继续往下听，微妙地感觉到不对劲，抬头时，背对着她

第七章 咬七口 桃小狐狸

整理领带的谢行川已经透过镜子朝她看来，目光直白。

她以前怎么没发现这个镜子角度这么好，连她躺在床上时的脚趾都能看得清清楚楚。

简桃蜷了一下脚趾，这才不满地说道："能不能别我一听男人的声音，你那眼神就跟我在搞外遇一样？"她自证清白地滑动视频，"这是选手的作业，选手昨晚录的，我要改。"

谢行川收回视线，垂眼说道："我没说什么。"

他确实一个字没说，但她要是还看不出他想说什么，就白跟他同床共枕这么多个日夜了。

想到这里，简桃停了停，有些恍惚地回想，新西兰之旅刚开始的时候，她好像还觉得自己并不了解谢行川。

这些天二人的关系一点点进步，又是在她没有发现的哪条时间缝隙里，她居然已经这么习惯了他的存在，连他没开口的话现在都能揣摩得一清二楚？

谢行川出门拍摄，她被手机提示音拉回思绪，一条条看着繁多的作业，然后给出对应的修改意见。

演得好的人直接休息，不合格的人还得再练，再发作业给她。

就这样，简桃在酒店里待了一整天，除去背自己《玲珑》的剧本，就是批改大家的作业。

晚上，《现在请入戏》的花絮片段随着剪辑版视频一同更新，简桃和选手见面以及指导选手演戏的画面，也都被收录了进去。

不过摄像机架得有些迟，谢行川那段视频没有被录进去。

九点多洗完澡，简桃拿出手机一刷微博，发现自己的名字上了话题榜。

因为自己的名字是和节目词条捆绑的，所以一开始她并没在意，以为只是节目宣传，直到后面无意间点进话题，才发现最上面的一条微博有一万多条评论。

网友是在讨论什么？

她扫视了一眼,才发现是自己被梁侃气到长篇大论的那一段视频。

简桃抿了抿唇,心说大家不会是觉得她情绪管理不行吧——但是在那个情况下,谁忍得住啊?她已经很委婉了,再温和下去真的没人将她说的话当回事了。

略平定了一下情绪,她才去看那条微博。

椰汁花椒鸡:"昨天看节目的时候就刷到很多网友说不知道节目组为什么请简桃,她完全就是个花瓶,但是看了今天的幕后记录,她好像是唯一一个开场前看每个学生都过一遍戏的导师,尤其中间对行业的思考那段话,我觉得挺对的。别的不说,我对她挺有好感的。"

简桃看到这儿心头猛跳了一下,手指自然下滑,进入评论区。

"就算只看结果,短短一个小时选手进步这么大,简桃厉害的。"

"我只能说她的能力和演技都被严重低估了。"

"呜呜呜,真的好感动,谁懂我啊,喜欢的演员在原导师那组,前面完全不受重视,感觉都要淘汰了,还好简桃来了,我看到希望了,谁不希望喜欢的人留到最后啊?!"

"点进来之前还怕有人说她呢……还好大家跟我感觉一样,她真的好负责,原导师已经留给她这么烂一个摊子了,她居然还会收拾收拾让大家打起精神。我真以为她就是过来走走形式的……"

"漂亮又清醒,负责还能力强,这谁不喜欢?!"

"之前说简桃是花架子的人看到了吗,不少选手今天发微博说自己在群里一直在做简桃留的作业,她好负责,狠狠流泪了。"

简桃本以为到这里讨论结束,结果睡前发现秦湾居然也转发了那条微博。

秦湾:"大晚上看到这个有些感慨,如果演员都能有这个觉悟就好了。"

看到这里简桃怔了怔,想了想,还是点进了评论区。

第一条评论:"哈哈哈——这不是《玲珑》的女主角吗?"

秦湾回复:"没仔细看,忽略了,这居然是《玲珑》的女主角吗?"

第二条评论:"被太多偶像演戏伤害过的有感而发。"

秦湾回复:"是的,我的剧有时候片方也会打包塞很多偶像,我真不是主观排斥偶像,但太多戏烂还不敬业、不进步的人了,所以我确实先入为主地不信任她了。"

第三条评论:"湾大晚上好!我是你七年的书粉,也在去年喜欢上了简桃,看你发这个有种联动的兴奋感,哈哈哈!我们小桃也是很优秀的演员,湾大后面可以留意一下,我觉得她不会让你失望的!"

秦湾回复:"好,我会关注。"

简桃看到这儿,眉心微微一动,感觉像是有什么东西破了个小口,而她也循着破口的方向,知道该往哪里走了。

只要秦湾愿意关注她,她相信,总有能打破成见的方法。

那来她上这个节目不论多辛苦,也值得。

次日一早,简桃和谢行川几乎是同步起床的。她戴好耳环时,收到了选手群里发来的消息。

"老师,老师,你今天是不是要过来啊?"

"是的,"她语音回复,"你们先排练,我的工作室的车暂时还在外面,可能过一会儿我才能到。"

"要不我们去接你吧。"

群里很快又发出吵吵嚷嚷的语音,有人扯着嗓子喊:"小应!来接你的女神上班啊!"

这群男生扯着嗓子的声音实在有点儿大,简桃战略性后仰,把音量调低,这才又听了一遍语音消息。

她靠坐在桌沿,低头给梦姐发消息,问他们什么时候到。

谢行川扣好衬衫扣子,走到她面前:"要去排练室?"

她努了努嘴:"嗯。"

"怎么过去?"

"等梦姐他们过来还要好久,"简桃右滑切换软件,思索着说,"打个车吧。"

她戴好帽子和口罩,也不会被认出来。

她点进专车的下单栏,正要确认,面前冷不丁地横过来一只手,谢行川手指覆在她的屏幕上,手背上面有清晰的青筋。

"你宁可坐别的男人的车,也不坐我的?"

这话好奇怪,她微微抬起头来。

"你今天有活儿吗?"

"有。"

"这么巧?"她眨了眨眼,"顺路啊?"

谢行川侧身挑着衣服,手指在黑色外套上顿了片刻,转而滑向一侧的卡其色风衣。

闻言,他也没正面回答,拎起衣架上的外套,侧眼同她说道:"收拾好了?"

"好了,"她将手机扔进包里,"走呗。"

二人一同离开,进了电梯,伸缩门合拢的一瞬,镏金色的电梯门映出二人并肩的身影,简桃看了一会儿,这才转头确认。

谢行川:"怎么?"

"你穿的也是卡其色衣服,"她指了指外套,"我说怎么看着像情侣装。"

他垂着眼不置一词,然后才说:"随便选的。"

她调着斜挎包的带子长度,回应说:"我当然知道。"

难不成他还是特意挑的?她还没自恋到这份上。

等二人到了排练室,选手远远就出来迎接,看到她身边的谢行川,又明显僵住:"这是?"

简桃没想到他们居然还提前等着了,站在原地正要开口,谢行川已经淡然地接话:"我来看你们准备得怎么样。"

"噢噢噢,"大家只当是节目组安排,连忙受宠若惊道,"之前都没人管我们,突然这么被重视,还挺意外的。"

第七章 咬七口 桃小狐狸

有了谢行川镇场，选手明显安静许多，小鸡崽似的窝在一块儿"叽叽喳喳"不敢大声说话。

简桃走在后方，确定没有摄像机了，这才侧头问他："你怎么也留下了？"

谢行川："看都看到了，难道要说我是你老公送你来上班？"

话虽然直白了点儿，她想，不过也是。

今天节目组都没人上班，选手全凭意志力来这里排演，一整层都有些空旷，等大家进教室落座，才算好了挺多。

简桃和谢行川作为导师，坐在桌子后方，正对镜子和大半个教室，看选手的表演。

简桃刚拿出活页夹，对面那群男生又开始起哄了。

"小桃老师，让应岩第一个演吧！他排练可久了！"

"我做证！今早六点他就到了，我看他在你的微信页面上犹豫了好久都不敢加哈哈哈！"

"不会吧，不会吧，不会真有人因为简桃考表演系吧？！"

她挑出支笔，诚恳地说道："你们如果表演的热情有现在起哄的一半，不至于现在还没去过上位圈。"

对面瞬间消音。

她按着笔帽，准备开始："好，哪个组第一个上？"

一直被起哄的应岩这才站起身来，脸颊上有不明显的红晕，表情却镇定无比："我们组来吧。"

"行，"简桃说，"《行者》节选，我看看上次说的问题你们改正了没有。"

选手们开始布景准备，简桃左手支着脑袋，右手开始转笔，视线扫过自己的活页手册，看自己之前记录的选手的问题。

谢行川正靠在椅背上，看她并没把选手刚才的起哄放心上，一副公事公办的样子，这会儿比方才稍松懈，还侧着脑袋看了他一眼，转笔没停。

他对她拿笔的记忆总是在高中时代,他懒散,她板正,仿佛总与他构成强烈的对比,脊背挺直地坐在前方,永远也不会犯困的模样,偶尔用力会看到脊背蝴蝶骨的凸起,很小一点,像春日里新抽生的嫩芽,包裹在白色的棉质衣服下。

她是如此坚韧又坚强地和肩上的重量对抗,不敢松懈一丝一毫,他极少见她露出舒适又放松的姿态,笔在她的手中也始终规矩,哪怕思考她也只是夹在指间。

但看着此刻脑袋微微歪着,不经意间转笔的她,他突然觉得瞧见了些自己的影子。

爱是同化嘛,他这么想。

简桃才不关心他在想什么,浏览完大家的表演,因为自然而然地转起笔,但不太熟练,手中的笔一滑,就往桌下跌去。

她手疾眼快地伸手按住笔,然后用另一只手将它抽出。

成功解救出笔之后,她才意识到,她之所以可以按住,是因为笔掉在了谢行川的大腿上。

沉默了两秒,她抬眼。

谢行川果然已经垂眼朝她看来,玩味的桃花眼里写满了"我就知道"的意思。

她无语地想拿起手,却被他在桌下摁住。

简桃挣扎了两下,带得木桌颤动,就近的选手转头朝她看来,好奇地问道:"怎么了老师?"

"没……事。"

她不敢再动,迅速装作无事发生地换另一只手转笔,垂眼去看自己的本子上的内容,然而一个字也看不进去,在桌下和谢行川暗暗较着劲。

刚才有学生夸她的戒指挺好看,谢行川这会儿就在把玩。他面前摊着剧本,也不知道是不是在看,总而言之玩弄的手没停,将她的戒指上的锁扣四处拨弄。

简桃心想让他玩玩也行,他可能是没见过这种戒指,兴许等大家

第七章 咬七口 桃小狐狸

开演了他就停了。

结果直到上面的应岩开始说台词,谢行川的手指动静也没停,他只是换了姿势,在她的指根处深深浅浅地捏着,像是思考时不干点儿什么思考不下去。

这次排演安静非常,连以往的窃窃私语声和偶尔的笑声都没有,只是有人忍不住压抑地低声说道:"谢老师坐对面好有压迫感啊……我等一下不会忘词吧……"

谢行川屈起手指,无意间指尖掠过她的指侧,轻轻扣住,不过半晌又松开。

戒指上的链条搔得她肌肤发痒。

然而谢行川满脸一本正经,就斜斜地靠在椅背上。

简桃头皮发麻,不知为何觉得缺氧,心尖像是被人托起,后颈处也蔓延开难以言喻的灼烧感,一路蔓延向耳边。

人家在对面说被他观察压力好大,他在桌子底下玩她的手指,这合适吗?

终于找到机会抽出手,简桃长出一口气,这种众目睽睽下的偷情感终于得到解脱了。第一场戏结束,谢行川说自己有事要忙,先走。

想起他方才在桌下的所作所为,简桃没忍住地说道:"太好了,赶紧吧,再晚交通该瘫痪了。"

学员们噤声,微妙地四目相对,心里想的都是:啊?他们已经不和到装也不愿意装了的地步吗?

终于送走最不稳定的因素,简桃检查了一下桌子的桌布,还特意在台上往下看,确保其他人确实什么也发现不了,这才松了一口气。

分析完选手的问题,大家整理的中场休息时间里,简桃拿出手机愤愤地给他发消息:"别太变态。"

对面的人语气一如既往地欠揍:"这很变态?"

姓谢的狗:"你想什么了?"

她撇嘴：倒打一耙的事你最擅长了。

对面的谢行川收起手机，这才泊好了车，顺着电梯通往商场。

今天有个导演开的拳击馆开业，请了十多个艺人前来造势，他倒是可来可不来，全看心情。

钥匙在指尖上转着，他一向不怎么爱应付人情世故，偏话题爱粘在他身上，他怎么也甩不开。剪彩结束后又是饭局，他被灌了不少酒，起身洗手时察觉到些酒意，竟觉得稀奇。

简桃不胜酒力，偏好奇心重，什么味道的酒都想尝尝，所以他收藏的那些酒大多被收进了柜子里，后来他就时常想不起要喝，也渐渐忘记以前偶尔有喝到控制不住想给她打电话的事情。

思绪至此收回，他关掉水龙头，洗手间回归空荡安静。

包间里的人见他太久没回，已经在筹划接下来去哪里玩的事情："怎么说，午夜场走起？上回去的那个酒吧很不错，漂亮姑娘多，我跟老板说一声，下半场去那儿玩？"

"行啊。"

众人纷纷附和。

"谢老师呢？他还没回啊？等他一起去啊。"

"别了吧，"有靠近的人说，"他不玩的。"

组局的男星挺惊讶，转头问："真的假的？看着不像啊。"

"不像个屁，认识的人都知道，他从来不玩。"

众人等谢行川回到包间里，得到的回复诚然如此，他提起外套说道："我一会儿要去戏剧典礼，你们玩。"

吹着夜风，他一路走到戏剧典礼门口。太久没喝酒，这会儿有些上头，他索性找了个位子靠在椅背上缓神。

不期然手机振动，他收到了简桃发的五个墨镜小黄脸的表情，以及一则视频分享。

捡个桃子："当当，友情分享简桃老师哭戏剪辑，看看，多么专业的表演啊。"

第七章 咬七口 桃小狐狸

她的语气得意到不行。

他点开视频看完,又切回对话框,没什么情绪地回:"看多了。"

捡个桃子:"什么看多了?你看过这么精湛的哭戏?这表情管理堪称一绝!"

"我指你哭。"

对面的人正在输入好久,应该是真在回忆自己在他面前有没有露怯的时候,然而回想了半天也不能苟同:"没有吧,我哪里在你面前哭过?"

捡个桃子:"你真看过我哭?不能吧?"

幕布即将拉开,剧场陷入一片漆黑之中,他将手机微微反压在掌心里,略升温的主机屏幕贴在手心上,传来有些灼烫的热度。

他当然看过,又何止一次。

辗转的夜他总清晰记得,尤其是情至浓时她微红的眼眶。她双手被束缚着,偏着脸,鼻尖红红的,好说歹说才同意他开一盏小小的落地灯。到最后,她不用闭眼,眼泪就从她泛粉的眼角落下来,再隐进发间。

那会儿太久没见,他总忍不住发狠,她向来不爱求饶,但一哭他就心软。

她实在漂亮。

他靠在软椅上仰起头,喉结几不可察地轻微滚动了一下。

这场戏剧典礼说长不长,似乎还未待他走马灯般回忆完所有往事,就已经热热闹闹地结束了。

一旁有导演问他:"这场典礼怎么样?"

谢行川顿了顿,如实答:"走神了,没注意。"

那人挺稀奇地瞧着他,惊讶地说道:"很少见你走神啊,人家都说你是看起来漫不经心,其实什么事都尽收眼底。怎么,今天是有什么重要事,你竟然一点儿都没看进去?"

谢行川笑了一下,浑不在意似的说:"没什么,一些不合时宜的混账事。"

他在剧场里待了一个多小时，又差人把他送回酒店，按理来说酒意应该已醒大半，但不知怎么的，站在门口拿出房卡时，脑海中本能地出现她从卧室里迎向他的身影，突然又觉得有些晕了。

在门口站了三分多钟，他这才推门进入。

简桃刚洗完澡，正在拍最后一种护肤品，见他步伐缓慢，又想起什么，小碎步地跑到他面前，碎碎念地问："怎么不回我的消息？"

他往前一倾，正好倒进迎上来的她的怀里，手在她的腰间圈了圈，语气散漫道："醉了。"

"真的假的？"简桃持怀疑态度，"你的酒量不是挺好的吗？"

"太久没喝，就有点儿顶不住。"他这么说着，手上动作却全然不似那般无害，摩挲着她腰间的软肉，下颌抵在她的颈窝上，闻到浓郁蒸腾的水蜜桃味，轻吻了一下她的肌肤，"刚洗的澡？"

"嗯，"简桃被他有一搭没一搭的吻弄得头皮发麻，也不知道怎么回，"很明显吗？"

"明显，"他说，"很香。"

她喜欢用桃子味的东西，护手霜、沐浴露、身体乳……甚至是纸巾和香包，所以身上不可避免地也被染上了桃子味道。当时在新西兰雪山，判断面前的人是谁时，他闻一下就能知道。

简桃其实很少见他喝醉，严格意义上来讲应该是没见过，也没个对比，不知道男人喝醉了到底是什么样，也像他这样不安生，说些挺浑的话吗？

酥麻感从她的颈侧蔓延到耳垂上，他一路亲上来，力度时轻时重，似乎在品尝什么东西，但从她身上能尝到什么味？

简桃这么想着，猜测道："你不会是在门口站了三分钟，想着该怎么演，进来就假装喝醉了来我身上碰瓷吧？"

他停了一下，脊背颤动，低低地在笑："不信啊？"

她想说当然不信，下一秒，男人微微起身，问她："尝尝？"

第七章 咬七口 桃小狐狸

他说的看似是问句,但她根本来不及开口,谢行川就已经钳着她的下巴,唇齿覆上,递进朗姆酒的醇香余味,半响后才分开,垂着湿润的眼瞧着她:"这下信了?"

简桃抿了抿被他舔得湿漉漉的唇,终于从逼仄的空间中找到一丝氧气,挣开些许距离,只觉得他的视线烫人,索性转开不再看。

"那你亲我有什么用,"她嘟哝,"我是能解酒还是怎么?"

"亲一下也不行?"谢行川微微后靠墙面,垂落的额发遮住眉眼,倒像个受害者,问她,"怎么这么小气?"

"给你亲这么久,我够大气了,"简桃揉了揉脸颊,"喝醉了就别到处跑,躺着睡觉去。"

她说完折身进了厨房,没一会儿听到水声响起,心说:他喝醉了不是不能洗澡容易缺氧吗?

但没一会儿,有人已经顺利地从浴室里走了出来。

说他没醉吧,他身上确实有酒味;说他醉了吧,他行为能力还挺正常的,该洗澡洗澡,黑灯瞎火里也能准确地找到她的嘴巴和腰。

人醉了,嘴巴没醉是吧?

她抽出个碗,陶瓷交撞出声响,片刻后谢行川擦着头发从外头走进来,瞟了她一眼说道:"大晚上不睡觉,跑到厨房里忙活来了?"

"煮解酒汤啊,我刚好想到厨房里好像有材料,"简桃核对着,"说是三克黄糖,没有黄糖的话白砂糖也行吧?"

灯光下她举起砂糖瓶,抬眼确认标签,光线从额发间洒落,侧脸上泛起浅黄的光晕。

谢行川挑了挑眉:"你是打算放多少?量杯呢?"

"目测的,"简桃把工具都塞到他的手里,"乌梅、桂花、白糖一起煮就行了,正好你来了,喏,自己煮吧。"

他觉得好笑:"让喝醉的人煮醒酒汤,你这跟让病人自己煮药有什么区别?"

简桃终于停下动作,别有意味的目光在他身上扫视了两圈,晃了晃手上的水,警惕地说道:"我看你没醉。"

说完她就要逃之夭夭,结果计划失败,被人抓回来,被迫给他煮完了醒酒汤,这一晚才算结束。

次日早上七点,简桃的闹钟按时响起。

她熟练地将手臂伸到枕头下,按了侧边锁屏键关闭闹钟,这才一点点寻回意识。

撑着手臂坐起来时,简桃还在缓神,不由得打了个哈欠,拿起手机看消息。

谢行川大概是醒了有一段时间了,也靠在床头,将灯调亮后侧过头看她:"刚睡醒就打哈欠?"

她张口就来:"可能昨晚煮东西累着了吧。"

"嗯,你给我煮个解酒汤煮了五分钟,半夜说煮得太累所以饿了,然后我起来给你煮了半个小时的雪梨银耳,"他声音淡淡地说,"你指的是这件事?"

声音左耳进右耳出,简桃装傻,不解地看向他:"嗯嗯嗯?"

"嗯嗯嗯?"谢行川学她的模样复述了一遍,而后起身,捏了一下她的下巴,"你就窝里横吧。"

收拾完之后,二人各自出门,忙自己的事情。

谢行川在圈内一直挺佛系,最近在忙的应该是私人的事情,简桃无意间看到过几次合同和一些资料,应当是他从后母那儿拿回母亲的公司的流程。

简桃也是最近才知道,他在常人眼中无拘无束又散漫,一年十二个月,拍戏加上营业顶多六个月,剩下的时间全都神隐。但饶是如此,他也靠着得天独厚的优势,人气一直处在巅峰状态。

但他私下其实有很多事要做,例如如何保住母亲的公司,如何拿回那些东西——他只是表面上装作玩世不恭,实则在那些人看不到的地方日夜兼程,从未停歇。

高中时候他也是那样。

第七章 咬七口 桃小狐狸

简桃看着他鲜红的成绩单，一再束手无策，以为他是个不学无术的公子哥，什么都学不明白。

然后高考那年，他们一个是文科第一名，一个是理科第一名。

谢行川绝没有表面上看起来那样轻松愉快，那是他呈给世界的保护色。

简桃曾觉得他很遥远，也因为高二同他坐前后桌整整一年，四个人同行去过无数地方，而她竟然也不知道，其实他的成绩一直很好，不求上进的模样全是演的。

因此即使婚后她也越发觉得他们不熟，好像自己从来没有读懂他。

可现在想起她又觉得，他总有他自己的思量，时间这么长，她总有时间去了解他的。

他也并不是不愿意对她说他的事，不是吗？

这么想着，她也顺利地走到了自己的商务车的停车位上，暂时把这些想法抛开，启程前往练功房。

她现在自己都忙得晕头转向，居然还能腾出心思去思考谢行川的弯弯绕绕——她看她真是被他下什么迷魂咒了。

怪不得观众都说谢行川会下蛊，她看确实是这样。

她在路上将思绪放空了十多分钟。车子抵达练舞房后，她换好需要的衣服，全身心投入到舞蹈当中。

工作原因，她有一阵子没练舞了，最近要拾起来，以确保《玲珑》开拍时能有最好的状态。

身段越柔，她在古装戏里就会表现得越好。

她一直练到下午三点，这才冲了个澡，前往综艺拍摄地，看选手练得怎么样了。

她在车上短暂地小憩了一会儿，等车停下，她半个小时的补觉时间也宣告结束。

简桃下了车，排练室内气氛不错，大家都在忙着提升自己，甚至几分钟后才发现她来了。

此起彼伏的"小桃老师好"响起，简桃点了点头，这才说道："有什么问题吗？不太有把握的地方你们都可以跟我说说。"

接下来的两个多小时里她都在解答大家的问题，甚至有些学生自己的网剧剧本、配角之类的戏份，他们也会拿来问她要怎么演，她也细致地一一解答，将自己的经验分享给他们。

唯独有个男生一直坐在角落里，状态很不对劲，在跟自己较劲似的，有时还会痛苦地敲头。一旁的女生跟她说："老师，要不你去看看崔玺吧，他今天好像很难受的样子。"

把大家的问题解决完，她这才走到崔玺面前，问："看你一直在背台词，有哪里卡住了吗？"

"也不是，"他指了指剧本，"就是这段戏，怎么演都感觉不对味，表演痕迹很重……"

简桃浏览了剧本，又看完他的表演，找到了问题的关键所在："你知道为什么你怎么演都觉得不够吗？"她说，"因为你在演。"

崔玺怔了一下。

简桃说："演戏是一个体会的过程，所以对演员来说，记忆是很重要的事情。比如：你今天被割破了手指，你要立刻记住你的反应和状态，以后要演这类情节就能调动出情绪；或者你今天演了个错过车的人，觉得还不够好，那你以后错过一些东西的时候就要立马想起来，然后记住自己的状态，后面再演得更好。"

"我懂你的意思了，老师。"崔玺说，"但是我这场戏是在毫无防备的情况下，被人给戴上耳机，还要演出十六七岁那种青涩的悸动感觉——没人给我戴过耳机呀，我现在……"

简桃："这样，我跟你试一遍，你看看。"

崔玺一下没反应过来："啊？"

下一秒，毫无准备间，简桃将他放在地板上的耳机拾起，塞进他的右耳里，一瞬间风从敞开的窗口涌入，"哗啦"地拍动窗帘，她的瞳仁是偏正的茶色，透明又带着些疏离感，她侧边的碎发被吹起，散

第七章 咬七口 桃小狐狸

发着清淡的蜜桃味香气。

她笑，说着剧本里的台词："好久不见啊，新同学。"

空气安静片刻，然后窗边的女生打了一个响指，旋即笑起来："干吗啊？你们这群男的都看呆了是吧？"

厅内终于响起此起彼伏的笑声和咳嗽声，简桃的动作只维持了一秒半，她很避嫌地没碰到他的皮肤，起身说道："把你刚刚那个感觉记住，再还原出来就好了，没记住的话可以看摄像机，那边在录。"

崔玺："好……好的老师。"

顿了顿，简桃补充说："刚才那样仅限于带你入戏啊，别的任何东西都没有。"

"我知道的。"崔玺立刻恭恭敬敬地回道，"老师辛苦了。"

等会儿还有一套物料要拍，简桃见大家的问题都解决得差不多了，这才起身说道："那你们消化一下，我先去休息室换件衣服。"

"行，老师，等一下我们去叫你。"

等简桃走后，有女生打了个响指，示意旁边的队友："老师都走了还看？"

那男生这才收回目光，叹息着说道："说实话，要是我上大学时遇到老师肯定追了，现在嘛……我不配。"

"我懂，要不怎么说老师是全民初恋呢？你们男生至死都对这张脸没免疫力吧，我上学时，也是这种类型的女生追的人最多。"

"我还记得那会儿有个话题，说谁高中的时候还没喜欢过简桃呢？当时觉得这忒夸张了，现在才觉得还是保守了，我觉得初中到老死的人都能算上。"

"哈哈哈！"

"行了，别做梦了，老师的微信都不加人的，赶紧排练吧，有这种好事也轮不上我们啊。"

终于，排练室气氛回归正轨，大家重新开始彩排。

简桃也带着剧本回到休息室里。

她推开门，本以为迎接她的是一片空荡的休息室，结果甫一抬眼，看到滚轮椅上坐着个人。

简桃微愣，后退两步，确认这的确是自己的休息室，这才惊诧地看向谢行川："你过来了？"

"不然？"他转了下椅子，身子靠着椅背懒懒地说道，"面前这个人是雕像？"

"那你怎么不出去？你在我的休息室里待着干吗？"

谢行川："我来找你的，又不是来看他们的。"

"找我？"她坐到化妆镜前，把剧本放下，这才确认自己的妆还剩多少，"找我干吗？"

然而她没等到回答，谢行川的视线停在她的剧本上，看姿势，他应该是本来随便扫视，但看到了点儿不得了的东西。

剧本上，"男人舔舐过她光裸的蝴蝶骨"赫然在目，甚至被人做了标记。

谢行川眯起眼："这是什么？"

"哦，有个选手不太拿得准这段戏，问我怎么演才能美而不俗，我正琢磨呢。"简桃解着头顶有些紧绷的辫子，拿出卷发棒，随口应道，"毕竟这种尺度比较大的戏我也没演过，总不能瞎指导吧。"

谢行川欲扬先抑："你刚才在外面不是指点他们了？起哄声那么大，我还以为有人跟你告白了。"

他这番话着实听不出他要表达的意味，简桃索性直接点头道："我教的是体验式演法，让他们先体验一下实际情况就知道怎么演了，但这个怎么体验？"

她为难道："难不成我还要……"

我还要找人跟我实践一下？

她还没说完，外面响起敲门声："老师，节目组在催了，让我们抓紧时间过去。"

"知道了，"简桃说，"马上。"

第七章 咬七口 桃小狐狸

她压低了些声音,想跟谢行川说让他先藏起来,结果动作太急,头发在卷发棒上挂了一下。她怕烫到自己,赶忙拉开了卷发棒,带起一阵瓶瓶罐罐倒下的声音,听着还挺吓人。

"怎么了吗?"外面传来关心的声音,来人问,"是什么东西不好弄吗?我们女生进去帮你吧?"

简桃进退维谷半天,手忙脚乱地思索着,最终在她们开门之前,将谢行川连人带椅推进了换衣服的帘幕后。

好在她们只是开了个门缝,礼貌地问道:"老师,你怎么不说话,没事吧?"

"没事——"简桃赶紧答,"我刚才手滑了,换一下衣服就能出去,很快。"

"好,那我们就在这儿等你。"

门又被带上。

简桃选好衣服,拉开帘子进去,才发现谢行川也在这里面,还是她刚才亲手推进来的。

男人抄着手,从容地欣赏着她的慌张神色。

好在她今天穿了内搭,在他面前换衣服也没什么难为情。换好之后简桃摸出条项链,背对着他戴上。

她前后扣了两三次也没成功,很快项链被人接过,他有些冰凉的指尖触过她的后颈处薄嫩的皮肤,带起一阵战栗感。

她正处于一级戒备状态中,连忙问道:"你干吗?"

"给你扣一下项链也不行?"他好像笑了一声,"你怕什么?这里又没监控摄像头。"

本来没什么的,他一补这最后一句话,味就不太对了。

简桃闭起眼,只觉得现在的每一秒都被无限拉长,还算宽敞的换衣间里氧气都变得稀薄。

她的手指不由得抓紧裙摆。

闭眼后的听觉尤为灵敏,休息室的门轻轻地晃出响声,应当是没关牢后被风吹开了缝隙，外面的讨论和谈笑声顺着飘进帘后，像是在凌迟她的五感。

门半开不开，外面就是喧闹的人群，而离他们几米的帘幕后，一向神龙见首不见尾的谢行川在她的换衣间里。

她头皮发麻，一刻也待不下去了。终于等到他戴完项链，她拉开帘子就准备夺门而出，然后听到身后他悠然坐上椅子的轻响。

下一秒，椅子的滚轮被他轻轻晃动，谢行川伸手一揽，她跌坐在他的怀里。

机械椅的晃动感让人忍不住跟着眩晕，她大脑充血，腰上的禁锢感越发明显，足尖无法落地，让人本能地失去安全感。

察觉到他的气息顺着后颈下挪，简桃耳边奏响警报，危险感觉顺着肌肤淌进四肢百骸中。

她身子向后轻仰，全部支撑靠他。

他指腹轻微摩挲她的肌肤，呼吸喷洒在她的后背上，在鼎沸的人声里，轻轻用舌尖扫过她光裸的蝴蝶骨。

"什么感觉，简老师？"

一分半钟后，简桃终于从换衣间内逃出。为了防止有人撞破谢行川在内，她还特意将门反锁了。

只是身后肩胛骨处泛起一阵又一阵的热意，手臂怎么摆放都不自然似的，她老觉得有什么粘在身上。

好不容易拍完了节目组要求的宣传照，她松了一口气，见走廊上没人，这才总算是放了心地拉开休息室的门，打算彻底把这件事翻篇——结果一拉开门，谢行川照旧坐在机械椅上，正在翻看她搁在桌上的剧本，姿态悠闲。

简桃大为不解，质疑道："你怎么还在？"

谢行川扬眉："不是你把门锁了？"

哦，对……

简桃给自己找补，立马仰起下巴说道："关得正好，让你闭门思过，

第七章 咬七口桃小狐狸

好好想想你刚刚都干了些什么事。"

"你不是要沉浸式体验?"很显然,面对她的指控,谢行川面不改色,"你不自己体验一下,怎么教学生?"

你还挺有道理的是吧?

简桃:"那我是不是应该谢谢你?"

他一点儿听不懂言外之意似的,修长手指懒懒地翻着纸页,轻声说道:"嗯,大恩不言谢。"

简桃无语地撇了撇嘴,转过身不再"对狗弹琴",就这会儿,询问她那个剧本的学生也给她发来私聊消息,问她有没有合适的表演方式。

录制当天她就拉了个大群,稍微注意了一下,只加了发来好友申请的女生。

也因此,女学员都有她的微信,现在这个,问的正是那场被舔舐肩胛骨的戏该怎么演。

她想了想,不受控地回忆起方才在试衣间内的触感和心绪,这才思索着往对话框内打字,洋洋洒洒地写了十多行,阐述该怎么进行表情管理,以及表现出恰当的身体反应。

她敲了十分多钟,等再转身时才发现呼吸骤闷——谢行川不知何时站在了她身后,将她困在桌沿与墙面的死角之中,目光正落向她的手机屏幕,眼睫微垂。

过了那么几秒,他才慢悠悠地问道:"你刚才就这感觉?"

简桃伸手推了他两下,没推动,这人倒是挺自觉地让开一条道,侧靠在桌边,抱着手臂:"所以说要是没我,你真讲不出这么多感悟。"

简桃侧头:"是,是,是,你都是为我好,太感谢了,'谢'这个姓真适合你。"

他勾着唇笑起来,领口随之微微抖动,桌子也晃出轻响,头顶白炽灯的光落下来,一瞬间竟像是和高中哪个瞬间微妙地重合,而他其实并没有变。

不过这感觉也就持续了一秒,简桃转过头去,对着镜子开始取耳环。

她凑得近,满眼都是自己的耳垂到侧颈的地方,看不到身后的景况,又慢慢听不到一丝声音。

简桃将手挪向颈后,琢磨着谢行川又在干吗,他怎么没动静了。

她靠直觉去找项链的卡扣,因为卡扣环比较小,所以很难打开,再加上她还有点儿分心,不知道谢行川是不是又在搞什么奇奇怪怪的东西,精神无意识地绷紧,便坐到化妆桌上,想退开一点儿,看他究竟在做什么。

她正往后仰,就被人托着后背压回来,她的皮肤毫无阻隔地接触到冰凉镜面,冷得她一阵瑟缩,战栗感传遍全身,心脏也跟着猛然跳了一下。

试衣间的风云又涌上脑海,她下意识地出声制止他:"等一下,哎……你就一下都忍不了了是吧,不能等回家?"

一秒、两秒、三秒……空气似乎也变得凝固,直到她背后传来声音。谢行川无奈地说道:"我只是以为你要摔了。"

她低下头眨了眨眼,这才反应过来他的手其实只给了一点儿力道,这会儿已经撤离了。

她坐在化妆镜前,窗外雨声"噼啪"敲打窗沿,简桃终于感受到了一丝迟来的尴尬之情。

项链她也不想解了——她现在只想学习一下遁地术。

匆忙换完衣服,二人沉默地离开休息室前往停车场,工作人员都走得差不多了,停车场也显得空旷。

车一路疾驰,细微的雨点"滴滴答答"地落在宽阔的风挡玻璃上,再向下蜿蜒。

简桃本能地觉得气氛不太对,但又不是那种不对,停顿了半晌才问:"你开这么快干吗?"

"不是你说我一下都忍不了——"他慢条斯理地敲着方向盘,"得等着回家?"

简桃神情疑惑数秒,心说:你又听进去了?

第七章 咬七口 桃小狐狸

他懒洋洋地将座椅往后放了放:"我这不是得配合你给我的人设?"

简桃心说:你平时可不像这么配合。

等到了酒店,他居然真的像一路按下快进键,车停得最靠近电梯,电梯也提前安排,一秒都不用等。待到两个人出了电梯,他索性直接拉着她的手腕往前走——

简桃被吓得心"怦怦"跳,想着:他这玩得是不是有点儿太逼真了?

下一秒面前的大门被拉开又关上,她面前场景一换,被人掐着腰按到了门上。

速度太快,二人呼吸急促,呼吸声萦绕在房间里,又渐渐换了味道。

简桃真猜不透他到底想干什么:以为他是开玩笑,结果他一路又这么急;以为他动真格的了,到了房间里,他又没动作了。

简桃抬头想问他,却发现他正垂眼看着自己,他的目光像暗夜里的潭,她似乎从未见过。

简桃微怔:"你……"

话没来得及说完,没摘下的项链被他压在唇下,随着吻一轻一重地碾着,摩挲着她颈处脆弱的皮肤。

她在他的吻中艰难地喘息:"谢行川,别发……"

他好像在笑,饶有兴致地停了一下:"别发什么?"

"疯"字正要被她说出口,到了舌尖上,又打了个旋。

简桃:"别发情。"

面前的人顿了两秒,旋即低笑:"我非要呢?"

她被迫仰起头来,被他含住的项链掉落,一片沁凉的触感蔓延开。

简桃心里没辙地说:那我倒也确实管不了你。

他去解她的纽扣,今天冷,她穿得太多,脱了外套还有羽绒马甲,羽绒马甲里面还有层针织衫。

很显然,针织衫作为最后一关,脱的难度最大,对第一个纽扣他就折腾了半天,两手齐上,仍旧不得章法。

看了半天,简桃没憋住地笑出了声音。

室内火星暂熄。

她低头说:"这个不是这么解的,不是纽扣也不是按扣,是这种卡住的,要先按住底下的地方,上面的往左,再往上……"

就这么顺着解了几颗纽扣,看到愈来愈白的皮肤,她逐渐察觉到不对,瞅了他一眼,又挨个儿准备将纽扣扣上,下一秒却被人按住手腕。

谢行川俯身,语音沙哑:"什么意思,欲拒还迎?"

她从耳后到脸颊全跟着烧起来。

"我没……"

她的最后一句话终是变成呜咽说出口,她的双手被反剪到身后,针织衫敞开。

火势燎原。

谢行川今天还算收敛,大概是顾及明天还有行程,太过明显的位置也会避开。

简桃累极,一觉睡到天亮,又忙着背剧本和练舞,等到晚上出发前往《星夜环游》的通告。

节目加更后,《星夜环游》已经播出到第五期,热度日益高涨,今晚节目组把嘉宾聚到一起,录一个聚餐局,算作节目播到一半的小彩蛋。

今天于雯有事没能来,其他嘉宾都到了,录制地点是火锅店。

简桃和谢行川照例坐对角线的位置,节目录制开始前,她无意间点进了节目组的直播间,发现观众都在用大字的高级弹幕重复刷着一句话——

"'不行就桃'的糖嗑一口吧,不要钱的!嗑一口吧,就当是没事干缺缺德了!"

简桃怔了两秒,心想:你们还在缺德啊?

生活压力真就那么大吗?

她连忙退出直播间,决心不再看。

第七章 咬七口 桃小狐狸

嘉宾都到了后,大家很自然地聊起天来,还陪着观众看完了新更的这一期节目,火锅也吃到了尾声。

潇潇和邓尔买了两个椰子冰激凌在慢慢吃,简桃吃不下,干坐着等又无聊,便拉开一旁的柜子翻了翻,正好看见有一副跳棋。

她拿出跳棋把棋子摆好,这才发现棋子只剩两个颜色的了。

她有些踌躇,潇潇还以为她是不好意思,忙叼着木棍点了点棋盘:"正好,两个颜色,你跟谢老师玩吧!"

两个棋的颜色正好是对角,她和谢行川的位置,确实是刚好。

简桃还没想好要不要和他玩,低着头借摆棋子继续思索着。谁知她刚摆好棋子,谢行川也拿起一边的棋子,是要开始玩的意思了。

她抿了抿唇,就也没拒绝。

温晓霖在一旁吃着自己的食物,潇潇和邓尔开启看热闹模式。

简桃和谢行川的思路完全不同,谢行川是采取大部队移动法,她是先找几个打头阵的,早进营地早放心。

几番过后,她跳完棋子后正收手,对面的谢行川抬头瞧了她一眼,修长手指点了点桌台。

"第几次跳到我家来了?"

简桃垂眼确认,自己的红色棋子正有两颗落在他的蓝色范围内。

她感觉玩这游戏都是上辈子的事了,规则早忘了个一干二净,只记得是要隔着棋子跳到对面的棋盘中。

这游戏还有禁区?

简桃问:"我不能进你家吗?"

这人悠然地靠在沙发椅背上,垂眼瞧着她:"你说呢。"

直播间里热闹起来。

"可以!可以进!都是夫妻了还分什么你家我家!他家就是你家!"

"噢,那我等会儿出来吧,"简桃琢磨着该怎么跳出去,"你等等。"

又跳了三五个回合,她确实一直记得这件事,但苦于没有棋子作为中间介质，于是只能先管别的棋，有两颗已经顺利入库。

她提起手，谢行川没什么情绪地笑了一声，邓尔好奇："笑什么啊？"

"没什么，等太久，"谢行川说道，"想起之前一群人出去玩，也经常等一个人等大半天。"

顿了两秒，他似笑非笑地补充："没想到现在也逃不过这命运。"

直播间里的网友缜密地推理：

"等谁啊？男的女的？"

"女的！等的是简桃！"

"肯定是他们之前约会的时候，谢行川等了桃好久，现在在内涵呢。啧啧啧，小情侣，隐藏的心思都被我发现了吧？！"

"是有爆料吗？你们怎么都知道得这么详细？"

"因为是我们编的。"

"哈哈哈——"

"'不行就桃'，绝无真料。"

简桃将碎发别至耳后，咳嗽了两声，想起之前高中的时候，她每次出门都得洗头，谢行川又老爱提前出发，导致她每次时间都很紧张。等她下楼了，他还得恶劣地数落她，说他又等了她多久多久。

她只好反驳不止自己，钟怡也还在化妆没下楼。

她状似随意地跟道："女孩子收拾得慢，等等怎么了？"

谢行川眉尾微扬："你就知道是女孩子了？"

简桃没再接话，心说：我还能不知道你在内涵我吗？那关键词就差顶到我的脑袋上了。

不过现在节目在直播，她得克制。

她又专心地投入游戏，战局渐渐焦灼，她和谢行川的棋子都快全进对面区域了。

终于，简桃正要行动，顿了顿，抬头朝他确认："可以隔两个棋跳吧？"

他还是那副狗样，表情跟昨晚把她压在门上时一模一样。他问她：

第七章 咬七口 桃小狐狸

"你说呢？"

简桃心说：这可是你要我说的。

她抿了抿唇，缓缓抬眼，清晰又小声地说道："我说……可以。"

说完她重新抿起唇瓣看着他，灵动的眼很轻易地盛住了顶灯投落的微光，灯光在眼底漾成一片晃荡的湖。

观众觉得有点儿不对劲——

简桃这是在……撒娇吗？

蜜桃咬一口

咬八口暗恋情书

第八章

简桃还没等到谢行川回复,弹幕先热闹起来了。

"她撒娇怎么了?我辛苦了一天,看看小情侣撒娇调情是我应得的!谢行川看似没有表情,心里已经爱到发狂了,懂吗?"

"我不造假糖我嗑什么?!他们必在我看不到的地方甜甜蜜蜜,川的心已被老婆牢牢掌控,别问我怎么知道的,我现编的……"

"会编多编。"

…………

谢行川抬起眼皮看她一眼,漫不经心道:"随你。"

简桃是真不记得规则了,撑着脸颊说道:"随我的话我可就赢了。"

话音刚落,动作最慢的邓尔也放下了手里的勺子。

看着她将最后一颗棋放进阵营里,谢行川挑了挑眉,这才起身说道:"行了,走吧。"

众人纷纷起身收拾东西,简桃颇为不舍地看了一眼棋盘,不知他究竟是想走了还是怎么。

一旁的摄像老师开始准备关闭机器,大家跟观众道了别,准备离开。

走出两步后,简桃忍不住回头碎碎念道:"我获胜了都没奖品吗?"

谢行川结完账,拿到个火锅店赠的小玩具,是个柴犬的挂件,远远朝她抛来。

简桃伸手接住挂件:"赢的人就这个奖品啊?"

她三两步上前:"这个不适合我……"

众人走出火锅店,夜已经深了。

星河流淌,大家上了各自的保姆车,驱车回去休息。

简桃到酒店先洗完澡,这才放松地趴在床上,晃着小腿看剧本。

她没看一会儿,被人擒住了脚踝。

隐约的水汽从那人的皮肤上渗透过来,湿漉漉的,还带着浴室的雾和热气。

简桃不满地回过头去:"干吗?"

谢行川:"东西呢?"

第八章 咬八口 暗恋情书

"什么东西?"

"就那小奖品,"他在她的包旁扫视了一圈,"真扔了?"

"没扔呀,"她摩挲了一下,从枕头的缝隙之间把它捞了出来,"挂你的包上吧。"

谢行川垂眼看着她,又气又好笑地说道:"不是你闹腾半天要奖品?"

"我哪儿闹腾了?你说可以隔子跳的。"简桃振振有词,又翻了个面,彻底起身了。

她把挂件钩在指间,任它吊着轻晃,又把它挪到谢行川的脸边,眯着眼仔仔细细地比对了一番。

"它长得好像你,"对比后她下结论,大爱无疆道,"不如你认它做儿子吧。"

"你自己听听,你这说的是不是人话?"

她一头扎进枕头里,小腿因惯性翘起,按灭自己那边的台灯,委屈地说道:"美女也要骂?"

简桃又忙了几天,周三晚上,梦姐发来消息,说了后期的工作规划。

"最近在给你谈一个仙侠剧的本子,古装天花板更高更抬人,没问题吧?"

简桃发了个点头的表情包:"知道啦,你安排吧。"

对面的人输入了一会儿,发来一句:"你跟谢行川最近怎么样了?"

简桃有点儿奇怪,但没当回事。

艺人的情感状态嘛,经纪人是需要时刻关心的。

捡个桃子:"什么怎么样,就那样呗。"

梦姐:"你们结婚多久了?"

简桃侧过头,看了一眼正在旁边敲键盘的谢行川,想了想,说:"两年半了吧。"

"那挺久了。"

是挺久了,简桃心想。

一句"怎么突然问这个"她还没发出去,梦姐的消息又发了进来。

"你们当时约好是结几年?"

简桃屈着腿,脚尖轻微勾起:"没说几年,反正起码得持续到他办完正事。"

打完这句话,她突然想起什么似的转头问谢行川:"对了,你后妈那件事进行得怎么样了?"

谢行川按了一下回车键,回道:"差不多了。"

"妈妈留下的公司已经差不多回到你手上了?"

"嗯。"

她"噢"了一声。

谢行川的母亲离世那年,他还没成年,母亲留下的公司由父亲转给了后母,而这些年间,他一直在用自己的方式将本该属于自己的公司拿回来。

谢行川顿了一下,如同缓慢回忆起什么,侧头问她:"怎么突然问这个?"

而简桃已经将头重新偏了回去,在看梦姐发来的文件,没听到他的声音。

谢行川:"简桃?"

她愣了一下,这才回过神来,如梦初醒般看向他。

她好像很少见他催促自己,如同想证实什么东西一般。

她轻咳了一声,这才说道:"没什么啊,当时我们结婚不就是为了应付你后妈嘛,我想到了,就顺便问问。"

房间内安静了一会儿,只有加湿器和空调的声音,她聊了会儿工作也困了,放下手机,捞了个眼罩,嘱咐他早点儿关灯睡觉,就平躺着,呼吸渐渐均匀。

不知过了多久,谢行川关掉自己那侧的台灯,太久未有指令的电脑也随之熄屏,只有蓝环形的电源灯在黑暗中散发着淡淡的光。

第八章 咬八口 暗恋情书

谢行川手指搭在电脑边沿，很轻地动了一下。

回忆许久未开封，他做人极少往回看，但其实以前的每一幕都无比清晰。

他向来比任何人记忆力都要好。

风投圈内，无人不知谢家独占鳌头已久，他父亲谢益一共有过三任妻子，他母亲凌珊是第二任。

谢益与第一任妻子离婚后五年才再婚，谢行川的母亲是位出尘绝世的美人。谢行川出生那年，是母亲嫁入谢家的第三年。谢行川上头还有个谢益的第一任妻子所生的哥哥，不过那兄长对商界来往毫无兴趣，早已在国外结婚生子，鲜少联络。

童年生活乏善可陈，没什么好讲的，既没有风云缠斗，也没有蜜糖般的温馨欢愉气氛，生活于他来说是杯温水，他能触及的纸醉金迷场景愈多，反而愈加觉得没什么意思。母亲性子内向温柔，他便互补地多了些玩世不恭与痞气，用以应对一些不怀好意的人，或是轻飘飘地拒绝些不喜欢的提议。

别人总觉得他是拥有太多东西了，才会没什么想要的。

其实他也没有得到过什么，至那时，收到与付出的感情都很淡，淡到偶尔午睡大梦初醒，会觉得以往十来年的生活会不会也就是一场梦而已。

母亲素来温柔解语，见朋友工作受气，主动引荐她来谢家管事，然而就在母亲去世的那年，这位"管事朋友"一鸣惊人，领出个与他同父异母的亲弟弟，弟弟只比他小上三岁。

原来父亲在十三年前就背叛了母亲。

其中父亲与那女人如何苟且他不得而知，他只觉得反胃，父亲谢益朝秦暮楚、离心背德，而那"管事朋友"薛兰恩将仇报、满腹算计，只为家产。

母亲因意外去世，所有人都沉浸在突如其来的悲伤情绪里，只有薛兰——这由母亲引荐而来的"朋友"，他平素都要喊一声"阿姨"

的人，忙着要来母亲本欲留给他的那家公司，假意说是代为保管。

保管是假，她要握住他唯一想要的东西用以制衡他，是真。

她想要制衡他不可有狼子野心，不可威胁到她儿子的地位，让他不可太过优异，成为谢家的下一个继承人。

倘若他选择谢氏，就要失去母亲留下的唯一的心血。

他那时只觉得荒谬。

谢家的公司，不管是当时仅高一的他，还是现在的他都没有丝毫兴趣，然而那时他到底是没有选择的。

于是薛兰需要他不学无术，他便不学无术；需要他荒诞不经，他便荒诞不经；需要他一无所长，他也可以一无所长。

他倒也不觉得这一生都要这么过下去，但往后如何确实也未曾想好。那年夏天，薛兰找了个冠冕堂皇的理由，说是为他的学业好，将他从国际学校送出，送进了宁城一中。

那一年，他遇到了简桃。

他知道自己是被放逐于此，也深知要当个纨绔的使命——或者说，无论他本身是何种样子，在别人眼里，他得是纨绔。

与薛兰交手不过月余，他仿佛已无师自通地学会了粉饰与表演。总而言之，他得先骗过薛兰，才能为自己争取到更多的自由。

于是他扮演纨绔扮演得愈加自然，甚至能得心应手地演出自己需要展现的情绪，往后想来，或许正是如此，才让他在演戏上总比旁人天赋异禀许多。

好在他性格本就随意，不过是要演堕落而已。

分班考试漏做几个大题，上课休息，没人知道转来之前，他是整个国际学校的年级第一名。

薛兰对他一蹶不振的样子十分满意，连他自己都骗过了自己。抬头时世界布满阴云，他也分不清究竟是不是会下雨。

一中的军训比别的学校更晚一些，每个年级都必须军训。开学三个月过后，他们被打包送去了军训营地，那日是难得的恶劣天气，狂

第八章 咬八口 暗恋情书

风夹杂着阵雨。

最后一个训练项目，他无意间被人撞下了高台，大家都在笑，他抄着手靠着墙沿，也在笑。别人羡慕他不用过索道，打趣声没一会儿便停了。

他们在上面热热闹闹，他独自站在台下，觉得这些热闹场景似乎从来都和自己没有关系。

这些年来他不是一直是这样吗？所有人都羡慕他那一刻拥有的东西，却没人关心他拥有的东西是不是他真的想要的。

没一会儿，简桃从上方探出身来，似乎是唯一一个记得他还在底下的人。

阵雨前奏，细密的雨滴落在她的鼻尖和额发上，她一手撑着栏杆，另一只手朝他递来，掌心摊开："上来吗？"

他抬眼，视线所及，少女胳膊纤细而白皙，朝他递来时翻转过来的内侧肌肤更是细腻如瓷，让人不由得怀疑，要是她真能把他拉上去，是不是起码也得骨折什么的。

这么想着，他顺着她的手腕朝上看去，打趣般说道："我还得上去？"

头顶雷声"轰隆"作响，她看向他时视线清明，茶色瞳仁不染杂质，澄莹而镇定。

她仿佛是在说此刻的事，又仿佛不是在说此刻的事。

"谢行川，"她这么叫他的名字，问他，"下陷可以，你甘心吗？"

暴雨陡然而至，却很奇迹般、命运般地只落在她的后侧，分界线从某处清晰地划开，而她没有被淋湿。

很奇怪，所有人都以为他是玩世不恭的公子哥，以为他本性如此，偏她知道，他是在堕落。

又或者，其实她并没猜出真相，只是就事论事地随口一说，只是他以为她话里有话。

是啊，他甘心吗？

他怎么可能甘心？

骤雨初歇时,他垂眼开了口。

"歇着吧。"他说,"不用你拉,我自己上去。"

于他而言,回忆是很玄妙的东西,他偶尔想起也只是尽可能快地掠过。高中三年并不是什么快乐的记忆,然而又总有割舍不下的情绪掺杂其中,如同苦药里的甜味剂,困苦越深,那甜味就越像是救赎他的东西。

她对别人脾气总是很好,却动不动被他惹得跳脚,腿不让他伸,手不让他碰,巴不得给他划定一个限定的区域,他一刻也不要惹到她才好。

那时候他已经松懈了很久,虽然母亲离世已过去快一年,再怎么接受和释怀,他多少也会被影响,但那日的雷声和她的眼睛仿佛是警钟,在他不断下坠时告诉他,停止放逐才是唯一的解药。

他将遗漏的卷子全数找出,许久未翻开的书页也重新写上笔记。几个月的课程而已,对基础很好的他来说,要赶上并非难事。

他还是众人眼里散漫的小少爷,上课只支着脑袋转笔,考试提前交卷去打球,作业偶尔不交也没人管,不想背包就提着漫画书去上课。只要他不犯事,老师基本不会对他有不满情绪。

没人知道他上课也是在听讲,考试时把答案写进了乱涂乱画的稿纸里。他知自己需忍耐,漫长地忍耐——忍耐到薛兰放下戒心,漏出些资源给他这个所谓的纨绔公子她也无须担心,他方能找准机会还击。

他从十六岁开始,藏好自己,忍耐情绪,延续到如今。

高三时,薛兰唯恐对他摧毁得还不够深,又在关键时刻急忙再度为他转学,新学校里再没有热闹的前后桌同学,也没有开学第一天就跑来气他、转身会踩到他的脚、抱怨他伸直腿把自己顶得无处可去的简桃。

她不存在,然而他闭上眼的每个深夜,处处都是她。

他的书桌上总摆着一个挺丑的黄色鸭子,是简桃那会儿为了催他

第八章 咬八口 暗恋情书

交作业,用什么东西从江蒙那儿换来的,按一下,那鸭子就会用破碎嘶哑的嗓音喊:"谢行川同学,谢行川同学,你如果再不写作业的话,简桃这个月的德育分就要被扣光了!"

"再通知一遍,谢行川同学,谢行川同学,请你行行好,自我放逐没关系,但是简桃同学可能因此评不上优等生……"

不知道她是怎么录进去的,乱七八糟,莫名其妙,第一次发现的时候他还在一中,差点儿将这东西丢掉。然而后来,后来的后来——高三时无数个他背着所有人学到凌晨的深夜里,独居的房子空旷而寂静,那是他唯一热闹的声音。

简桃这么多年深信不疑,以为他会选择和她结婚,只是扮猪吃老虎里的重要一环,只是因他高考超常发挥又声名鹊起,薛兰对他愈加提防,他才会找个家境普通的妻子,进一步打消薛兰的疑虑。

怎么可能?

这些年他演得太好,乃至于除了他自己,没人知道他和简桃结婚的真实原因。

偶尔他梦中惊醒,醒时手中汗涔涔地捏着她细瘦的手腕,适应黑暗和剧烈心跳声后缓缓抬眼,看见她闭着眼均匀呼吸,那时才能放下心来。

还好她是在的,幸好她是真的。

他很少去想简桃对他而言有什么意义,因为没有她,或许他也不再是他了。

他知自己蓄谋已久,与她走这一路步步都可能是糖霜陷阱,她是如此抗拒,如此笃信无爱一身轻的人,就连略微熟悉的朋友向她告白,她的第一反应也是逃开。他曾不止一次地观察过,男生向她告白得越真挚、感情越浓,她越不自然、越难以接受。

旁人三个月的喜欢尚且如此,假如她知道,这世界上兴许还存在这么一个人,比三个月的喜欢还要更久——更久更久——她会……怎么样?

那年初冬,她因为无法回应谁的告白,疏远着对方躲在双杠下,侧着头跟他咕哝:"你要是告白,我会跑得比这更快的。"

她是如此相信那时的他没有任何想法,才能如此坦荡又认真地跟他开这个玩笑。也幸好她那时就给出答复,否则他恐怕会在转学那天将心绪剖白,落得跟那些人一致的下场,他们连做朋友的机会都不会再有,更别谈像现在这样,还能假借丈夫的名义与她如此靠近。

或许在她的世界里,爱是禁词,不爱才没有危险。

和她领完证的当天,去开车时,他看着那鲜红的册子停顿许久。他清楚自己自私,知道自己不光彩,更知道这段关系需要他以什么代价换来。

不知从哪儿飘来声音,于那时痛咒般叩问他的脑海——

她多庆幸你不会爱她,如果往后的代价是无论距离多近,都无法将这爱宣之于口,你会怎么办?

那他就……一直忍着哪怕汹涌的爱意,漫不经心得仿佛永远不会爱上她的样子,以换得与她走这一程,能走得再久一些。

凌晨时简桃似乎被勒醒了一次,腰上的手禁锢得她喘不过气来。然而一早醒来,旁边已早没人了,她坐起身来时还恍惚了一会儿,不知道这感觉究竟是不是梦。

她拉开睡衣,腰上也没有痕迹。

她思索着打开微信,看有没有新消息。

一会儿还有工作,梦姐给她发来消息,问她醒了没有。

捡个桃子:"醒了,不过不是还有三个小时拍摄工作才开始吗?"

梦姐:"你收拾好先下来,我有事要跟你商量。"

说事?什么事?

简桃这么想着,没再多问,回了梦姐一个"好"字,就起身洗漱了。

她早上洗了个头,就磨蹭得久了些,一个多小时之后,梦姐打来电话催促:"还没好吗?"

第八章 咬八口 暗恋情书

"马上，"简桃用肩膀夹着电话，正在抹发梢精油，"这不是还有时间吗？活动提前了？"

"没有，我不是说有事和你说吗？得留出时间。"

简桃"噢"了一声："什么事五分钟还说不完？得留一个小时？"她看了一眼挂钟，"这就下去了，还有事吗？"

梦姐："还有，化妆师的项链被借走了，我记得你家还有条红宝石项链，你能找到的话下午戴，配礼服用的。"

"行，"简桃说，"不过好像被压在柜子下面，我得找找。"

"嗯，楼下等你。"

挂断电话后，简桃把酒店窗户敞开，整理了一下床铺，这才开始找项链。

她没记错的话，那是她赚钱之后买的第一条贵的项链，对她而言还挺有意义。所以即使后来有了比它更贵重的首饰，她也还是把它包好收在了柜子里。

常用的柜子都找了，不过一无所获，她最终转向床头柜，拉开最下面一格抽屉。

把上层的东西都翻出来后，她终于在最下面找到了那个长方形的绒布盒。

简桃打开盒子检查了一下，项链还是被她保管得很好，依然很亮。

她心满意足地合上盒子，侧眼一看，结婚证居然也被她翻了出来。

好久没见这东西了，打开结婚证的时候她还感叹了一会儿，看着上面自己和谢行川的照片，忍不住有点儿发笑。

如梦姐所说，他们结婚好像是挺久的了，但又似乎还是不久前发生的事。

简桃没来得及再回忆，这回梦姐直接到了酒店门口催她，她连收拾都来不及收拾，拎上包就出发了。

说是有什么要紧的事跟她商量，然而等简桃坐上车，梦姐却先沉默了一阵。

"什么事？"简桃搅着保温杯里的吸管，"等人吗？"

"没有。"李梦吸了一口气，这才说道，"我在帮你谈的那个仙侠剧，是明年档期的重点项目，包括特效、编剧、宣发……"

简桃直觉她想说的不是这事："都很好我知道，然后呢？"

"现在有个很现实的问题，就算我们今天不解决，以后也必须解决。你知道女演员的处境有多艰难，以后一切都是未知数，我希望你能站得更高，这样也就更稳。"李梦说，"这个剧各方都在押宝，所有团队都需要最大程度地配合剧方。昨天写立案的时候我就一直在想，你知道观众现在想看什么，一部热播剧的前期和后续少不了男女主角合体宣传，我不是说你一定要跟人传绯闻，而是……单身有单身的宣传侧重点，已婚有已婚的宣传方向。

"简桃，那么多选项里，唯独没有一个，是提供给隐婚艺人的。"

简桃怔了怔。

李梦继续说："剧方的想法是希望女主角可以和男主角多多营业，短视频、采访、直播，这都很正常。但到时候我们该朝什么方向宣传？这些事总不可能在你结婚的情况下去做吧？如果大家都知道你已婚，那营业的尺度我们会降低，观众心里也有数，会自动把你们划分成朋友，但事实是现在观众并不知情，任何互动他们都可能自动加上亲密滤镜。

"但如果我们说你是单身，一旦结婚的事被爆出，影响只会更大。"

"我没卖过单身人设，"想了想，简桃说，"隐瞒结婚是公司提的要求，不让我和谢行川互动也是你们的要求。况且现在剧本还没给我，我还没有看，不确定我一定会接。

"我和剧组是互相选择的，不是他们如果同意了用我，我就一定会去的，最重要的是看剧本和导演。"

李梦："我知道之前是公司的安排，但那时候公司毕竟也不知道你会这么红，也无法预估这之后的情况，既然事情来了，那我们就解决它。"

简桃晃着吸管："所以呢，你们现在的想法是什么？"

第八章 咬八口 暗恋情书

"我没记错的话,你和谢行川本来就是协议结婚吧,也不是多年恋爱修成正果,再加上他现在已经这么红,应当不会愿意曝光你们的关系。"李梦说,"你们本来就是为了一个目的而结婚,现在他的这个目的要达成了,我觉得,你可以重新思考一下你们的关系。"

简桃低头吹着杯子里的水,冒着雾气的水面被吹出层层波纹。

李梦:"如果你们是相爱结婚的,我今天不会跟你说这些话。我知道你当时那样决定,一定是因为对那时候的你而言,结婚是更好的选择。

"但每个阶段的状态都在变化,以你们两个现在的情况,你们结了婚却不能合体,情感状态又不是单身,两头捞不着好,没有明确的定位,实在是耽误发展。"

或许见简桃没有说话,李梦又问:"而且你就打算这样,下半辈子就跟一个不喜欢的人凑合下去?"

简桃抬头:"我没有……"

表述于此戛然而止,如同在听到某个关键词时,身体下意识反驳,然而当几个字说出口后,她又忘记了自己究竟是想反驳什么。

她不认可经纪人百分百正确,但毋庸置疑,那些话里,也有需要她再思考的事情。

她和谢行川之间的感情,确实太过模糊。

尽管从新西兰回来之后,她能微妙地察觉到一些变化,但二人似乎也从来没有开诚布公地谈过彼此对当下的看法、他们之间究竟算什么,以及对之后的打算。

结婚那年她没有选择,只能走一步算一步。然而到现在,她已经能够掌控自己要去的方向,当年的那些愿景也早已一一实现。

或许她是该好好想想,她和谢行川以后的生活。

他们总不能这么不明不白地过一生吧?

思索之后,简桃缓缓开口:"我知道你说的,我也有我自己的思量,"她握着水杯的手动了动,"也不能这么雾里看花一辈子,晚点儿的时候,我会跟他谈一下。"

谢行川回到酒店时正是下午。

五点多钟的光景,却已有了下雨的预兆,天幕比正午灰了些。

他在玄关处调了一下中央空调,再往内走,脚步却又顿住了。

床面被人收拾得干净整齐,床头柜上却略显杂乱,抽屉被人拉开,东西也散落在桌台上,像是有人翻找过什么,最后又忘了将其余东西收起。

他思绪游走,片刻后收回,脚步缓慢地朝床头走去,目之所及,视线也变得清晰:两本结婚证、一些度假时的机票和门票,还有结婚的戒指盒。

蓦然之中,昨晚她的询问话语闪回他的脑海中,她问公司是否回到他手中时的表情还历历在目,不太专注却又挺关心地询问最后的结果,仿佛她有别的想法,想开始准备些什么。

总归是如此,他担心的事,不会因为害怕就不发生。

在简桃眼里,自己和她结婚就是为了暗中夺回公司,而一旦他真的将公司拿回,她是否也觉得自己的使命已顺利完成,从而可以毫无心理负担地离开?

毕竟她现在,或许已经可以完全不需要他。

他知自己昨晚已开始心神不宁,见她半晌不回答,甚至想要追问,然而最终忍住,自欺欺人似的觉得只要不继续问下去,不想听的答案就不会出现。

然而今天,她到底还是在看这些东西。

她一向潇洒,对爱更是轻拿轻放,没有负担和挂念,离开他或选择他,也许和拍一部戏再杀青的过程并无不同。

他的心脏像是跟着被浸入一片漫无边际的海域里。

他不知沉默地站了多久,手机振动,是经纪人打电话提醒他,他下午原计划是去一趟公司。他沉声道不去了,那边的人追问了两声,

第八章 咬八口 暗恋情书

他却再没有回。

清早被她打开的窗，这会儿冷风正一阵接一阵地灌进来，"哗啦啦"地吹动窗帘。

挂断电话，谢行川扯了椅子坐在一旁，思绪像被扯断的线，断断续续地播放，一些零碎片段没什么章法地在眼前放映，全是从前的。

待他回过神来，手边的一沓便笺纸已经全被他叠成了星。

他总不能这么坐下去，但又不知要去哪里。他扯了外套径直下到停车场，这层是他的专属区域，一直只有他和简桃才能进。

入口处有车灯在闪，他凝神看去，简桃的商务车从那头笔直驶来，然后在他面前停下。

"你怎么正好在？"简桃惊异，而后拉着他朝一边走去，"正好，我有个东西掉在你的车上了，你带车钥匙了吗？"

"带了。"

二人走到他的车旁，简桃拉开副驾驶座车门，坐在位置上找了一会儿，翻出一张烫金的邀请函，又收到条新消息，索性直接点进消息去看。

消息是梦姐发来的位置提醒，简桃一点开，手机就直接开始导航了。

简桃还没来得及关掉导航，谢行川已经将车门落了锁，在驾驶座上问她："要去哪里？"

"前面的会展中心……"

"我送你。"

她后面还有半截话没说完，然而被他这么一截断，也没法再说了。

会展中心离得远，他开着自己的车，应当是不能走正门的，简桃思索着该走哪条道，才能更好地避开狗仔和工作人员。

其实最好的办法是他不要开车送她，但她隐约觉得今天的谢行川不太对劲。推却的话三番五次地到了嘴边，看着他的表情，她又不好再说。

算了。

但他应当是熟悉路况的，选了条无人的通道。简桃手指放在安全

347

带上都准备下车了，车绕过一圈，又开往别的方向。

酝酿了一天的暴雨终于落下，由缓渐急，他没开雨刮器，车在路旁停下。

两旁的棕榈树坚不可摧，仿佛不会低头，摇曳的枝叶盛不住的雨水下落，在车窗边沿游走出蜿蜒的痕迹，雨声大到车内的人听不清窗外的响动，灰蒙蒙的雾气包裹着车身，整个场景如同世界末日。

简桃一时恍惚，不知道该感慨这突如其来的阵雨，还是感叹这场景熟悉。

最终，她选择了后者。

"上次看到这么恐怖的天气是不是也是跟你一起？"她回忆道，"什么时候来着，之前……军训？"

高二军训的那一次，她作为副班长总是有些责任心，清点了人数发现不对，才想起谢行川还站在台下。

她说要拉他上来，头顶雷声"轰隆"响，紧接着暴雨倾盆，还好雨没落到她这里。

"嗯。"

谢行川这么答了一声，一副若有所思的表情。简桃见状也没想打断他的思绪，转过头，耐心地等这雨停。

然而数秒之后，他又开口："什么时候进场？"

她刚才已经看过时间了："还有一会儿。"

"正好。"

两个人几乎同时开口，一模一样的两个字，简桃惊异地停顿了一会儿，见他抬了抬眼。

"你说。"

"你今天怎么这个表情？让人挺不自在的。"她轻咳了一声，"有什么事吗？"

"还没。"

还没？那就是快有了？

第八章 咬八口 暗恋情书

她这么想着,奇怪地拢了拢手臂,但没过多纠结。

她和梦姐讨论的那件事,现在正好有机会谈。

她侧头看向谢行川,"你是怎么看我的"几个字呼之欲出,然而被他盯着,这话就莫名其妙地显得有些僵硬。她转念,决定自己先说一说最近对他的看法,也许这样双方就能顺利地对彼此敞开心胸了吧。

想了想,她将声音放轻了些:"去新西兰之前,跟你的旅行,除了和钟怡他们一起,好像就只有婚后那一次度假了。"

话一出口她也惊讶,自己似乎没用过这样的语气和他说话,目光又落远了些:"那时候我只觉得,其实不了解你,也不想了解你。

"但是回来之后,我发现你其实也有挺多优点的。我以前一直觉得你是那种事事都得让人捧着、照顾着的小少爷,但其实,很多事你一个人也能做好。"

车外雷声"轰隆"响,大雨倾盆,他想起她每一次拒绝别人都会用这样的方式,大概褒扬过,会显得结果没那么锋利。

无端地,他记起高三那年,江蒙给他寄来一张门票,说简桃在礼堂里有表演,问他要不要去看。

一千多公里,几个小时的车程,他用了最快的速度还是没有赶上,抵达时她早已演完。她正站在场外吃钟怡递来的烤红薯,咬了满满一口,被烫到前仰后合,最后眼尾都是泪痕,在雪地里追着钟怡打。

被她在脚底踩碎的雪声,他此刻仿佛仍听得清晰。

她那天穿着厚重的面包服,里面就是表演时的芭蕾舞裙,可惜即使他以余光扫视过千千万万遍,那个隆冬她也没有拉下过一次拉链。

他也没有见过哪怕一秒钟,穿着舞裙的十七岁少女。

总有遗憾如影随形,之后的烧烤店里,江蒙和钟怡问起他的近况,学校如何,感觉怎么样,只有她裹得像头棕熊,就坐在他的对面,手里拿了串烤肉,神色镇定地看了他一眼,然后说:"怎么瘦了这么多?"

后来不知又聊了什么,她和钟怡笑了起来,他重复至熟练的余光里,灯火模糊成光晕。

他只是那一瞬突然在想,他们如果不能上同一所大学,以他们浅薄的缘分,这辈子应该不会再见了。

他想见她,所以去见了。

如同这些年他所有的贪念都是有关于她的,他也去要了。

唯独此刻。

终于到了此刻。

她说着他如此熟悉的开场白,最后一丝妄图维稳的决心轰然碎裂,摇摇晃晃的所有欲念如同瓶中水,于这一刻倾泻而出。

既然怎样都是结局——他终于开口。

"我也不是什么都行。"

简桃怔住。

雨势滂沱如同末日已至,蓄积的水潭中世界颠倒,高傲笔直的棕榈低下自己的头颅,垂落下树冠上的枝叶,仿佛献祭最脆弱的心脏。

她听见他说——

"简桃,我没你不行。"

雨水隔着耳膜仿佛敲击着心脏,简桃感觉头重脚轻,一瞬间有些眩晕。

她侧着头看向谢行川,二人视线相对,窗外大雨倾盆,雨幕笼罩着车身,将二人困在这方小小天地里。

那是她从未见过的,属于谢行川的眼神。

思绪像被扯紧的弓弦,在此刻尽数崩断,她本以为已经做好所有准备,对任何回答都能妥善处理,但这句回复远远超出她的预料,负载过大,她甚至忘了要说话。

催促入场的电话响起,她这才找回声音,连忙应声说"好",一切全凭第一反应般去拉车门,没敢回头。

第一下她没拉动车门,终于解锁声响起,她如同逃窜般下车,脑子里一阵接一阵的电波回荡,时不时掺杂着谢行川的那两句话。

第八章 咬八口 暗恋情书

他说——

"我也不是什么都行。

"简桃,我没你不行。"

入场时她还在轻微发着抖,是被冷的。接待的工作人员替她将伞收起,递上纸巾,简桃擦干手臂上的水渍,这才走入内场。

然而她感觉也像是踩在轻飘飘的棉花上,自我和灵魂仿佛剥离开来,无论做什么事情,没几秒钟,回忆就又将她拉回车内。

终于,拍摄完毕她回到后台,暖气渐渐充足。她脱下外套和高跟鞋,踩实地面的那一刻,才终于有了些真实感。

她轻轻地舒出一口气,看了一眼手机,没有新消息。

这晚谢行川没有回来,简桃和钟怡说清来龙去脉后,开始彻夜长谈。

她将下巴垫在枕头上,屏幕在夜里散着微弱的光。

捡个桃子:"是我想的那个意思吧?我没理解错吧?"

钟怡:"不是,他说没你不行,只是一种友情表述,意思是说你们的友谊地久天长。"

捡个桃子:"真的?"

钟怡:"你自己信吗?"

捡个桃子:"我不知道!我要是知道能问你吗?!"

钟怡:"这要问我?这有什么好问的?一个男的跟一个女的说'我没你不行'还能有什么意思?!大半夜不睡觉你跑我这儿来秀恩爱了是吧?!"

捡个桃子:"……"

钟怡:"他喜欢你不是很正常的事吗?男生本来就偏爱你那长相,而且你们又结婚了,天天抬头不见低头见的,说不定去年他就喜欢上你了,只是没说。你以前又不是没遇到过告白的人,怎么面对谢行川就举棋不定的?"

捡个桃子："但谢行川跟他们不一样啊。"

钟怡："哪里不一样？"

钟怡："怎么，他不是男的？"

简桃哽住：那我倒也不是这个意思。

她只是觉得，让谢行川喜欢上一个人应当是很难的一件事情吧。

她记忆里的谢行川，应该是众星捧月的人群焦点，看似漫不经心、顽劣不羁，但骨子里高傲而不被约束。她想，这样的人应该只会喜欢他自己。

他的桃花向来多到离谱，高二时她坐在前排，低头写东西时，听到的最多的话，就是他如何拒绝别人。他编出的理由五花八门，要么是胳膊骨折了收不了饮料、巧克力，要么是手机因为打游戏被家里人砸了，到最后干脆说自己有喜欢的人。

等人一走，江蒙连忙八卦地问他喜欢谁，他也只会懒懒地回复一句："我喜欢个屁，这话你也信。"

她原本只是猜测，谢行川对她或许会有那么一点点喜欢，然而配合着下午的环境和气氛，以及可以说是从未见过的他低落的表情，令她无措的，是他的喜欢会不会比她想的……还要更多一些？

她慢吞吞地给钟怡打字："打个比方，就像你现在要打开一扇门，你以为开了门，可能会弹出一颗小球，正当你为门内会不会弹出这颗你想要的球而忐忑的时候，才发现里面装的一切远远超出你的想象——"

捡个桃子："我现在就是这个感觉，你能懂吗？"

钟怡反问她："那还不好？"

"不是好或不好，而是太突然了。"

突然到她不知道要怎么应对才好。

虽说她是拍过几部剧，但偶像剧拍得再多那也是演别人的故事，况且剧里的人设又不是同她和谢行川百分百一致，剧和现实又怎么能混为一谈？她到底没有相似经验可供参考，又对处理亲密关系没有信心。

第八章 咬八口 暗恋情书

她突然庆幸谢行川今晚还有工作,不然她可能真的要僵成座雕像了。

大概是她太久没回复消息,钟怡直接拨了个电话过来。

"你在哪儿呢?"

"家里啊,"想了想,简桃补充,"就酒店,怎么了?"

"后面呢,去哪儿住?"

"就住这里啊,我还能到哪儿去?"

钟怡:"我还以为你得溜呢。"

简桃越说越觉得奇怪,翻了个身坐起来,屈起腿问道:"我溜去哪儿啊?"

"那以前稍微熟一点儿的人跟你坦白心意什么的,你的第一反应不就是溜吗?"

"我那是不知道怎么面对啊,他们告白前肯定也做好这种打算了,有些东西一旦开口肯定就回不去了,难道我以后还能心无旁骛地跟他们当朋友吗?我反正做不到这样,会一直记着的。"

钟怡的语调有些微转变:"怎么,这次你就不跑了?"

"那他和他们又不一样。"

她这话几乎是脱口而出的,很快,对面的钟怡怪腔怪调地说:"喔——哪儿不一样啊?"

将被子掀开一角,简桃盯着脚趾上水红色的指甲油,动了动脚尖。

她绷着表情说:"他更欠打一点儿。"

没听到想要的回答,钟怡气冲冲地要挂电话:"真无语!睡了!"

通话结束后,简桃在一片黑暗里眨了眨眼,身体某处仿佛有热雾散开,顺着肌肤蔓延到四肢百骸。她迅速躺倒,企图压制般将被子拉高。然而以往正好的薄被此刻却显得闷,她的脸颊也跟着发烫,心脏像被放进玻璃瓶里来回摇晃。

她侧头,看到一旁摆着的谢行川的枕头,有些出神地想他是在什么时候喜欢上她的。

应该是在新西兰的时候吧。

具体是哪一个瞬间呢?

是她剃羊毛的时候?还是厨房里,他们身处冰箱后面那个摄像机拍不到的小角落的时候?舞台剧表演时?他们离开前在玻璃小屋看流星的时候?

应该不可能比那更早了,他可不像那么长情的人。

迷迷糊糊睡着时,她这么想着。

晚上她睡得不算深,醒得也早,起来又思考了一会儿谢行川,这才开始每日的例行工作。

今天没有对外行程,她要在家里看剧本和指导学员表演。

现在大家的表演都进了正轨,犯的低级错误已经很少了,剩下的都是靠自己领悟,她的负担也相对轻松了一些。

她就每天下午看大家发来的表演视频,然后给出些建议。

她琢磨了一上午剧本,还查了不少资料,时间顺应自然地流逝,等她再转头看向窗外时,已经是日暮时分了。

今天的夕阳挺淡,像缺了墨的橘黄色水彩,倒是多了几分老照片的质感。

她走到光下,踩着那一片小小的光晕,木质地板上,白色绒边的拖鞋也仿佛浸了光。

回到桌边后她打开手机,发现被消息淹没。解决完选手们的问题,她又退出对话框,看到了梦姐发来的消息。

"《现在请入戏》要开始录新一期节目了,造型师给你拿了套高定礼服,漂洋过海来的,我已经喊人给你送过去了,装在箱子里,你今晚记得试一下大小。"

简桃回了个"好"。

没一会儿,助理推着箱子过来,大大小小的居然有三个。

简桃骇然:"不是就一套礼服吗?"

"是的,礼服上还有装饰品什么的,放一起怕刷坏了,还有鞋子。"

第八章 咬八口 暗恋情书

助理送完礼服后下班，简桃把箱子在门后放好，拍了张照，还挺壮观。

晚上她点了份轻食外卖。其实她算不怎么长肉的那类人，所以有时候晚上饿了还会喊谢行川弄点儿夜宵，但有时克制一下也是必要的。

简桃慢吞吞地吃完轻食后，打算自己下楼扔垃圾，顺便散散步。

她将手搭上门把，突然听到很轻的"嘀嘀"声，还没来得及反应，下一秒，谢行川已经推开了大门。

四目相对一瞬间，她慌忙错开视线，望向别处，眨了眨眼。

他回来怎么也不说一声啊？

气氛微妙地变得寂静，她能感知到谢行川的视线和动作，他大概是扫视过了她提在指尖上的纸袋，还有门后的箱子。

对了，箱子。

随着他推门的动作，箱子滑动，她连忙伸手去扶箱子，抓住拉杆的那一瞬间，又和他的视线正对上。

她下意识地往前走了两步，看着就像是要拖着箱子离开——二人手臂相碰的那一瞬间，她的手腕突然被人握住了。

简桃愣了愣。

他掌心发烫，力道像是要禁锢住她，捏得她有点儿疼。

简桃被这力道拽得微微俯身，又抬起眼，正欲开口，他却先打断她的话。

谢行川几不可察地皱了下眉，低声问道："就不能不走？"

房门仍然敞开着，呼吸声轻飘飘地落在地面上，再陷进绒面地毯里。

简桃反应片刻，才明白他在指什么。

她不知道该怎么说自己没想走，舔了舔唇，这才缓缓出声："我……就是下去扔垃圾，顺便买点儿水果。"

谢行川不太信她的话似的，目光掠过门后的几个大箱子，垂眼开口："这不是有箱子？"

简桃："助理送来的，里面是拍节目要穿的礼服。"

空气静谧片刻，她不知他究竟是信了她的话还是没信，也不知他又在想些什么。

简桃清了清嗓子："你有什么想吃的东西吗？"

"没。"

说话时，他的喉结轻微滚动。

她应了一声，手腕处他紧攥的手这才松开。她还没想得太清楚，身体已经顺着方才未完成的指令走了出去，灵魂却像仍然被丢在那里。

方才连同手腕一并被他握住的，仿佛还有她的心脏，一松一紧地被人捏着似的，走出好远她才慢慢恢复过来。

她轻轻缩了一下肩膀，为身体这自己也不能言明的奇妙反应而感觉到意外。

简桃买完了水果，又散了会儿步，脑子里乱七八糟地想着各种事，等回到酒店，才发觉自己也并没想明白些什么——又或者是，一旦她走进这个房间，感受到一些微妙的气氛，前面想说的话又全都变得开不了口。

和以前大多数时候一样，谢行川正躺在床边翻书，唯一不同的是，似乎从她进房间开始，她就总能感受到他落在自己身上的余光。

又怕是自己太自恋多想，她不好意思去对上他的目光，万一人家根本没看自己呢？

于是简桃在桌前坐下，打算给自己找点儿事干。

她撕开酸奶，倒入切好的水果，给自己做了个水果捞，吃完又看剧本，见时间接近十点，这才起身去洗澡。

听到浴室里水声响起，谢行川这才松懈下来。

手中合同被放置到一旁，反正看了一晚上，他什么也没看进去。

确定她的确不会走，至少今晚不会走，他抬起手轻轻捏了捏鼻梁。

她洗澡一向比较久，以往有时候他抱她去洗澡，少于十五分钟她还会咕咕哝哝地嫌他洗得不够好，指挥他要往哪儿打泡泡，关节处还

第八章 咬八口 暗恋情书

得用磨砂膏。

好不容易过了快一个小时,水声终于停下,她一边护肤,里间一边断断续续地传来声音,大概是钟怡在和她打电话,吐槽的内容是工作和老板。

她擦着头发出来,身上仍旧裹着浴室里湿漉漉的雾气,手机开的免提,也没取消,平摊着手机朝对面的人说道:"真这么烦,那你来我的工作室吧,我给你发工资。"

钟怡还在情绪里没出来:"算了吧,艺人工作室更挨骂好吗?!"

简桃想了想,实话实说道:"那确实。"

"等我明早去买张彩票,中个一百万直接辞职,这个班谁爱上谁上……"钟怡又在那边吐槽了好一会儿,热火朝天、高谈阔论、纵情畅想。终于,二十分钟后,她的情绪渐渐平静下来。

卧室内一直有些冷寂的气氛,也被她的声音一扫而光。

简桃正在涂身体乳,瓶罐交撞出轻微声响。

钟怡大概是不知道她开了免提,又压低了些声音八卦道:"对了,你和谢行川……"

紧接着,谢行川就看到简桃用从未有过的速度起身,迅速地越过长桌,用手指将免提取消了。

简桃含糊地糊弄了几句,挂掉电话,低着头面对手机,估计是在打字跟钟怡说着什么。

紧接着,她又做贼心虚地掀开被子,装作无事发生地躺了进来。

又过了十多分钟,二人做完自己的事情,关了两边的床头灯准备睡觉。

窗外又响起闷雷声,大概是天气转暖前最后的阴云,她傍晚出去时就感觉天气有些闷,雨酝酿着怎么都落不下来似的。

翻来覆去半天,眉心微皱,简桃弓起身体,听到后侧的谢行川问:"睡不着?"

"不是……"她说,"胃疼。"

她不知道怎么搞的，胃一阵阵痉挛，时而抽痛。

身后的声音凑近了些，他似是叹了一口气："不是让你别乱吃东西了？"

"我没乱吃，"她辩驳道，"再说，你什么时候让我别乱吃东西了……"

说完这句话，胃又像被人用针扎了一下，她禁不住倒吸一口凉气，手正想捂住肚子揉一揉，不期然地却搭在了他的手背上。

谢行川用手掌捂着她的胃的位置，还不忘说一句："你找的地方不准。"

行吧，她撇嘴："就你找得准。"

他都这么说了，她便把手放回被单上。谢行川手掌温热，打着圈按摩着她的胃部，那股不适感被慢慢揉散。

谢行川："晚上吃什么了？"

"就沙拉，还有酸奶。"

后面他又说了些什么，她困意渐渐袭来，胃也好受了挺多。

谢行川的力道渐渐变重，人困时又会变得懒散，她禁不住连连后退，以减轻承受的力量，就这么退着退着，他的呼吸就在耳边了。

简桃骤然一僵，这才反应过来自己没意识的时候都做了些什么。

二人靠得极近，几乎是严丝合缝了，她还不安生，身体动来动去。

有些变化是能很清晰地感知到的，然而谁也没有开口，她原本一直紧绷着神经在等，但等了半天也无事发生，就这么又睡了过去，但睡得一直不算安稳，睡睡醒醒的。外面雨仍没落下，屋内也弥漫着一股挥之不去的燥热气息。

一个梦连着一个绮梦，她迟钝又敏感。

迷迷糊糊中，她感觉脖颈处似乎更加黏腻，难受地低哼了几声。肌肤上的舌尖触感压得更重，伴随着被轻啜和噬咬的感觉，她不太分得清是现实或做梦，只觉得若是梦境又太过真实。汗意蒸腾成雾气蒙住视线，见她并未不配合，他这才渐渐放开动作。

第八章 咬八口 暗恋情书

其实也许他一直是爱接吻的,只是她以前从没有留意。

她这么想着,下颌渐渐不可控地开始上下轻点,一滴汗顺着颈窝淌进了枕单。

下半夜简桃才睡好。

她本以为那就是个稍显真实的梦,结果第二天一早醒来,看到一旁谢行川换下来的被单正塞在清洗篮里等待清洗,耳尖迅速一红,还不管自己正咬着牙刷,迅速把被单揉了揉,送进了洗衣机。

今天她的行程任务依旧是练舞,以及去看学员的训练情况。

不过因为大家最近表演得都还不错,所以她只是上午去了一趟,一整个下午都在老师的指导下专心练舞,十点多才从练舞室里出来。

走到负一层的停车场,她这才打算叫车,结果视线所及处,有辆车开了双闪灯。她走近一看,才发现是谢行川的车牌。

坐上副驾驶座,简桃顺手扣好安全带:"你怎么过来了?"

他侧身正欲开口,不知是想到什么,停住了。

简桃能感觉到他应该是在两个回复中纠结,然后他抬眼,把问题抛给了她。

谢行川:"你希望我怎么回复?"

这是个什么回答?

简桃没好气地说:"我希望你给我送钱来了。"

地下停车场空旷,他一只手扶着方向盘,另一只手调试着手机,然后将屏幕放到她面前。

眼前屏幕上一阵红一阵蓝,圆框中出现她自己的脸,简桃恍惚着看了一会儿,然后问:"这是什么?"

"面容ID,以后扫你的脸,走我的账。"

"我开玩笑的,"她靠回椅背,"你别这么认真,我害怕。"

他大晚上出现在这儿,即使不说什么,她想想也能猜到。

就这样不说透也挺好,否则他太直白,不像他,她也不知道要怎么接话比较好。

谢行川笑了一下:"你还有怕的事?"

她脱口而出:"那你不也有不行的事吗?"

话题被牵回前天那个落着大雨的车内末日,二人皆有不同程度的停顿,意识到自己触碰了敏感话题,简桃看到附近有家便利店,忙说自己去买点儿东西,然后落荒而逃。

谢行川看着她逃窜进店的背影,正要收回目光,中控台处的手机响了。

来电人是江蒙。

谢行川接起电话,直入主题:"要什么?"

对面的江蒙怔了怔,这才说道:"不是,你就不能想我点儿好的?我给你打电话就不能是思念兄弟,一定是找你要点儿什么东西?"

谢行川:"没有要的东西我挂电话了。"

"哎,等等,等等,"江蒙说明来意,"之前我寄给你的那个信函你看过吧?我自己的好像被我折腾不见了,今天做设计要参考做一套的,你找找看你那里还有吗?有的话你发我。"

"顺手塞车里了,"谢行川说,"不好找。"

江蒙:"那你现在在哪儿?"

谢行川:"车里。"

江蒙:"别逼我做不文明的人,谢行川。"

谢行川笑了一下,这才拉开抽屉一张张地找。他平日虽随性惯了,但这种纸类的东西一向都是叠着放在一起的,找起来总要翻来翻去。

把手机扔在一旁,他手指一张张顺下去,忽然翻到个什么东西,顿了一下。

那是一张机票。

思绪仿佛跟着被拉回那个冬天,那年正是高三上学期,他转去新学校已有半年,无意间听江蒙说简桃要去别的市区比赛,虽是独自一人,但有副主任陪同。

第八章 咬八口 暗恋情书

那会儿他就觉得奇怪，简桃一个女孩子，为什么派个男主任同行？

往后谢行川再多了解，发现原本学校派给她的的确是个女老师，然而副主任说高三学业繁重，老师不便离开，正好他要去那边出差，顺便把简桃带去。

谢行川不放心，那夜辗转反侧，最终还是做了决定，当下便买了比赛那天的机票，率先到了她要住的宿舍那里。

那天他运气好，宿舍对面正好是个便利店，便利店有透明窗，他就坐在那个位子，边写着题边等，等到她在楼下和主任告别，然后上了楼。

见主任在底下站了好一会儿，又来来回回踱步几圈，谢行川抄起空书包往这人头上一罩，将人结结实实地揍了一顿。

后来事情闹到警察局里去了，刘主任骂骂咧咧地说不知哪儿来的毛头小子，结果看到是他，吓得刚合上的伤口又崩开了。

谢行川一边录音一边转笔，笑着抱歉说："不好意思啊老师，看你走来走去，还以为是变态。"

…………

谢行川回忆太久，江蒙又在催促："干吗呢？找到没？哦，对了，下个月我休假了，怎么说，要不要一块儿去拉斯维加斯玩玩？"

谢行川："不去了。"

"干吗不去啊？你这每天看着也没什么事干的样子，陪我去一趟怎么了？我英文又不好！"

"可以跟你去，"谢行川慢悠悠地说，"不过可能回来我就没老婆了。"

江蒙大骇："怎么回事啊，你跟简桃怎么了？"

"没怎么，就是……"谢行川说，"可能跟我在一起待太久，她觉得没什么意思了吧。"

"也是啊，你们俩在一起本来不就是为了帮对方度过危机吗？现在危机都渡过去了，如果她觉得单着更好，也许是想要单着的。"

"单着更好?"

"如果不是和很喜欢的人在一起,我觉得单着是要自由很多啊,"江蒙说,"或者你让她爱上你,她自然就不会想和你分开了。"

谢行川嘴里溢出一声气音,他觉得江蒙真是站着说话不腰疼:"要真有这么简单,我……"他又嗤笑了一声,"算了,跟你说不清。"

"有什么说不清的?"江蒙又胡扯了一会儿,这才说道,"当然,站在我的角度,我肯定还是希望你们不分开更好。"

谢行川:"怎么?"

"你们离婚我被左右夹击,怎么做人?!"

挂了电话,谢行川给江蒙拍完照片,又想起这对话。

自己大概一直做得很好,好到哪怕为她飙车、昼夜赶航班、在她比赛的地方等一整晚,也没有人知道,少年的喜欢是冬日里玻璃上的雾气,擦之不尽,隐秘而清晰。

"咔嗒——"

车门突然被人打开,谢行川抬眼。

简桃拎着袋子坐进来,很显然已经从方才的情绪中恢复,碎碎念道:"外面真的好冷啊,我戴口罩都被吹得头痛,也不知道什么时候会下雨……"

话没说完,她在中控台上看到个什么东西,不由得拿起。

那是张机票。

她正想问这是什么时候的行程,一看时间是六年前,又觉得离奇。

不过她没在意,扣上安全带,车继续向前行驶。她无聊时随意地回想,简单推算,思绪却蓦地停住。

拿起票根核对后,她终于发觉不对劲:"机票上这个时候,你不是在凌城读书吗?"

她转头看向谢行川:"这是哪一次?我们见面了吗?"

车仍旧在国道上平稳地行驶。

第八章 咬八口 暗恋情书

窗外景物倒退，偶有树叶闯入视线，又飞快地晃开。

谢行川调整了一下安全带，这才回答她的问题。

"嗯，那年回去有点儿事。"

简桃轻眯起眼，探寻道："什么事？"

接下来车内陷入长达两分钟的沉默气氛，谢行川操控着方向盘换了道，目视前方，只有睫毛很轻地颤动，看起来像是仔细回忆了一番，然后对她说："忘记了。"

简桃总觉得他这话不太可信似的，又问："那这大我们见面了吗？"

"没。"

她用票根轻轻敲打手心，若有所思道："我就记得，这时候我们四个好像没聚，你是后来下雪才回来的。"

他好像笑了一下，不过因为嘴角似乎总是勾着，所以她看不清他的表情。

他嘴里隐隐约约溢出一声气音，说："你对我还挺了解？"

她更奇怪："那是我比赛的日子呀，我能不记得吗？"

他偏了一下头看后方来车，懒懒地回了个"嗯"字。

大概是没听到自己想要的回答，他明显有些兴致缺缺。

简桃看得出来，他应当是记得那天的情形的，且还记得很清楚，只是不愿意告诉她。

可无论再怎么说服自己，简桃回到酒店后，还是有些闷闷的。

大概是因为她发觉，谢行川对她也有秘密了。

但他明明连公司的事情都不会对她遮掩，那么重要的高三那年，他究竟是为了什么事，才不远万里地赶回来？

或者说……他是为了谁？

随着时间推移好不容易快忘了这件事时，她在床上一躺下来，目光掠过他的侧脸，又清晰地记起。

她觉得这事没那么简单。

这人居然还装没事人似的，见她躺下，把手里的平板电脑放在一边，问:"要睡了?"

她没说话。

谢行川:"怎么不说话?"

简桃睁着清明的杏眼,说瞎话道:"困了。"

"生气了?"谢行川瞧了她一会儿,像是知道她在想什么似的,把话题拉了回去,"真想知道?"

"你这是什么语气?难道你还怕我知道之后接受不了事实吗?"简桃把脑袋别过去,胡乱地想着各种可能,这才说道,"你不是忘了吗?"

"我——"

"算了,"她侧过身,"我不想知道。"

虽不知道谢行川在想什么,但站在她的角度,她只是突然觉得,如果他有什么事暗度陈仓,被她这么逼问出来一样,很没意思。

万一人家就是回去找当时的暧昧对象不能跟她说呢?她非问那么清楚干吗,给自己添堵?

她憋着一口也不知道是什么的气,又转过身完全背对他,只希望他别再开口火上浇油。但当他真的不说话了,她更觉得无处落脚。

简桃半压着被单,转回头去看他。

但出乎意料,他也并没觉得这事就这么揭过去了,只是看着她,不知道在想什么。

见她回头,他又启唇:"你如果真的想……"

"我不想,"她斩钉截铁地打断了他的话,"睡觉。"

这晚两个人睡得可以说是各怀鬼胎。

简桃纠结于到底是什么样的事,才会让他这么藏着不同她讲,而谢行川在想什么——她知道他一定在想,想的内容却无从得知。

次日醒来,二人好不容易共进一次早餐,简桃看似冷静,实则一反常态地坐在对面一言不发,低头吃着自己的芋泥奶贝。

表层的奶粉撒在桌面上,对面的人似乎一直在看她。

第八章 咬八口 暗恋情书

谢行川将笑不笑，大概是觉得她这样挺有意思："我要不说的话，你是不是能记一辈子？"

"你以为我是你？"简桃说，"天蝎座，记仇得要死。"

吃完早餐之后，谢行川起身出门，简桃就很自然地视线跟随，问："你去哪儿？"

问完觉得不太对劲，她轻咳两声，换了副语气："处理公司转让的事情？"

谢行川这才垂下眼，声音低了些："嗯。"

回到这个话题，他就总心情不太好的样子，也不知道是为什么。

简桃拍了拍手上的奶粉，听到大门落锁的声音。

出了门，去往停车场的路上，谢行川察觉到口袋中的手机短暂地振了一下。他顿了顿，拿出手机来看。

好在不是简桃发来的信息，对方也没有说些他不爱听的话题。

发信息的是穆安——高三时谢行川在凌城附中的同学。

毕业后谢行川回到这边，而穆安仍旧留在凌城，因为公司地址靠近谢行川原来的房子，穆安便就近住在那里。谢行川分文不收房租，穆安也更讲义气，知道他忙不会常给他发消息，但他参演的电影穆安一次不落地包场，综艺节目也从不漏看。

穆安现在自己创业开公司，做的是公众号，每天收到一大堆各种稀奇古怪的投稿，一边痛苦一边沉迷。这性格从他高中时就初见端倪，那会儿一有女生给谢行川送情书，穆安就会八卦地问谢行川到底对谁感兴趣。

谢行川那时候很疲，疲到有些孤僻的程度，连自己的身体都不想照顾。而穆安这人自来熟得有些过分，每次奶奶让带的粥，穆安也会给谢行川盛一碗。渐渐地，两个人就混熟了。谢行川的朋友也多起来，但对感情问题他仍避而不谈，一次又一次地无视穆安八卦的欲望，说对谁都不感兴趣。

穆安不信,说他的眼睛一看就有故事感。

真是挺扯的,但从那会儿谢行川就知道,有些人真是生来在某些方面就有天赋。

譬如穆安这人,就能在学校提前放假、吃完烤肉时,精准捕捉到他打开又无数次关上的对话框,账号主人叫简桃。

"简桃?"穆安念了两遍,说这名字好听,然后冲他笑,"原来你喜欢的人叫简桃。"

一觉醒来,谢行川以为穆安会忘了这事,谁知道忘性极大的人,居然把这两个字用圆珠笔写在手背上,明晃晃的"谢行川、简桃",然后一觉醒来,看着手背醍醐灌顶:"原来我昨天告诉自己死也不能忘的事是这个。"

"没有的事。"那时候谢行川这么说。

但穆安只是笑着看他,没有拆穿他。

有一晚江蒙给他打电话,那阵子附中有活动,穆安得出节目,每天走得最晚到得最早,家里离得又远,为了节省时间多睡点儿觉,就在这房子的客房里睡得昏天黑地。

他开着免提,江蒙滔滔不绝地聊了二十分钟,然后说:"对了,简桃和钟怡在逛文具店呢,你有没有什么要和简桃聊的啊?简桃!简桃!"

这关键词还没来得及催动他的心跳,就把沉睡的穆安轻松唤醒,十秒后,穆安一个箭步冲到他的房间,用口型问:"就那女孩?"

开了免提的手机里声音很嘈杂,没一会儿,简桃奇怪地接过手机:"谁啊?喂?"

穆安是有高中男生的通病的,譬如说爱撮合人,爱起哄。

"谢——嗯!"穆安话没说出口,嘴巴就被谢行川皱着眉一把捂住了。

谢行川顿了顿,然后说:"没事,江蒙说你有话和我说。"

他不知道,后来穆安才和他讲,太明显了,谁藏得住喜欢之情?

第八章 咬八口 暗恋情书

前一秒他看着穆安还在狠狠皱眉头,下一秒开口和她说话时,声音却已经放得沉缓而轻柔。这种细节只要有心去观察,穆安发现简直数不胜数,只可惜大多数高中生光是学习都疲于应对,不像他那时候就有做情感大师的理想。

简桃当然是不知道这些事的。

她"啊"了一声,才说:"我没什么话要说的呀。"

他很少听到她这样的语气,被激发得肾上腺素分泌的同时,心脏又在极速下坠。她对他变温柔了,也意味着,变生疏了。

他们不再是坐前后桌时她会在他的笔袋里拿橡皮的关系了。

他没说话,在这一刻觉得,什么都没意思。

太久听不到他回复,她又把手机递了回去,问江蒙:"他是不是挂电话了?"

江蒙说:"真有可能。"然后他低头一看,"没挂啊,你是不是又气他了?"

"我还有这本事,两句话就能气到他?"简桃说完喊老板结账,随后又对江蒙说,"最近本子用得也太快了,一个星期买了三本,手都要写烂了。"

听到前一句话时谢行川想:她的本事又何止这些?听到后半句话,他又跟江蒙说:"我有事先挂电话,你把地址发我,家里多了很多本子,寄给你。"

然后他挂断电话,对上了穆安别有深意的目光。

穆安自诩情感大师,《知音》和各种文艺电影都快看烂了,很简单就猜了出来:"喜欢你的人那么多,让我开个口又怎么了?做不了朋友就做不了呗,你缺朋友吗?"

事情没这么简单。

谢行川抬眼:"总之不能说,懂吗?"

"为什么,她有男朋友?"

"她讨厌别人喜欢她。"

谢行川想到那些告白后被她越推越远的人——他是不缺朋友，但她不是那么肤浅的人。

"爱对有些人来说是负担，你能不能理解？"

"当然能！我可是立志以后要做情感咨询师的人。"穆安立刻站起来，"以后你打电话我老实点儿就是了。你要知道这么细腻的情感，除了我没人能理解你。"

穆安又品了品："所以总结就是你爱她，但不能说……"

谢行川："没到爱。"

穆安端详他半晌："你的嘴比我姥姥昨天刚打的铁还硬。"

回忆打住，谢行川将视线转回此刻穆安发来的消息上。

穆安："你前几个月就是拍《追港行动》去了？我今天看了花絮，你的粤语什么时候说得这么好了？"

谢行川："学了几个月。"

"语言天赋还是牛，等我的公众号流量更高了我帮你放票，电影什么时候上映？"

"远着，"谢行川说，"上映了叫你。"

穆安发了个"OK"的表情："感情呢，感情状态怎么样？我今天收到个投稿，稿主也是说娶到自己学生时代的女神，但是刚结婚三个月就厌倦了，真不是个东西。你们呢，我看你们的综艺节目刚杀青？"

谢行川思索了半晌，而后回："好点儿了，老样子。"

穆安很快明白他的意思——好点儿了，不过还是老样子。

穆安下意识地想叹气，但又觉得这么着似乎已经很好，压下自己想进一步撮合两个人的欲望，最终还是打出几个叹词："就这么爱吗？"

他们没聊太久，穆安忙得一个头两个大，谢行川也有事情。他们一向是几个月联系一次，聊一聊近况，再各自去忙。

谢行川收起手机上了车。

话题结束，他的思绪便不可控地回到她身上，以及关门前她说的

第八章 咬八口 暗恋情书

最后一句话上。

有关公司的这个话题他一向不愿多谈,好像越要尘埃落定时,动荡感就越强,他越担心她想离开。

机票的事,他不是不能和她说,而是一旦和她说明,事件到底是更好还是更坏,连他也无法预估。

爱意于她一向是负担,越深刻,这负担感就越重。

倘若被她知道,其实他的喜欢自现在往前延伸足有七年,恐怕她好不容易平定的心,会再一次被搅乱。

她会怎么想他?一个连对枕边人的爱意都能隐瞒七年的人,她会不会觉得可怕?

坦白那日他是抱了即使分开也不能不明不白的决心。他以为等他再回去,酒店内她的东西大概早已被搬空了,然而她还在,这又给了他莫大的期待和信心。不管往后如何,起码那一刻,他也许和从她的生命里路过的那些人有一点点不同吧。

此刻还能留下她已是庆幸,他不敢再用一吐为快,去赌一个可能没有她的未来。

简桃今天是有行程的,拍摄代言新品的广告。

上午拍照片,下午拍视频,待忙了一天回到酒店里,她已经累得不想动了。

她靠在谢行川惯爱坐的软椅里,开了按摩放松。

谢行川还没回来。

她闭眼浅寐,因此没把灯开得太亮,偏暗的空间里乍然出现亮光,她睁眼一看,是梦姐发来了消息。

大概是今天太忙忘了说什么事,此刻梦姐才想到补充。

梦姐:"你和谢行川的事怎么样了?"

简桃顿了一会儿,才回:"晚点儿再和你说吧。"

毕竟她现在也觉得,这件事其实并没完全解决,至于要怎么才算解决，还得时间去推进。

梦姐："我也没想着这么复杂的事两三天就能解决，主要你自己好好想想吧。"

梦姐："这两天比较忙，你先好好休息，总归不急在这几天。"

梦姐虽是这么说，但话题都被挑起来了，简桃又怎么可能完全不去想？她的思绪又回到了那张机票上。

六年前，十二月，谢行川高三入学才五个月，按理说是最忙的时候，到底是为什么，他不远万里赶了个大晚上的航班回到宁城？

那年学校有什么大事发生吗？

越想越好奇，简桃直接从椅子上翻身起来，去找自己的箱子。

毕业那年，一中给每个学生都发了印有一中logo的收纳箱，她高中的杂物全收进去了，包括各种介绍册和奖状。

后来搬家，助理他们没弄清楚，把这个箱子也给她搬到了酒店里，她想着反正房间大，也没刻意送回去，就将箱子摆在某个角落里。

结果箱子放那儿没几个月，谢行川的学校的收纳箱也摆在了一边，大概是他的工作人员见她有，就把他的同款箱子也搬来了。

那个箱子也颇有故事，彼时的谢行川早不在一中读书了，但江蒙非要给谢行川弄一个，说是有纪念意义。他们三个人来来回回地在校长办公室跑了好几趟，才磨到了一个不对外赠送的箱子。

箱子放到现在，一次都没打开过，只是经常有人收拾，所以也挺干净的，没有落灰。

简桃掀开一个，拿出最上面的学校介绍册。这是他们那个自恋校长特意安排设计的，美其名曰是记录学校每年的优秀事件，实则是在歌颂自己的丰功伟绩。

那三年来，学校需全员到齐的各种重要事件，全记录在里面了。

简桃按照时间线寻找，高三那年十二月却是空白的。

他不是赶回学校处理或看什么事情，那应该就是因为人了。

谢行川的母亲辞世，父亲鲜少联络，也没见他有什么关系很好的

第八章 咬八口 暗恋情书

亲人，他最好的朋友就是江蒙。那天是周三，如果他是去见江蒙，江蒙肯定会叫上自己和钟怡，毕竟江蒙一直觉得人多才热闹。

那他见的人也不是江蒙。

简桃正对一个个可能进行排除时，不期然一垂眼，发现箱子里还装了不少东西，只是有些陌生。她思索片刻才发现，她好像错打开成谢行川的箱子了。

都怪江蒙，毕业生的什么东西都要给谢行川拿一份，箱子是，介绍册是，就连毕业照都是，害得她现在才发现开错了箱子。

关上箱子时，侧边一个四四方方的信封在眼前闪过，她当时并没多想，等到洗完澡躺在床上时，才终于记起来那是什么。

高二的时候，有个手账品牌的硫酸纸信封突然爆火，那阵子就流行起了写情书，她起先不知道，后来抽屉里无缘无故地多了几封信，才知道原委。

说来也是，装在信封里的，除了情书还能是什么？

以她的了解，她觉得谢行川绝不是会把别人送的信封妥帖地收藏起来的人。

那也就是说……这是他自己写的，没送出去的东西？

简桃胡思乱想着，就这样硬是干躺到了十一点多，一看时间又决定不能再这么耗下去，认认真真地重新拉好了衣服，闭上了眼睛。

装在信封里的除了情书，说不定也是贺卡呢？说不定那就是他给某个家里的妹妹回的贺卡，没找到时间送，就夹在书里了呢？

嗯，应该就是这样，她自我劝告道，睡觉，睡觉。

凌晨一点，简桃骤然从床上弹起，眯着眼灌了大半杯水。

谢行川还会写情书？他给谁写啊？

又在床头坐了一会儿，几乎是不受控制，等再反应过来时，她已经蹲在了谢行川的箱子面前，手里拿着那封情书了。

犹豫了十多分钟，最终抵抗不过夜里浓烈的好奇心，她决定看完情书就和谢行川坦白，但是现在，确实是忍不住了。

简桃深吸一口气,强烈谴责了一下自己,然后心跳加速,缓缓地将信纸抽出,食指展开。

窗台上不知是什么水,"啪"的一声滴在墙壁上,夜里周围一片寂静,楼层太高,连车辆行驶的声音都听不真切。源源不断的暖气从脚底涌出,简桃就蹲在箱子前,陷入了漫长的沉默状态。

信纸……是空白的。

她就知道,她就知道,像谢行川这样的狗,不想被人发现的东西,他根本就不可能不上锁!

此刻她也不知道自己是愤懑多一点儿,还是失落多一些,总之没有放松。因为她仍旧觉得,这信纸上是有东西的。

她将信纸对着光,背面能隐约看出落笔痕迹,纸上却是一片空白的,信封处甚至连封口都没有。

谢行川不会是故意让她看见信封,但是看不出内容吧?

这倒也确实像他会做出来的事。

简桃撇了撇嘴,把信封放回原位,这才慢吞吞地躺回床上,打开手机适应了一下光线,准备给谢行川发消息。

她怎么说呢?

"我看了你的情书,哥哥你不会生气吧?"

或者——"不就是几年前的情书,至于藏那么严实吗?"

再亲切一点儿——"把你们的爱情故事给我分享一下,让我听听?"

她在表情库里千挑万选,找出一个高贵又不失谦虚的"抱歉"表情包,又觉得自己很亏。她什么都没看着,却要道歉。

她蒙在被子里正要发送消息,突然门口传来声响,一种被抓包的紧张感让她僵在原地。

待谢行川走近了,她才想到息屏。

谢行川伸手揭开被子,大概是反应了一会儿:"还没睡?"

简桃:"我看了你的那个箱子。"

二人几乎是同时开口,谢行川顺着她的手指的方向看过去,角落处,

第八章 咬八口 暗恋情书

是印有一中校徽的杂物箱。

"哦,"他这才直起身子,慢悠悠地说道,"看出什么了?"

她将被子掖在下巴两边,很是心有不甘。

"没。"

他"嗯"了一声,背对着她解开外套和衬衫,"窸窸窣窣"的声响过后,说道:"我去洗澡。"

待到浴室里响起水声,简桃还没缓过神来。

这就没了?他就这反应??

他也不质问她为什么要窥探他的秘密之类的?这不重要吗?

这两天以来,她发现的谢行川的秘密,比以往七年发现的还要多。

简桃重新躺好,准备等他洗完,结果这水声太过催眠,现在又已经两点,明天还有节目要录制,她陷在枕头里,不知不觉就有些迷糊。

等谢行川洗完澡、吹完头发,她原本想说的那些话,也早就不想说了。

刚进被子,他身上有些凉,也不知是有意还是无意,或是习惯性地横过手臂,手臂即将搭到她的腰上时,简桃"啪"的一声把他的手拍掉了:"自己睡自己的,别动手动脚。"

谢行川皱眉。

他垂眼看去,以往惯爱蹭到中间睡的简桃,此时已经滚到床边,恨不得跟他隔个十万八千里远。

他正欲说话,然而她是真困了,接连打了两个哈欠,眼尾也沁出泪花。

他一看时间,确实已经很晚了。

明天他们还得早起,一整天都很忙。

总归不能耽误她休息,顿了顿,他也躺下了。

简桃睡到大半夜,在梦里打了十对组合拳之后,突然被冷醒了。

她睡得迷糊,不知今夕是何夕,睁眼时有些恍惚,带着些鼻音问:"怎么突然这么冷?"

她正要伸手往被子外探，以为熟睡的谢行川在一旁开了口："你睡边上怎么会不冷？中间暖和。"

"噢。"她只想快点儿解决冷的问题，不情不愿地挪向中间，海豹一样裹成一团，在他旁边停下。

好像中间是暖和挺多的，她就这么慢慢感知着，再度昏睡过去。

次日起床后，简桃才回想起这事，一大早就神色复杂地站在床头，观察中央空调的调控键。

谢行川换下睡衣："看什么？"

简桃："我怎么记得昨晚这个空调出的是冷气啊？"

他面不改色，正襟危坐："你记错了。"

简桃怀疑道："是吗？"

"快去刷牙，要迟到了。"

她磨磨蹭蹭地走进浴室，今天确实有《现在请入戏》的录制，一早他们就要去看彩排。

她刷完牙后没多久谢行川就进来了。简桃一边对着镜子擦脸，视线一边不可控地转向他。

以往再普通不过的动作，仿佛都能被赋予些特别的意味，简桃端详着他的杯子，手柄处有个很小的六芒星，她这才一点点地回忆起来，谢行川买东西好像特别喜欢买带六芒星的。

昨晚她看见在他的箱子里，似乎也有几颗纸叠的星星。

这星星不会就是他们的定情信物吧？

高二那年，她虽然好像全程都存在于他的世界里，但是竟然对这些东西可以说是一无所知。

她甚至想不起来谁和谢行川关系暧昧过。

这种被蒙在鼓里的感觉让她很不爽，但她知道，如果谢行川和盘托出，讲述了他和那个女生的故事，她的求知欲和好奇心是被满足了……但是她也会更加不爽。

她抄着手站在原地，发泄情绪般重重吐了一口气。

第八章 咬八口 暗恋情书

谢行川转头看向她:"怎么了?"

简桃目光如炬:"你没背着我搞外遇吧?"

谢行川皱了一下眉心,不太理解她这又是唱的哪一出。

"最好别被我抓到。"

眯着眼说完这句话,她这才走出浴室。

去录制节目的车上,她无聊地刷了刷微博,正好在热门话题里看到之前演过的影视片段,是她扮演的女主角被前男友"绿"了。

评论区有人感叹:"首先这就不合理,有简桃这种女朋友,谁会出轨?!"

想想也是,她放下手机,暂且打消了这个疑虑。

简桃走进演播厅,又开始了一天的忙碌生活。

彩排忙到她没时间多想,走位、调整台词、找机器,等到她忙完,已经离节目正式直播不剩多长时间了。

她简单地补了补妆,按照节目组要求,去到最中间的那个小房间里。

今天导师们要提前录制些东西,作为备采花絮放给观众。

录制主题由节目组提供,这次的主题很简单,是和自己的第一部戏相关的任何东西,导师们顺便还可以来一次回忆杀。

简桃是这么猜测的。

等她走进房间,人差不多已到齐,机器的灯一闪一闪的,是在拍摄当中。

其他导师挨个儿打开包,边介绍东西边回忆。

"这个是我第一次演戏时留下的绷带。那是很小的一个角色,危险系数很高,没人愿意演,我去了,结果确实也受了伤,但是给我后来演戏带来了很多机遇,我还挺感激的。"

"我第一部戏演的是女五号,没什么单独的戏,但是要一直在镜头里那种。我留了一副太阳镜,沙漠里风沙特别大,有时候戏拍完都要冲洗眼睛,这个留下来,也算忆苦思甜吧。"

大家挨个儿说完,最后轮到谢行川。

简桃以为像他这样的人,应该什么东西都不会留下,谁知道他的盒子居然是最大的,打开后,里面是件白T恤。

她正想说一件T恤还得拿这么大的盒子装吗?但越看她越觉得熟悉,绕到旁边一看,果然又有一个花体字的logo。

她对这个盒子无比熟悉。

一中侧门处有个文具店,老板娘干过很多工作,所以某些节日常有彩蛋,例如中秋节的手工月饼,以及……七夕节的夹心巧克力。

提前一周向老板预约的人,七夕当天可以收到一盒定制的夹心巧克力。夹心不仅可以选内馅,还可以挑字母,用巧克力酱浇上模具定型,分别塞进口味各异的巧克力里,收到的人每吃一口都像在开盲盒。

要问她为什么知道得这么清楚,因为但凡是这些带花样的东西,她全收到过。

她至今仍旧无法忘记钟怡从巧克力里吃出"Jian Tao I love you(简桃我爱你)"时的震撼感。为了拼全整个句子,钟怡整整吃了一下午的巧克力,第二天因为上火没来上学。

那会儿简桃只觉得好笑,现在想来,居然能和此刻的情形呼应。

谢行川将衣服抖开,简桃无法控制地脱口而出,指着盒子问:"你怎么用这个装衣服?"

他说:"没找到别的盒子。"

也就是说,他只找到了这个盒子。

接下来的时间里,简桃似乎什么都听不进去了,只是在想,他为什么会有一款七夕限定的巧克力盒?

简桃确定自己收到的那盒子,早已被班主任拿去装杂物了。

而这款巧克力在短暂风靡过后,被学校全面禁止,只在高二那年短暂出现过,而那年的谢行川,没收过巧克力。

也就是说,这是他买了,但没送出去的巧克力。

盒子他还一直留着。

第八章 咬八口 暗恋情书

他是多么懒散随性的人,简桃一直都知道。一个盒子怎么会陪一个锦衣玉食的小少爷这么久?这个盒子一定有特殊的意义。

这些天像是翻书,她一页一页地想快速揭过,故事却不受她控制地随着页码的增加而逐步展开。

拍摄工作结束后,简桃回到自己的休息室里,只觉得耳边似乎有不少飞虫一阵接一阵地叫,吵得她不得安生。

某个猜测也逐渐清晰。

她打开微信,给钟怡发消息:"你觉得……一个男的转学之后又大老远地偷偷飞回原学校,写了情书,买了七夕巧克力但是都没送出去,是什么原因?"

钟怡不难看出这句话在说谁,想了几分钟,最终将"转学"和"男的"两个词圈出,然后言简意赅地给她发了个问号。

捡个桃子:"嗯。"

捡个桃子:"我觉得,谢行川在高中的时候,有个暗恋的人。"

简桃当天还是尽职尽责地参与完了节目的录制工作。第二天下午,工作的休息时间,她和赶来的钟怡见了一面。

钟怡抵达咖啡厅包间时,简桃正撑着脑袋坐在台灯旁,浅黄的灯光映在她的眼底,她一手托着下巴,一手漫无目的地搅动着果汁。

见钟怡来了,她这才回神:"怎么突然就过来了?领导给你批假了吗?"

钟怡无所谓地耸肩:"反正我也不是很想上了,几天假而已,正好散散心。"

简桃"噢"了一声:"喝什么?我这果汁还可以。"

"跟你一样吧。"钟怡用手机下了单,这才目光转了转,言笑晏晏地看向简桃,似叹似慨,"真没想到,有一天能轮到我处理你的感情问题。"

简桃偏过头去,嘴硬道:"我哪里有什么感情问题?"

"这还不算问题？"

"我就是……好奇他喜欢谁。"简桃抬头，"难道你不好奇吗？"

钟怡挑眉："他不是喜欢你吗？"

简桃撇嘴："我说之前。"

谢行川这样的人，随性又散漫，最爱的应该是他自己，她怎么也想不出，他在鲜衣怒马、乖张无序的学生时代，在数不尽的爱慕眼神中，竟然也会瞒着所有人喜欢一个人。

"暗恋"这两个字，怎么会和他搭上边？

他看起来一点儿也不像能忍的人。

他向来以惹她为乐，绑她的书包带，下雨天抢她的伞，打雪仗的时候用冰得要死的手去按她的脖子，大晚上给她打电话就因为找出了她的习题册里的一个错处——但原来，他也有另一面，只是她不知道，也和她无关。

这样的认知，真是让人觉得好没意思。

这时候，对面的钟怡开口。

"我觉得他以前喜欢谁都不重要，"钟怡难得认真起来，"那都是过去的事了啊，就算他以前喜欢过谁，现在也是和你在一起啊。"

简桃当然想过钟怡说的这些话，但有再多的理由说服自己，仍旧无法忽视的是……这对她来说很重要。

他曾喜欢的那个人是谁？他喜欢到跨越那么远的距离去见她吗？喜欢到买了礼物送不出去也心甘情愿吗？他喜欢到写她看不见的信、做她看不见的事、保有一份始终无法开口的喜欢，也甘之如饴吗？

他怎么会这么喜欢一个人？

心像是被什么东西堵着，沉甸甸地往下坠。

钟怡说："其实你就是想知道，他对那个人的喜欢是不是比对你的更多。"

简桃："当然啊，不然我……"

钟怡替她接话："你会心理不平衡。"

第八章 咬八口 暗恋情书

"你喜欢他,如果不出意外只喜欢过他,他除了你之外还喜欢过别人,并且也许是在和你认识的时候,那么毫无保留地喜欢着那个人,这件事当然会让你心理不平衡。"

钟怡靠在沙发上,又笑又叹息:"唉,我们小桃吃醋咯。"

简桃愣了一下,这才飞快地开口:"别开玩笑,怎么可能?我们关系一直很差,你知道的啊。"

"我知道?"钟怡坦诚道,"我从来不觉得你们关系差啊。"

简桃抬起头。

封闭的空间内飘着华夫饼的香气,钟怡坐在对面似笑非笑地看着她,有一瞬间,她仿佛透过那双眼,看到了谢行川。

钟怡说:"从始至终,都是你一个人这样觉得。以我对你的了解,如果你真的不喜欢他,无论如何,你都不会让他碰你的。"

那些画面涌进脑海:例如他得寸进尺后,她是怎么一次次将界限拉低,再到消失不见;又或者他的那些行为,如果换作其他人,她根本不可能接受。

似乎安静了很久,她低着头搅拌果汁,瓷杯的正中心漾出个浅浅的小漩涡。她没想过瞒自己,然而也是真的没有发现自己的感情。

好像这回事,永远都是旁观者清。

钟怡继续说:"譬如你这几天一直在各种调查他以前喜欢谁——你如果不喜欢他,根本不会在乎他喜欢过谁、现在那个人还是不是他的'白月光',又或者他以前为她做过什么。你怎么可能不喜欢他啊,简桃?"

"你连发现他曾经可能喜欢过别人都会委屈得想哭。"

简桃走出咖啡厅时,时间正到傍晚。

钟怡留给她独自思考的空间,简桃伸手理了一下耳后的口罩,忽然,面前有辆车突兀地鸣起笛来,又打开了双闪灯。

她原本以为来人是谢行川,看了车型后才感慨自己太魔怔。

他压根不知道她在这里。

可是无法避免地,她的思绪被拉回了刚领完结婚证的那天。

那也是个黄昏,她站在树下等他开车过来,面前就是喋喋不休的简伟诚,无止境的贬低话语里,有一瞬间她感觉自己站在悬崖边。

然后他的车开到面前,用鸣笛声制止了正在言语贬低她的人,对她说:"简桃,上车,回家。"

这好像就是一个很简单的瞬间,但是在她的人生里很重要。

她原以为自己那个瞬间是恍惚的,这一刻才发觉,她的心动就始于那个普通的瞬间,他为她撑腰的那个瞬间,做她的后路的那个瞬间。

她从来知道身后空荡,因此连跌倒时都不敢闭眼,但自那之后数不清的时刻里,她竟然也有了想要恃宠而骄的瞬间。

她回到酒店时,已经是晚上了。

街边正热闹,成年人的夜生活刚拉开帷幕,街边灯牌接连闪烁,她都被晃得有些眼花了。

简桃一脚刚踏进房间,谢行川的声音随即传来。

"怎么才回?"

他抬眼与她对视,大概是知道她的工作五点就结束了,然而现在已快八点。

"有点儿事,"她抿了抿唇,"和钟怡见了面,在楼下的时候又接到梦姐的电话,修改了明天的航班和酒店。"

"你明天要出去?"

"嗯,去凌城。"

说到这儿,她才记起对这座城市莫名其妙的熟悉感从何而来——谢行川高三就是在凌城念的书。

说来也巧,艺人每年全国各地飞,她几乎逛过大半个中国,凌城却一次都没去过。

顿了顿,谢行川问道:"带几个工作人员?"

第八章 咬八口 暗恋情书

"就两三个。"

他似乎思考了一会儿。行程对不上,他当天赶不过去。

"我在那边有个朋友,等会儿我拉个讨论组,"谢行川说道,"如果有什么事你随时说,我如果处理不上,他会帮忙。"

简桃想了想,点头说"好"。

当地有个朋友照应,她应该方便挺多。

讨论组很快拉上,穆安是完全自来熟,很快给她推荐了一些景点和适合的小吃,就又去忙了。她没过多打扰,翻着攻略。

简桃问:"你朋友现在在做什么?"

"公众号,"他牵了牵唇,"他从高中就爱当情感咨询师,现在每天都在接各种投稿。"

她"噢"了一声。她在微博也经常刷到那种投稿账号。

拉完讨论组,谢行川起身去洗澡。

她掀开被子,半靠在床头出神,看加湿器吐出轻薄的雾气,雾气再弥散在空气里。

不管想不想面对,她知自己今晚必须开口,反正不能再这么下去了。

这时屏幕一亮,钟怡发来消息:"实在忍不了的话,你就问他。"

能看穿她的想法似的,钟怡继续说道:"别觉得掉面子。"

这时,谢行川也洗完澡从浴室里走出来。大概是忘拿衣服,他只围了条浴巾在腰间,单手擦着头发,白色毛巾尾端垂落,搭在肩颈上。

水珠缓缓从他的额前滴落。

大概是发现她在看自己,谢行川侧头问道:"怎么了?"

她发觉他其实是如此直白的一个人,以往浑话也好、挑逗的话也罢,只要他想说,随时都能说出口。

让他这种天之骄子都没敢说出喜欢的女生,会是什么样的?

总之不会是她这样的吧。

她记起高三那年,她有一场很重要的比赛,临赛时大雪簌簌而落,江蒙说给谢行川也寄了门票,但直到她比完赛很久,他才赶到。

后来快要高考的那年三月,她半夜接到谢行川的电话,对面的人沉默良久,才说是本该打电话给江蒙的,后来换手机誊号码,把她和江蒙的名字存反了。

她让他及时更正,但他也不听,后来两三个月打错过好多次电话,甚至有时会按错,让她在对面听好几分钟的呼吸声。

高考完填志愿,简桃参考他们的,问他想填哪里,他挺混账地一句实话都不说,反而套她的第一志愿。

如此种种,不胜枚举。

她想到这儿时,谢行川也已经走到了床边。

简桃问:"你忙完了吗?"

"嗯。"

"是公司的事情?"

"不是,"似是思虑了很久他才出声,然后说道,"公司的事前几天已经处理完了。"

她"噢"了一声,也没再问,像是对这个问题不太关心,或是早已猜到。

谢行川凝视着她的表情,不知她铺垫这么久,究竟是想和他商量什么事。各种糟糕的念头过了一遍,他垂下了眼。

房中响着胶着的呼吸声,他们各有思虑,各有恐惧。

最终,简桃深吸一口气,说道:"谢行川,我问你个事。"

他说"好"。

她直入主题,指着那个杂物箱的位置,语速放缓:"你的箱子里那封情书……当时是想写给谁的?"

咬九口 善于忍耐

第九章

她的话音落地后,房间里气氛沉默了几秒,像是什么被提着的东西骤然落下,谢行川放松肩膀,呼吸声这才清晰。

他转过眼,眉梢轻抬:"就想问这个?"

不知为什么,简桃总觉得他好像松了一口气。

"不止,还有那个巧克力盒子,你回宁城的机票……"简桃说,"但现在,最想问的是这个。如果我没猜错的话,这些都是给同一个人的吧?"

他没答话,低着头将发梢擦干。

"吹完头发告诉你。"

见他拿起吹风机,简桃立马从床上坐起来。吹风机还没响起几秒,她已经跪坐在床边,将他手里的东西一把夺过去:"不行!"

"现在就告诉我。"她说,"谁知道你吹头发的时候又打什么坏主意,然后把我搪塞过去。"

"你要这么说的话,我现在也能把你搪塞过去。"谢行川垂眼看着她抵在柜子上有些泛红的膝盖,在白皙的皮肤上,红色痕迹似乎尤为扎眼,"你的腿不疼?"

"不疼,你别转移话题。"

"行,"他伸手将线叠了叠,这才看向她,半倚在墙壁上说,"写给你的。"

她神情无奈:"你看我信吗?"

他笑,大概是天生桃花眼,讲话时也自有一股风流气。

"真是写给你的。"

她怎么可能相信,眯着眼轻轻皱起眉心。许是看她不信,他又强调道:"真的。"

但他眼底笑意未消,那眉眼略勾着,这表情落在她的眼里,怎么都像是故意在逗弄她。

反正看起来他的话毫无可信度。

简桃气冲冲地蹿回原位躺下,"噼里啪啦"地给钟怡发消息。

第九章 咬九口 善于忍耐

捡个桃子:"我问了,他骗我。"

钟怡:"嗯?"

他不想说的话谁也问不出来,这点简桃比任何人都清楚。

或许是看她敲字敲得"噼里啪啦",没一会儿,谢行川用指尖在她的屏幕上点了点,好笑道:"又在传什么情报?"

简桃没好气地说:"吹你的头发去。"

"吹了几分钟,干得差不多了。"谢行川缓缓躺下,而后说道,"聊聊?"

"不聊了。"

聊也聊不出什么,他只会转移话题和胡说八道。

谢行川:"那箱子里还有纸折的星星。"

简桃顿了顿,放下手机,偏头看向他。

"怎么?"

"不看看?"

"我看那个干吗?那不是你的隐私吗?"她翻身裹紧被子,"睡觉。"

背后安静了两秒,谢行川拨了一下她的耳垂:"你看我的隐私还要经过我同意?"

"你什么……"

"没什么意思,"谢行川没等她说完,已经接下话,"那我同意了,你看吧。"

不知道为什么,今晚她就是很想跟他对着干。

简桃:"我不看。"

谢行川暗恋她?

就算他吹得天花乱坠,她也不可能相信这种鬼话。

次日一早,她先醒来。

明明没到闹钟响起的时间,但她奇异地再睡不着了。

简桃看了一眼手机,才五点半。

她动作很轻地洗漱完，先出发前往机场，在VIP休息室里等待梦姐和助理。

凌城距离很远，飞机落地时已经是中午，午饭她们是在车上解决的，小份鸡胸肉，配几颗圣女果。

马上要拍摄，只适合垫垫肚子，吃完后她撑着脸颊看向窗外，就这么出神地看了半刻钟。车子行驶过某个热闹的建筑时，她定睛一看，是凌城附中。

简桃很自然地"嗯"了一声，梦姐侧头看向她："怎么了？"

没什么，她就是好像记起，谢行川高三就是在这儿读的。

两地相隔实在太远，才导致那年四个人相聚的时间寥寥无几。

简桃抵着下巴回忆，一整年三百多天的时光里，好像她也就见过他一两次。

这天的拍摄在六点多收工，明早还有晨景要取，她让梦姐和助理先回去休息，说想自己转一转。

她说是随便转转，其实就是想去他的学校附近看看，看看周围有没有什么好吃的，店铺有几家，环境气氛如何……他在这里的一年，过的是怎样的生活。

周围学生很多，简桃戴着帽子和口罩，因为四周喧闹，没人关注她，她还算放松。

不过今天天气不是很好，有些闷，简桃以为是自己戴着口罩的原因，直到雨伞都被大家买完，她站在屋檐下躲这场突如其来的雨时，才察觉到——自己刚刚好像也……太放松了。

梦姐给她发消息问她怎么样，她说没事，就站在文具店的屋檐下，看到角落处还有一桶透明雨伞，但一把都没卖出去。

她等着也没事干，拍照发了条朋友圈，大概过了几分钟，谢行川的电话就打进来了。

"拍完了？"

"嗯，"她看着屋檐处滴落的雨水，有些恍惚，"在休息。"

第九章 咬九口 善于忍耐

谢行川:"今天暴雨,带伞了没有?"

"没带,但我看这儿有卖的。"

"透明的那个?"

"嗯。"

"那边风大,这种伞不结实,"他说,"走几步就被吹翻了。"

她"啊"了一声,这才反应过来:"怪不得我看没人买。"

她低着头,用鞋尖轻轻踩着面前的一摊小水洼,涟漪微微荡漾。

谢行川:"还在那个店里?"

"嗯。"

"左转,然后直走。"

他在对面开口,简桃以为他知道哪儿还有卖伞的,心说那刚刚怎么还有几个干脆淋雨的人?她跟着他的语音走了几分钟,电梯在十七楼停下,她迈出的步伐有些迟疑,心想:还有便利店在楼里?

他的声音停下,看着面前的 1707 门牌号,简桃还以为他是记错了,问道:"然后呢?"

"敲门,这是我原来住的房子,现在穆安在住,"他说,"家里有人,你去拿把伞,雨小了再走。"

她愣了一下,才问道:"这样好吗?"

"有什么不好的?我以前的东西都还在里面,我又没收他的房租,"谢行川说道,"严谨来说,你也算这套房的女主人。"

他这么一说就好多了,简桃犹豫了几秒,听他继续说:"我给他发过消息了,你直接进就行。"

她敲了敲门,很快,里面传来一声"哎哟",伴随一阵脚步声,大门在她面前打开。

"来了,来了,"穆安朝她笑了笑,"不好意思啊,几个大夜熬得我脑子不太灵光,你没等太久吧?"

"没,"简桃摇头,笑说,"不好意思,打扰你了。"

387

"这怎么能叫打扰？你才是女主人来着，"穆安说，"就是我最近工作太忙，没想到你要过来，家里没怎么收拾，实在不好意思……你先坐这个椅子，我把沙发清出来，等雨停了你再走，我给你找把伞。"

房子太大，一个人打扫应该有些吃力，更何况他看起来是挺忙的，沙发上堆了很多文件，还有电脑和充电器，只是有些杂乱，但并不脏。

"没关系，我先不坐，"她想了想，又说，"谢行川的房间是哪个？我去他的房间看看吧。"

"行，"穆安抬手指过去，"这个黑色门的，没锁。"

她抬腿缓缓走过去，手刚放到门把手上，只听穆安忽然惊呼一声，然后就见他冲上前来："稍等，我先检查一下！"

房门被推开，生怕她看到什么似的，穆安视线一晃，确认般落在某处，半晌后才松了一口气："没事了，可以进的。"

她最擅长捕捉他人的微表情和情绪，顿了顿，目光随之落去。穆安刚才看的，是谢行川桌上的一个木质相框。

相框是空的，但曾经装过东西，因为背面还是被人打开的样子，并不在意地被搁在容易落灰的这里。

但看得出来相框被人珍视过，旁边的铁片已经生锈，木框似乎也因为经常摩挲，靠右的位置呈现出和别处不一样的颜色。

相框，常被抚摩，年岁久远，相片被人取出。

她的心脏这一刻像被人刺了一下，演员天生对故事细腻的直觉，让她此刻脑海中浮现出一个应该是正确的猜测，但她不愿多想，因为这样可能有些自不量力。

她走上前去，将相框的背面合拢。

发现她在看相框，穆安也一边收拾桌上的东西，一边顺其自然地开口道："以前谢行川装过相片，不过后来离开就把照片带走了，相框还留在这里。"

她笑了一下："是他高中喜欢的女生的照片，是吗？"

穆安僵住，差点儿把桌上的水壶打翻。

第九章 咬九口 善于忍耐

她想，那看来是了。

那女生果然不是她，谢行川高中没有她的照片，更别说合照。那时候他应该只是怕她生气，随口那么一说来哄她的。

几秒后，穆安抬头看向她，一时间不知该怎么说话。

他好像什么都想说，又好像什么都不能说。

简桃感觉，他好像有点儿为难。

不过也是，这就像女朋友去问男友的兄弟男友的前女友一样，兄弟知情也不是，不知情也不是，大概真的有些无所适从。

她没再追问，换了个话题："这旁边的卷子都是他高中时做的吗？"

"是的，"穆安松了一口气，"卷子和习题册他都留下了。"

她打开习题册翻看，里面是熟悉但又许久没有见过的字迹。他现在的字比那时候更潦草了，更像当红艺人的字，红毯签个名字潦草得让人几乎看不清，但仍被万人瞩目。高中时他显然刻意收敛许多，因语文考试字迹也是关键的一环，她看到他在阅读理解很奇怪的题目旁边画了个挺不理解的问号，然后又涂掉。

她因此又真正笑起来，但心脏仍被什么牵着。她知道有点儿重，可她得允许他有过去。

一辈子只喜欢一个人这种纯爱戏码，偶像剧都不演了。

她起先只是温柔地翻着习题册，到后面竟又胡思乱想起来：他那时候的动力是什么呢？会是他喜欢的那个人吗？

他那时候喜欢的人，是什么样的？

如果当时没有和她结婚，他会去找那个人吗？

但烦冗的试卷和习题册没有给她任何答案。

她坐在他的书桌前，椅子似奇异地拥有记忆，她在凹陷的记忆海绵中一点点调整，感知到他当年应该是以怎样的姿势坐在这里。他太难被约束，连写作业都没个正形地靠在这里。

窗外仍在落雨，天色很暗，她开了台灯，温馨的暖光就落在她的发顶和脸颊上。

他带来的东西不多,带走的又太多,留下来给她探知的,太少。

穆安收拾完客厅,慢慢走到门口,就见她捧着谢行川高中时的语文试卷,正在读他写的作文。

谢行川的作文很无聊的,跟他这人不一样——他的作文规规整整地套着当年的"是什么、为什么、怎么做"议论文"三部曲",没感情地举例、阐述、总结、升华。这么无聊的作文,比她演的戏要无聊千万倍不止,她居然能看一张又一张,实在了不起。

这么想着,穆安拿起快没电的手机,给谢行川发消息。

他本意是想抒情,但抬头看了一眼,发出去的消息不知怎么就变成了:"谢行川,你老婆真好看。"

对面的人很快回过来一个问号。

穆安知道,如果不是他在拍杂志,这会儿已经打过来五百通电话了。

穆安:"没别的意思,感叹一下,知道那是你老婆,我坐得很远。"

穆安:"她在看你高三的卷子,表情很……我很难形容,感觉她像身处一个单独的世界,别人很难打扰。"

越说越激动,他继续打字:"你确定她对你的感情和对那些人的一样?万一她对你不想逃避呢?她现在是不是还是不知道你高中就开始喜欢她了?真的不能说吗?我怎么觉得到时机了呢?她是不是在吃别人的醋啊?谢行川,你要让你老婆一辈子都觉得你喜欢别人吗?谢行川,谢行川,谢行川,我快说漏嘴了!我忍得好痛苦啊……"

"她真的不能知道吗?"

摄影棚内,灯光调整完马上要开始拍摄,经纪人示意该放下手机,谢行川点头,表示知道。

流转的灯光晃在他的发顶上,他半靠在廊柱上,低头敲字:"真这么意难平,干脆你替我说了?"

穆安的手机只剩1%的电了,他在此刻火速打字:"我不是那种人。"

很快,摄影棚内的工作人员开始催促,谢行川抬头看了一眼,将手机扔进了房车里。

第九章 咬九口 善于忍耐

五个小时的拍摄工作开始了。

另一边,穆安又看了一遍那十几个字,只觉得方才因无法回答简桃而涌起的歉意,在这一刻得到了解放。

发送完上一句话,他接着键入:"但是如果这样可以让你们情比金坚,消除误会,感情升华,我愿意当这个证婚人,因为我知道你这人的嘴无论在什么气氛下说话都非常欠揍,不适合讲这么煽情的话。但我擅长啊,情感升温、越来越爱,这不是我的拿手好戏?本人可是写出过百万阅读软文的男人,不过看吧,说到了的话再说。"

他按下发送键的瞬间,手机黑了。

手机没电了。

穆安晃了晃手机,心想:消息到底发出去没?

他回到房间里将手机插上充电线,等了十几秒也没法自动开机,这手机就是这点娇贵,没电关机了还不能立马打开。

隔壁好像有什么东西砸了下来,发出很重一声响,穆安赶紧把手上工作放下,心下一慌。这要是把谢行川的老婆砸了,谢行川不工作了也会赶来凌城把他当场处斩。

他跑到谢行川的房门口:"怎么了?"

"没事,装习题册的箱子翻了。"简桃低下头去拾起东西,"他怎么做了这么多题?"

"高三不就是做题?"穆安回答她,"而且他那时候也没什么别的兴趣,时间也不知道拿来做什么,就只有做题。"

简桃想起那时候,他们四个人总是到处晃:"你们没经常一起出去玩吗?"

"没啊,他不爱到处玩。不过有时候放学太晚,我会在这房子的客房里凑合几晚。这学校是真噩梦,你想不到时间能被挤压得有多珍贵,学生心理压力也大,有阵子我路过心理咨询室,里头的人都快排队了。"穆安说,"我是本部生都觉得难适应,谢行川还是转校生,你想想他那阵子得多难熬,而且身体状态也不好……"

她很少打断别人说话,此刻却蓦然转头,有些愣怔道:"他的身体不是一直很好吗?"

"他跟你相处的时候我不知道,不过他刚来学校就发高烧了,那阵子流感肆虐,主要也是他情绪不好,你也知道情绪对身体的影响很大的。他不配合按时吃药,好不容易好点儿又降温,这里的冬天比你们那边冷很多的,"穆安说,"所以他不喜欢这里,高考结束只带了重要的东西走,其他的什么都没带,衣服也没带走。

"不过我也理解吧,他在这里的记忆都不好,又不缺钱,在哪儿都能买房子,没必要非得回来。"

过了一会儿,简桃问:"他在这儿的记忆都不太好?为什么?"

穆安大概是想了想,这才说:"这么讲吧……如果你高三突然被人强制转学,转到个不认识的陌生城市,一个人住,又是紧张的高三时期,白天不怎么看书只能夜里背着所有人学习,说好的保姆三个月只来一次,没人照顾你的饮食起居和情绪——你对那个地方会有好感吗?"

简桃没说话,捧着杯子,看里面缥缈的雾气。

好半晌后,她才出神地说:"我还以为他一直过得很好。"

"好?"穆安笑了一下,"你是不知道,他高三那年过得可惨了。"

"发烧、感冒、急性肠胃炎,医院都是他自己去的,要不是后来我发现了,叫我奶奶去照顾了他一阵子,我真不知道他在复习期该怎么办。

"他一个人住,也不热闹,就桌上摆个挺丑的鸭子,按一下那鸭子会叫。有一次我以为那是垃圾想给扔了,他差点儿跟我绝交。"

穆安想:是时候了。

"大冬天的,发烧才好,课程又紧,谁拦也不听,他非要回宁城,也不知道是去见谁。回来我问他见到人了没,他说见到了。我问他:'你这跨越这么远的距离就为见一晚上,人家看了不觉得动容?跟你说什

第九章 咬九口 善于忍耐

么没有?'

"他说'没说上话'。合着他单方面看的啊?真行。"

简桃捧着水杯,耐心地听他讲谢行川和别人的故事。

这应该就是她一直想听,而谢行川说不出口的话吧。

穆安还在回忆:"他回来之后,我看他手上有瘀青,就问他是不是被人家姑娘的男朋友给揍了。他说不是,单方面打了个废物领导。我一寻思,英雄救美,被救的那个人还不知道,真冤。换个角度想,他不是白救了吗?

"好家伙,又说错话了,他三五天没搭理我。

"我就一直想知道,那姑娘到底什么样啊,值得他这么劳心费力的。终于有一天,皇天不负有心人,被我听到了一点儿——他半夜跟人家姑娘通电话,也不说话,就听着,对面的人问起来,他就说号码存错了。我寻思着他不像会干那种蠢事的人啊,一看,号码没存错。

"后来就这样,他反复说存错号码,反复打电话。

"我哪里见过谢行川这样啊,说他实在想人家就去见啊,他叫我别多管闲事。你说他是不是一个狼心狗肺的东西?

"又是那年冬天,冬天真是他的劫,那天好像有个什么活动,他说他得出去,我一问又是宁城。我说'实在不行你们俩联姻吧,这么跑来跑去多费劲'。

"当时同行的人里有人玩闹,不让他走,把他的司机堵在路上,还差点儿把车胎弄爆了,时间延误一个小时,那是我第一次见他发那么大的火。

"最后他换了辆车走。后来我才知道,他是去看人家比赛的。他回来,我问他看到了没,他说看到人了,可惜没看到跳舞。

"我知道他有多遗憾,那几个月,他梦里都在参加她的芭蕾舞比赛。"

手指于此刻骤然一停,简桃惊愕地抬起眼来。

不可思议的念头浮现，她僵在原地。

穆安陷入回忆之中难以抽离："他有个小习惯，不知道你发现没有，就是他一旦无聊或者思考事情时，手指就会无意识地叠个东西。我说折星星这种事情不像是他会干的，他说让我少管。后来我才知道，那应该是那个女生教他叠的。

"也不是五角星，是六芒星，每次他都要纠正我，就像那个姑娘纠正他一样。

"就像那姑娘半夜间无意发了句'想看海'，他就能用自己只有三天的珍贵假期，坐在海边给她打电话——电话还不能说是专门给她打的，得是特别随便的，好像她就是个凑数的——电话接通了他也不说话。我急死了，说他这样人家姑娘能听到海浪声吗？！

"他不说话，我才知道，原来就和那通电话一样，他喜欢她这件事，是不需要她知道的。"

简桃手指发颤，画面一帧一帧地涌入脑海，那些莫名其妙的、无聊的、琐碎的瞬间似乎全都有迹可循，每一秒都是他开了口而她听不见的回音。

穆安说："他一定想过要告白吧。但是如果结局既定，如果告白反而会把对方推得更远，他会忍住的。

"简桃，生日夜、情人节，他都忍住了。"

思绪一瞬间飘远，简桃忽然记起高二那年的那个晚上，外面卖苹果的七点就要收摊，而他们八点才下晚自习，有一茬接一茬的男生为了女生翻墙。那会儿的一中还没翻新，墙面是深红的石砖，彼时她以为谢行川只是在炫技，站在墙边看他翻过去，犹豫着要不要等。

身后突然传来声音，不知道谁混在人群里，喊了句"简桃我喜欢你"，也不知道是真有那么多人响应了，还是大家也都在凑热闹，此起彼伏的告白声响起，她头皮发麻，只想快点儿逃离。

然后本该在墙外的谢行川不知怎么又翻了上来，喊她的名字："简桃。"

第九章 咬九口 善于忍耐

他就坐在那儿,她须仰头才能看到他。其实他那个角度也像在拍画报,天上落了细密的雪,雪花轻飘飘地降落在他的头顶上,而后缓缓融化。她等了半天,问他"干吗",他屈着腿瞧她半晌,然后摇了摇头。

回忆中的画面终于和此刻穆安的话完全重叠,那是她从未见过的另一个视角。

那不是别人的故事,是她的。

他的视角下的帷幕在此刻终于被拉开,那些仿佛缺失的记忆,也在穆安的声音中,逐步被拼凑完整。

穆安说:"我一开始是真的奇怪,后来也才真的想明白……

"他是真会演,不想让人知道的事,能演一辈子。

"我说真不值,我要是他,做了这么多事,非得让那个人知道不可。他说不行,因为说了,就连朋友也做不了了。

"所以这些年,他做你的朋友、丈夫、亲人,但你不知道,他其实爱你。

"我知道有的话,以他的性格他说不出口,可是他不说,你会知道他究竟有多爱你吗?你看到的事太少太少了,冰山一角以下,你不知道还藏着多少事。他觉得不算什么吧,但我知道,这太珍贵了。那张照片是你们高中走仪仗队时一起拍的,人很多,你们被模糊成两个看不清的小点,但他很珍惜,因为那是你们唯一的合照。

"你知道我现在的工作吗?我自己创业弄了个公众号,每天收到各种各样的投稿,你知道劣根性是人都会有的吗?你知道站到一定高度,面对的诱惑、遇到的人有多夸张吗?你知道有些爱……其实是违背人的天性的吗?

"我那时候头铁,觉得他不说怎么敢笃定结果是什么样——万一结果没那么差呢?万一更好呢?但我知道他的顾虑,都说关心则乱,越珍贵的现状,人越不舍得打破吧。

"也许你不知道,对你而言这样普通的生活,对谢行川而言,是每一秒都在倒数的珍贵日子。"

窗外的大雨终于停了,而她指尖冰凉,思绪滚烫。

她听见有声音直入脑海,如同窗外还在持续敲击屋檐的余音。

"简桃,这七年里——他没有一刻不喜欢你。"

他们没在屋内坐太久,等到手边茶凉,简桃起身,穆安突然问她要不要去学校里逛逛。

已经很晚了,晚自习的学生也已下课,学校空荡而昏暗,如果不是穆安和保安熟识,他们估计都进不来。

简桃稍稍眯起眼,连她自己都没意识到这个动作很像谢行川。她借着昏暗的灯光去观察他高三这一年待的学校。她以为学校样貌都差不太多,此刻才发觉这里与一中几乎是风格迥异,大概是横跨太远的距离,导致审美和习惯都大相径庭,一中有的健身器材和沙坑,这里通通没有,这里做的是室内运动场,推崇的运动是乒乓球和羽毛球。

一中有很大的操场,学生在教室走廊上低着头往下看,就能看到密密匝匝的人,但这里没有,附中的操场在校外,要穿过一道铁栏。

一中的打水机这里也没有,附中每个教室里都有单独的饮水机,饮料贩售机就在小卖部旁边,学生可以不用像在一中那样,下课后挤进人满为患的小卖部,只为买瓶矿泉水。

这里的教学楼排列与一中截然相反,进了校门是一列很长的多媒体教室,没有电梯。

她想:他刚来的时候,会不会很难适应?

穆安抬手指去:"那个是我们之前的(1)班。"

教室很大,这会儿已经改成了多媒体黑板,粉笔被取代,他当年经历的种种已经无法找寻,但她大概能够想到他当时上课的情景,能想到他的笔尖落在试卷上的声响。

空荡的楼道里,简桃摘下了口罩,问:"你们经常联系吗?"

"也还好,主要是我们都忙,不过就算隔很长时间联系一次,关

第九章 咬九口 善于忍耐

系也不会生疏。"穆安说，"我其实挺佩服他的，高中时他真是被他后妈往死里折腾……我觉得我要是他，早就坏了。"

穆安叹了口气："他是一路忍着才走到这一步的，真的挺不容易。"

简桃知道。

在那年他看似顽劣，实则交出一份又一份高分答卷时，她就在想：隐藏在他无人知晓的世界中的，应该是每一步比任何人都要艰难的路。

那年他十七岁，须知自己只能忍，才能有朝一日从血路中杀出一线生机，只手翻盘。

就在她出神间，穆安说："要不去二楼看看吧，荣誉墙上有谢行川的东西。"

谢行川是那年的理科第一名，即使不为人知处有再多辛苦，在学子眼中他仍然风光无限。荣誉墙上附了张照片，是他鲜衣怒马回校那天，手里拎着校服搭在肩上，背对着镜头拿奖的场景。

照片旁有个黑色的瓶子。

简桃问："这是什么？"

穆安："学校弄的花样呗。假模假样地采访，问这些高考佼佼者一年用光了多少支笔，然后转化成等量的墨水，装到他们各自的瓶子里。这意思就是告诉后面的学生，得足够努力，付出足够多心血，才能拥有被挂在学校荣誉墙上的资格。

"你看这个封套，原本就是直接在瓶子上贴个纸胶，然后学生们写写寄语。前面几届学生都是这样，结果谢行川嫌不好看，学校硬是给他重新定了瓶套，就好看多了。"

瓶外套了个硬纸壳，像是牛奶玻璃瓶外面的标签，上面是历年来的高考第一名留下的寄语，别人写的内容都很多，只有谢行川惜字如金地落下了八个大字："好好学习，天天向上。"

这……就真的像他。

简桃笑了一下，暗叹他不管什么时候，个人风格都是敷衍得鲜明。

简桃抬手，将他的墨水瓶拿了下来。

大概是从来没人拿过墨水瓶,最上面已经留下了一圈黑色的痕迹,是墨水的高度线。

知道大家都不会动墨水瓶,她这才打算放回。

然而墨水瓶的外壳被拨动,露出了里面的白色纸胶,在光照下,简桃隐隐看出封条下有字。

她走到了灯下。

穆安也惊诧:"我就说他当时明明写了好久,怎么贴上去就八个听烂了的大字……"

简桃猜这是他之前写的废稿,也没多想,捏住纸胶轻轻撕开少许,而后笑意凝滞。

开头的两个字,是"简桃"。

在她看不到的地方,明明是他付出巨大努力才能拔得头筹的荣耀,但他怎么在写她的名字?

她的心脏重重一沉,她突然在想:他欲言又止过多少次呢?

在她轻笑着摇头的目光里,在翻墙而过的深红石砖上,在那通分别了近半年的漫长通话的沉默里……他的喜欢从不走漏风声,连她这个当事人也被瞒过一夜又一夜。

纸胶被拉到底,首行字迹逐渐清晰。

他写:"简桃,我很想你。"

她的眼眶骤然一热。

她揭开第二道胶带,向下,仍然有熟悉的、连笔又有力的字迹。

他写:"简桃,以后别再受欺负了。"

他写:

"没关系,谢行川向来,最擅长忍耐。"

简桃强忍酸涩情绪把瓶子放回原位。

她一整晚都在寻找,试图找出曾经相处中的蛛丝马迹。

她从不敢预设谢行川会喜欢自己。

第九章 咬九口 善于忍耐

她打开手机相册,才发现早就换过手机,高中时为数不多的照片也都不在手边了。

好在钟怡那时候很爱用空间相册,简桃找了半天,才顺利点了进去。

时间最靠近的一张就是高三戴毕业帽的他们了。

那时候谢行川不在,只有她、钟怡和江蒙三个人,江蒙不想谢行川缺席,于是去打印了张谢行川的照片,结果因为舍不得彩印打了张黑白的,被谢行川拉黑了三天。

看着画面里"凑齐"的四个人,她不禁莞尔。

再往前是烧烤店,钟怡拍的桌上的烤串,简桃和谢行川的手皆不同程度地出镜,但离得很远。她记得那一晚,他们好像连话都没怎么说。

再往前的照片五花八门,除了大多数照片谢行川在场之外,确实没有任何特别之处。如果不是从穆安口中听说那些事,以及看到那个墨水瓶,她可能真的一辈子也不会相信他跨越那么远的距离要来见的人,是她。

她无意间刷到一张江蒙漂流时表情失控的照片,底下还有他的评论:"这也太丑了。"

钟怡无视他想让她删除照片的暗示,大方回应:"还好吧,我这儿还有更丑的。"

江蒙回应了一堆问号。

简桃看得入迷,翻完相册之后顺便进了江蒙的空间。早些年的江蒙没那么爱存相片,但很爱发说说,简桃一边看着那些古早梗恍惚,一边寻找着关于谢行川的蛛丝马迹。

然而没有,好像所有她不在的场合里,也没有谢行川的痕迹。

突然有念头一闪而过,她仔细筛查了一遍,想起最早时江蒙说谢行川太懒,不爱出来玩。然而不知道是从什么时候开始,每一次出门,她都能看到他不着调地站在她家门口的公交站牌处,抱怨着她又来迟了。

握着手机的指尖一瞬用力,她的睫毛颤了一下。

她好像是……来迟了太久。

她想起不久前钟怡问她，谢行川和他们到底哪里不一样。

现在她想，当然不一样，处处都不一样。

她也遇到过很多人说爱她，但那些爱像光照下的水纹，直白而浅淡，风一停就消散。

但谢行川不是。

他爱她像无垠海底的暗流，隐秘到难以让人发觉，可只要她寻到开端，就能看到隐藏在表象下的深刻的偏爱和汹涌情绪。

他告诉她，其实被爱没有她想象的那样可怕。

她在床沿上坐了很久，惊异地发现这是自己第一次不排斥爱。从前她被告白时，那些男生最爱跟她讲的无非是喜欢她多久，每次做操看到她目光都会停滞，又或者偷偷在某处将自己的名字和她的摆在一起……仿佛这样便能提升告白成功的概率，但他们不知道，她听到那些话其实很害怕。

他们那些目的性极强的目光，和简伟诚不知怎么的，很像。

但谢行川给她的感觉不一样。

心脏像黄油般不知何时开始化开，她轻缓地感受着情绪变化。其实这变化很复杂，她无法准确地将它提取和剥离，只是隐隐能感觉到它在试着接收和消化他的感情。

她不想逃。

总会有能全盘接受的那一天吧，她想。这天会是什么时候，是她也能坦荡地对他说爱的时候吗？那时候他会不会就知道，她不把他的爱当作负担，而是给他同等的爱？

她的思绪很混乱，四十分钟就这么不经意间过去，她打开和谢行川的对话框，什么都想要说，却又不知从何说起。

她退出去，手指习惯性地回到微博上，刷了一会儿，却又切回和他的对话框。

捡个桃子："睡了没？"

第九章 咬九口 善于忍耐

其实她也不太清楚自己想表达什么，然而等了一会儿，对面的人很快回了过来。

"想我了？"

她不想聊了。

简桃将谢行川的消息搁置了一会儿，梦姐一通电话打来，检查她有没有睡觉，睡晚了会影响明天拍摄时的脸部状态。

跟谢行川发了句"睡觉了"，她这才关上了手机。

次日，她从睁眼起就开始忙碌。

大概是她精神紧绷了太久，这一觉睡得有些沉，险些迟到，紧赶慢赶才赶上画报的拍摄进度。

拍完画报后，《现在请入戏》的节目组又发来消息，说是给了一个主题，让学员们拍了情绪照，想让导师也参与进来，问她能不能现在拍一张照片。

简桃说行，也没借项目组的摄像机，直接把手机递给了助理，三分钟就拍好了。

等官方微博发完照片，话题居然还上了会儿热搜榜，不少人夸她对细节研究到位，主题是喜悦，但流于表面的笑并不是真正的喜悦之情，她拍摄的忍笑才是最生动到位的诠释。

她一开始没当回事，睡前却发现，《玲珑》的编剧秦湾居然点赞了那条关于她的微博。

她反复确认几遍，才发现秦湾只点赞了她单人的这条微博，不知是无意间刷到，还是应岩作为她的组员点了赞，秦湾又喜欢应岩，自然便看到了。

不过看来这不像是秦湾手滑点的。

她心情雀跃，想到之前秦湾回复书粉兼桃粉，说会关注她，那现在秦湾算是关注到了？

总之秦湾对她的成见应该消除了不少吧。

毕竟她最初来这个综艺节目，就是想让编剧和电影的潜在观众认可自己。

路似乎慢慢地走上正轨，她点开秦湾的微博，秦湾依旧是关注了《玲珑》的所有主演，除了她。

这件事依然时不时就被论坛用户和有的博主拿出来讨论，不过转型哪里是容易的事呢？起码一切都在往好的方向发展了，她想要做到的事，不过是时间早晚问题。

任何一点儿希望都会给简桃正面影响，她又揣摩剧本到深夜，第二天一早也还在看，十点多的时候，门铃却突然被按响。

她想起来今天是有一个突击采访，估计工作人员就是现在过来吧。

还好她已经化好妆了，简桃调整了一下表情，拉开门，映入眼帘的却是熟悉到像是幻觉的一张脸。

门外的谢行川抄着手："你这是什么表情，挺失望？"

"不是，"简桃迅速把他拉进来，"你怎么过来了？"

谢行川："你过来拍摄几天？"

"三天啊。"

"那你怎么都没提前和我说？"谢行川眯了一下眼，"前天大半夜问我睡了没有，把我折腾清醒了，结果又自己跑去睡了，第二天无事发生地失联一天一夜，你还记得你结婚了吗？嗯？"

简桃"啊"了一声："忘了。"

看了谢行川一会儿，在"要不要告诉他自己已经知道了他暗恋过自己"中纠结了一会儿，简桃为了不暴露穆安，还是选择暂时保密。

等回去之后，她也想做一些东西，让他慢慢发现自己已获知这些事情。

钟怡说的对方一告白自己就会溜的话又涌上脑海，简桃想，她好像知道了谢行川这阵子对她有所保留，是在担心什么。

简桃抿了抿唇，倚着桌沿说道："你跑过来,该不会是想确认我……"

第九章 咬九口 善于忍耐

"你该不会是想确认我有没有溜吧?"

话没说完,门口再度传来敲门声。

"小桃老师!我们团队的人都到了,摄像机也准备好了,能进去了吗?!"

简桃的脑子"嗡"地响了一声。

"完了,完了,"她立刻拽住谢行川的袖口,"我等一下有拍摄工作,你快藏起来。"

门口,敲门声响响停停。

"老师,我是小盼,您醒了吗?"

简桃在房间里扫视了一圈,可惜浴室是透明的,桌下不适合,唯一能勉强躲一下的地方就是衣柜了。

简桃拉开柜门,可惜推了两下,谢小少爷拒绝行动。

他抄着手:"不去,太闷。"

见他这么悠闲镇定,好像一点儿不担心关系曝光似的,简桃急得火烧眉毛:"那你要去哪儿?去直播里官宣我们俩今早十点在酒店私会?"

谢行川似是有些恍惚,简桃也不知道他在想什么,总之借机顺势将他塞进了衣柜里,还给他留了条缝隙。

回头确认没不妥的地方后,简桃这才将门拉开,笑道:"你们好,微博上的多肉小盼是吗?"

"对的,对的。"小盼举着话筒,"打扰啦,需要换鞋吗?"

接下来的流程就是正常的工作了,多肉小盼是微博上人气挺高的一个博主,之前靠美妆视频走红,现在也渐渐会出一些艺人采访专题内容,比起其他的杂志采访氛围要更加轻松,像朋友间闲聊。

简桃跟直播间的观众打过招呼,小盼又夸了一下她的人气,说是第一次见直播间有这么多人,采访就在闲聊中渐入佳境。

聊了一会儿,小盼将准备的手卡翻到下一张,"好的,接下来进行下一个环节——快问快答。老师,思考时间不能超过三秒啊。"

简桃点了点头，这种采访她玩得多，没问题。

"好的，本次快问快答的主题是——理想型。"说完，没给简桃反应的时间，小盼迅速问道，"多金总裁还是纯情男高？"

简桃正思考，不期然一抬眼，对上衣柜缝隙中谢行川不知何时露出的眼。

她被吓了一跳，差点儿忘记他还在里面。

简桃轻咳了一声，决心不能把理想型说得太明显，否则被观众扒出来就完了，而且以后和朋友聚餐也不方便。

"纯情男高吧。"她说。

谢行川冷冷地抄手。

小盼掩面拉长音调，缓了半秒才继续问道："好，奶狗还是狼狗？"

简桃开始进入盲选模式，哪个顺口选哪个："奶狗。"

"话多还是话少？"

"话少。"

"害羞脸红还是……"

话没说完，衣柜里突然传来异动，像是谁猛地推了一下柜子，响声巨大，似乎是谢行川在以此表示不满。

简桃被这声音吓得险些丢了三魂七魄，定睛看去，柜门已经被关上了。

小盼也惊讶地回头："什么声音？"

"被风吹的吧。"简桃立刻回神，"你刚才说什么？害羞还是什么？"

"害羞脸红还是……"小盼被打断，有点儿记不清了，正在台本上找着问题，"稍等。"

"那就害羞脸红吧，下一题。"

直播间的网友陆陆续续反应过来：

"哈哈哈——难不成是谢行川听老婆讲的理想型跟自己八竿子打不着，所以生气了？"

"传下去，谢行川和简桃上午十点在酒店私会。"

第九章 咬九口 善于忍耐

"川,别太爱。"

……………

屏幕外,问答环节仍在进行。

简桃一边要时刻留心柜子里的动静,一边还要去听主持人的问题,还得思考回答,等到采访结束,大门被关上,她才松了一口气。

她打开柜子,谢行川正靠在柜边,双手抱臂,看来刚才把所有对话尽收耳底。

简桃颇为不满,抬眼看着他:"你干吗啊?弄那么大动静。"

他淡淡地澄清:"衣服卡在柜子里了。"

简桃信他才有鬼:"那你怎么不干脆出来整理呢,当着镜头的面整理不是更直观?"

"有道理,"他三两步迈出,"我去叫他们回来再播一次。"

简桃一把拽住他。

没别的,这种事别人可能做不出来,但他谢行川真的能做出来。

她深呼吸后正要说话,却被他先截去话头。

"说说?"

她奇怪地问道:"说什么?"

"纯情男高、话少,还动不动害羞脸红。"他倒是记得清楚,稍做整理后总结道,"怎么,你喜欢沉默的弱智?"

简桃不想搭理他,思考数秒后将他上下扫视一番,点头道:"确实,我就是喜欢弱智。"

凌城为期三天的拍摄工作结束,简桃准备离开。

那天的直播虽然没引起太大风浪,但她偶尔也能刷到讨论这次直播的微博:一部分人觉得不必大惊小怪,确实就是风或者门的异动;另一部分人则猜测她或许有了男友;还有一部分情侣粉丝陷入狂欢。

当然,那么多看似有理有据的猜测里,没有一个是和谢行川有关的。

等她回到宁城,《现在请入戏》的新一期节目拍摄工作也要开始了。

节目开拍前一晚，简桃试了一下之前梦姐送来的礼服，在浴室里蹦跶了好半天，谢行川还以为她溺水了，从外面进来看。

简桃在镜子里和他对上视线，不可思议道："我长胖了？礼服怎么穿不进去？"

他端详她片刻，伸出手，把手工缝制的亮片拨开，将拉链扯了下去。

她松了一口气："我就说体重没变啊，吓死我了。"

他的手法还挺熟练，一路畅通无阻，简桃就眼睁睁地看着拉链越敞越开，从她的腰侧一路向下……

某些奇怪的念头涌入脑海，她及时打住，头皮发麻地捏住他的手腕："可以了，不用拉了。"

谢行川收手，但没出去，看她摸索半天才把拉链拉好，然后打开另一个箱子，挨个儿把装饰的腰带扣上。

这衣服确实宝贝又麻烦，有个箱子里还放了四双高跟鞋，大概是给她挑选哪双更好的。

谢行川就靠在瓷砖上，一字一顿地好笑道："还真是礼服？"

简桃没好气道："不然呢，我还会骗你不成？"

他微微后仰，嘴角勾了一下，好像挺愉快。

"行，"他说，"先出去了。"

"等等，"简桃顿了顿，说，"我还要脱这礼服，拉链太靠上了使不了劲，你再帮我拉一下。"

因为第二天还有拍摄工作，这晚两个人之间姑且算没发生什么事。

次日下午简桃就到了录制点，提前抵达，去看学员们的表演情况。

她就穿了很轻便的运动服，扣了一顶渔夫帽，很认真地站在台边拿着本子记录问题和值得夸奖的地方，就连工作人员都是结束时，才发现站着的人居然是她。

随着比赛推进，队伍里的学员也被淘汰了一些，不过留下的都算进步非常大的，而且大家相互督促、相互影响，有些学员已经算演得

第九章 咬九口 善于忍耐

不错了。

演员这行，果然是只要人有些天赋，成败全看领悟。

等他们演完，简桃打算教他们一些更细节的东西，把句子的停顿和重音都标了出来，让他们进行更细致的台词方面的练习。

"不过已经好很多了，"适当给予信心也是很有必要的，简桃说，"你们跟我刚进来的时候相比，简直不可同日而语。"

对面的队员都笑嘻嘻的。

"还是老师教得好。"

"是啊，我看隔壁两个组，老师都不会过来这么多次，都是让他们自己练。"

"主要也是老师自己戏好，有90分才能传授给我们80分，要是只有60分的话，我们也很难及格。"

"行了，"简桃笑了笑，"赶紧准备一下，一会儿上台了。"

在《星夜环游》热播的加持下，《现在请入戏》的热度也是一场胜一场的高，据梦姐说，这阵子光是给她递本子的综艺节目就有十来个，不过她都没接。

热闹开场后，导师们应邀入座。

选手上台十几秒后，镜头切到简桃，她耳坠有些重，正在伸手调整，长裙上的亮片上镜后流光溢彩到不可方物，台下惊叹声响成一片。

简桃对此浑然不知，全神贯注地关注着第一场表演，开场就是她的组员。

好在效果还不错，轮到导师点评时各位导师也没挑出太大的错处，简桃只觉得自己这组的学员有点儿笨鸟先飞的味道。因为落后其他组的学员太多，所以学生和导师都更加上心，后期能否有巨大飞跃也未可知。

她撑着脑袋转着笔，殊不知粉丝都时刻守着截图键，只等镜头切向她。

好不容易镜头切向谢行川，简桃这才有理由光明正大地看了屏幕一眼。

他今晚状态也松弛，转着笔靠在椅背上，腿上就是写字板，偶尔笔尖敲到板面上会有轻微的碰撞声。对谁他都是一副挺好说话的模样，很少厉色，连挑问题都是三两句就过。

简桃心说：也是，以他的地位，他看这些选手的问题就像是在山顶俯视地面上的人群，上山的人，又何必多问山顶的神？

第四场表演是其他导师的组员，这场戏有点儿难，也是问题最多的一场。

简桃猜测，大概是因为这组学员前面太一帆风顺，导师没管太多，学员水平有限，撑不起太复杂的表演，才导致上面的人一边演悲情戏，底下的观众一边笑的局面。

在她眼里，这是非常严重的问题。

旁边的两个导师先点评：一个是带队导师，批评他们相当于批评自己，于是简单带过；另一个导师又是见谁都说好话，以鼓励为主。

到了简桃——

她先长舒了一口气。这声音从话筒里一出来，台下的观众明显安静下来，舞台正中央的男演员嘴边的笑意也有些僵住了。

简桃认真地说道："说一下我的想法，我觉得这场表演问题很大。

"杨鸣，这是很苦的一场戏，你为了让心上人活下来，选择自己服毒自尽。首先你的第一个爆发点太莫名其妙了，开演一分钟观众还没入戏，你就给了一个这么需要共情的情绪，对手没接住，你自己也掉了。

"还有手指的颤抖，你颤得太过分了，配着你没有表情管理好的脸，实在有点儿像在演喜剧……"

她话还没说完，杨鸣举起话筒打断了她的话："老师，我不觉得。"

简桃看着他。

杨鸣："我觉得人物那一刻就是很悲凉的，我自己就是要给大幅

第九章 咬九口 善于忍耐

度的颤抖动作，而且我在演戏，表演我自己就可以了，为什么要表情管理呢？我要让观众看到我最真情流露的一面啊。"

简桃："所以你觉得你今天……"

杨鸣认真地说道："我觉得我演得很好。"

她几不可察地抬了抬眉梢，实在不知道要再怎么开口，但好在下一秒，观察席上的谢行川也开了口。

他的麦克风放在一旁的桌上，不是主持人提他一般不会拿起，此刻他拿起话筒，点了点头："你演得确实挺好。"

杨鸣眼睛一弯，以为自己遇到了懂得鉴赏的伯乐。

谢行川缓缓说道："像瓜田里上蹿下跳的猹、井边捞月的猴子、偷油的老鼠，唯独不太像服毒辞别心上人的人。"

"心上人见你这么个模样，大概会后悔爱上你。"

台下观众愕然，好半晌才开始交头接耳——

"我没听错吧？这是从谢行川的嘴里说出来的话？他还会这么说话？"

"你没听错，他毒舌太好笑了，这票钱花得值。"

"我是杨鸣的话不想活了，一瞬间从天堂到地狱。"

场馆寂静了几秒，杨鸣嘴角的笑彻底散尽，表情凝固而僵硬。

谢行川瞥了他一眼，继续说道："还有，打断导师说话，很不礼貌。"

杨鸣脸色煞白地站在原地，台下也传来一阵又一阵的喧哗声。

简桃难以分辨那声音到底是惊讶还是支持谢行川。

"谢行川怼人了？！"

"杨鸣打断简桃说话就是很没礼貌啊，我合理怀疑谢行川铺垫那么多就是为了说这句话。"

"虽然我知道不可能，但是他好爱她！"

"虽然我知道不可能，但他在护妻呀！"

"杨鸣难道觉得简桃在故意挑他的刺吗？要不是导师，谁会说啊？他自己看看他演得像话吗？"

"有点儿太自信了,他觉得他比简桃还会演戏是吗?"

沉默了一会儿,简桃调整了一下颊边的麦克风,这才继续说:"稍等,我还有话要说。"

就在所有人都以为她要继续批评杨鸣的时候,简桃说道:"说一下对手戏女演员吧,不然大家把太多时间花在男演员身上了,对你不公平。

"嗯……你的话我记录了几个点,就是你半侧面会比全侧好看,以后对着镜头可以多用半侧面。

"然后我觉得在那个氛围下,你能哭出来还是挺厉害的,但是震惊这个层次感还是有些浅了,后面可以稍微处理得更细腻一些,大一些的情感转变需要长一点儿的铺垫。

"不过我看到你最初钗子还戴着,后面因为慌张钗子掉了这个小设计,这点很不错。可惜这个环境很难看到你真实的演技,期待你下次的表演吧。"

站在台上的女演员愣了一下,似乎完全没想到最后还能说回自己身上,临要退场时才连声说了几声"谢谢"。简桃调整着耳返,朝她笑了笑。

直播间里粉丝一阵尖叫:"我们小桃!魔鬼的身材,天使的脸蛋和心!"

当晚节目录制结束后,"演得好"顺利登上话题榜,虽然是关于杨鸣的话题,观众却没带他的名字,一丝话题热度都没给他贡献。

凭借着谢行川的精彩发言,话题很快上升到话题榜第一的位置,评论区里大家全是在爆笑。

没一会儿,简桃的相关词条也上了热搜榜,是她之前的一部戏,也有类似杨鸣今晚的表演的片段,有人截了出来,大胆开麦:"这才是诀别爱人的状态@杨鸣,来学。"

这条微博只是路人随手发的,不知怎么就红了,转发量有一万多。

导师的身份,以及她切实为组员带来的变化,简桃好像确实在一

第九章 咬九口 善于忍耐

点点地扭转路人对她的看法。

起码在这之前,哪个小花旦的鉴演技视频,能在粉丝没有涌入之前,被观众自发转发一万多条的?

简桃睡前,某个早已经冒出头的想法越发清晰。

第二天简桃的工作是品牌宣传。

她代言的护肤品新入驻国际广场一楼,她受邀前去剪彩,顺便宣传产品。

今天的剪彩活动比以往更热闹,她几乎全程靠保安才挤出了一条通行的路,她在台上看到底下有粉丝举着手幅,因为第一眼没怎么看懂,后来回答宣传问题时,她还忍不住频频回看手幅。

手幅上是几个表情:一只摊开的手、一颗星星、一瓶酒、一个桃子。

活动结束后,上车时她还在琢磨手幅内容,没坐一会儿,梦姐也跟着上来了。

梦姐直接切入正题:"怎么样,之前你跟谢行川的事,留给你的时间够多了吧?"

简桃突然反应过来,那个手幅上的内容是"不行就桃"。

简桃将腿上的毯子拉了一下:"嗯,你想问什么?"

"什么叫我问什么?"梦姐笑,"应该是你怎么决定。"

简桃思考间,梦姐或许是以为她在纠结,继续说道:"要不要配合宣传,吃现在正热的情侣组合红利,全看你是不是单身……"

简桃:"为什么我要吃这样的红利呢?"

梦姐愣了愣。

简桃说:"我一直想不通,我在电视剧上该拿的荣耀和奖项都拿完了,这几个月这么努力也就是想让花期更长,朝电影迈进。

"现在我明明已经接到了《玲珑》,这么好的往上更升一级的机会,为什么我拍完电影,不是朝电影转型,而是又回到原来的路线呢?"

梦姐放下手机,看向她。

简桃继续说:"我知道也许之前电影票房不好,让你们担心,但是高风险高回报,现在不用急于接下一部戏,我们就赌一赌《玲珑》会不会爆。"

车缓慢驶出地下车库,窗外的亮光洒落进来。

梦姐仔细忖度着她的话,十多分钟后,这才缓缓回过味来。

"你这么一说也有道理,能有好的电影拍,当然比拍偶像剧要强。毕竟人没法演一辈子偶像剧,也不能炒一辈子绯闻,路线方面还是我格局小了。这样,如果电影爆了,我就不会再说服和干涉你。

"但是我还是那个观点,你和谢行川如果不明不白,不如断了。"

"现在没有不明不白了,"简桃说,"还得感谢你。"

她看向窗外,手指点着脸颊:"我现在觉得,'英年早婚'也挺好的。"

简桃回到酒店是下午。房内空旷,她一边走一边脱下外套时,突然想起谢行川说过的箱子里的东西。

那些六芒星真是她教他叠的吗?

她怎么一点儿都记不起来了?

简桃趿着拖鞋重新走到角落,俯身打开盖子。

里面东西的摆放和她上次关上时一样,那就代表谢行川一次也没动过,她心说:他真就这么坦荡?

简桃将几个纸折的六芒星挑出来,暗叹他真是好有闲工夫,这东西难叠,高中时每天作业那么多,他居然还有几个叠得这么整齐的。

一旦获知了真相,她再看这些东西,心情就完全不一样了。

她低头看了一会儿,角落处有点儿挡光,索性举起来,能更清晰地看到细节。

可就在对上光线的一瞬间,她看到本该空荡荡的折纸内部,有个四四方方的小东西。

简桃还以为这是他叠星星的习惯,但将每个举起来,里头的形状都不一样,手指捻上去,大小也不尽相同。

第九章 咬九口 善于忍耐

她好奇心实在重,沿着边线将六芒星打开,展开的瞬间,有个小小的东西掉了出来。

简桃将东西拾起,展开,里面是熟悉的字迹——

"你踩我的鞋子了。"

"下节课要交英语作业,你现在写。"

"别抖我的椅子。"

"红笔还我。"

"能让江蒙别打呼了吗?"

似乎一瞬间穿越回学生时代,她抵着额头从草稿本上撕出一个小角,因为老师在上课或者班上安静,只能把诉求写在字条上,然后扔进谢行川的笔袋里。

她一直如此,心无杂念地陈述一件件小事,而他也一直如此,漫不经心又吊儿郎当地把那些不重要的小事,如此珍重地封藏。

桌上摆着今晨刚送来的新鲜玫瑰,是她前些天订的每日鲜花,摆在花瓶里,总归好看许多。

花瓶旁是花店 App(应用程序)的落款,落了日期,和不知从哪儿搜罗来的摘抄,王小波的《爱你就像爱生命》——

"我把我整个灵魂都给你,连同它的怪癖,耍小脾气,忽明忽暗,一千八百种坏毛病,它真讨厌,只有一点好,爱你。"

她站在原地恍惚许久,这才扶着桌子慢慢起身。

谢行川晚上回来时,她正坐在浴室的洗手台上,试自己新买的裙子。

扣半天没扣上去,她才发现,大概是为了防止快递运输时扣子剐花布料,搭扣处用线包了起来,得自己拆开。

她懒得再脱,起先以为就一会儿的事,结果半天没弄好,好胜心也上来了,偏不想脱下来慢慢拆,非要这么把裙子给弄服帖了。

她用手指折腾得入迷,谢行川屈腿靠近,问:"在拆什么?"

他身子一倾,她的脚尖很轻易地就碰到了他的大腿。洗手台高,她的拖鞋早掉了，脚也踩不到地面上，她才半天没用上劲。

"哎，你就在这儿，别动。"她脚尖往上攀了攀，整个脚掌完全踩实，"刚才那个姿势太累了。"

就这么观摩她拆了十秒，谢行川说道："按你这个速度，天黑之前你都不一定能拆完。"

简桃抬眼，因为低头太久，还有点儿晕："那你说怎么办？"

"用剪刀。"

"剪刀太尖了，我怕扎到自己。"

谢行川伸手，目光微垂："你没老公？"

失言半响，简桃侧身，去后面柜子里给他找剪刀。但她放东西向来没章法，矮处的格子找完了，又去够高处的。

随着她动作越发前倾，膝盖上方的裙摆也顺着撩上去一截，露出白得有点儿晃眼的腿，这么容易堆积脂肪的地方，竟连一丝赘肉也无。

谢行川目光下挪。

使不上力了，她一手肘关节顶着洗漱台，另一只手去拿东西，脚尖也顺着往他的方向滑，不自觉向上时，被谢行川单手擒住。

"别往这儿踩。"他低声说。

"噢。"

她应了，但他怀疑她根本不知道他在说什么，因为她的脚尖非但不收敛，反而变本加厉。

她终于找到了剪刀，正事开始。谢行川低着头剪得极为认真，简桃看不到他的表情，只能看到他蓬松的发顶。神游间，她才后知后觉地反应过来刚才的事，人也跟着有些不自在起来。

她轻咳两声，往旁边扭了扭，又被他托着腰重新摁回来。

这回拆的速度很快，一结束，简桃不动声色地挪回自己的脚尖，又被他捉住脚踝。

谢行川垂眼，要笑不笑地说："现在知道挪了？"

"我刚才……"她语调尴尬，"真没注意，不是故意的。"

第九章 咬九口 善于忍耐

"嗯,那是有意的?"

"我也没……"

剩下的话说不出来了,因为她发觉,谢行川并没在听。

他的目光正落在她的裙摆处,来回移动。

察觉到危险气息,她下意识地想后撤,然而被他成功预判,死死擒住,动弹不得。

她心跳加速。

不可思议的感觉如同海水一般涌入胸腔,她想:谢行川怎么可能愿意做这样的事情?

然而预感无限趋近于真实,谢行川俯下了身。

简桃同一时间开口道:"别,不行……"

"有什么不行的?"谢行川抬头,笑了一下,嘴唇微红,似是在蛊惑她,"试试?"

浴室水声响起,她趴在浴缸边奄奄一息,谢行川看着她觉得如果她是只小狗,这会儿都应该吐舌头了,不由得伸手笑道:"明明出力的是我,你怎么一副累坏了的样子?"

她不说话,下巴抵着浴缸边沿,露出的手臂软绵绵地垂着,大脑皮层仍在一阵接一阵地跳,还没恢复过来。

她的腿是真软了,不然这会儿她非得踹他两脚才行。

给她洗完澡,谢行川又顺道自己洗了个干净,当然,她的手也没闲着,躺进被窝里时,她整只胳膊都是酸的。

他是真折腾人啊,简桃对着天花板,仿佛还能回忆起他的鼻息喷洒的温度。简桃蜷缩着,半张脸埋进被子外的凹陷里。

柔顺剂的香气窜入鼻腔,发烫的脸颊被这么闷着反而更热,简桃抬起头来,正巧和谢行川撞上视线。

干吗?

她警觉道:"看什么?"

谢行川挺意外似的，眉梢抬了抬："你还会害羞？"

最后以她把枕头蒙到他的脸上作为结束。

接下来的一周也异常忙碌，简桃推了不少通告，把时间留给看剧本和录综艺节目。

毕竟综艺节目不剩几期就要结束了，会涉及导师表演，她得好好准备。

那天上午刚从彩排的演播室里回来，早上起得又早，她累得不行，趴在床上看剧本，没一会儿就睡着了。

谢行川从书房里出来，正想和她说话，发现她歪着脑袋，呼吸都已经均匀。

他正欲退回去，目光扫视到许久都未注意的房间角落，靠外的收纳箱上盖子没有盖好。

这箱子是江蒙他们费了不少力气才从一中拿给他的，后来见简桃的同款箱子放在了房内，他便也收拾了一下自己中学时的杂物，一并将箱子摆了过来。

不收纳还不知道，高中漫长三年，他所有想要留下来的东西，全是和高二那一年有关的。

谢行川走过去，正想把箱子盖好，却发现这似乎是她故意的，夹角处，有一个纸折的小兔子。

兔子用的是一周前鲜花店送来的便笺纸，大概是她当天做的，鼻尖下方微微卷起，耳朵像他折过的六芒星，他将手指覆住那微卷处，慢慢向下拉开。

她的字体秀气，像是发现了六芒星里的玄妙之处，于此处向他回应，如同兔子吐了舌头，上头是简简单单的两个字——"笨蛋"。

谢行川在原地停了片刻，一切猜测都慢慢清晰。她是在用这种方式告诉他，那些年他埋藏在玩世不恭的表象下的秘密，她已经全然知晓。

她知道了，却依然选择留在他身边。

第九章 咬九口 善于忍耐

总归这些默契是有的,顿了顿,他转头看往她的方向。

简桃在床上睡得正熟,天气慢慢转热,她一只腿探出被子,另一只腿屈起,手里还捏着支双头荧光笔。

半晌后,他垂下眼,很轻地笑了一声。

《现在请入戏》最后两场完结录制在即,那一周,简桃陷入更烦琐的忙碌中,谢行川也事务繁忙,常常凌晨才到家。

周五她去演播厅看学员的彩排情况,又跟了一整天,傍晚时才从侧门出来。

夕阳像橘色的锈,隆重而沉默地覆盖了整个街道。

她打开和谢行川的对话框,前一条是她问他要不要一起去新开的某某店铺打卡,他说"好",二十分钟后又回复她,说谢益来了,他去一趟公馆。

而现在已经三个多小时了,他始终没有再回信息。

谢行川的父亲怎么突然会来?她直觉不太对,叫了车,前往谢行川常去的公馆。

她不知道的是,短短数月,谢氏已然变天。

谢益年岁已高,薛兰又巴不得儿子早些接手谢氏,日日在谢益耳边吹风,很快,薛兰之子谢元纬便全面接手谢家产业。

然而对能力不足、基础不稳的人来说,过快地接手根系复杂的庞大公司,无异于自掘坟墓。薛兰并不知道,一场更大的风暴正在降临。

在薛兰过于溺爱又过于严苛的扭曲母爱下,谢元纬养成一副古怪性情,公司上下无不嫌恶,而后谢元纬的纰漏一个接一个地被爆出,他铤而走险参与高危项目,最终因非法集资数额过大被警方逮捕。薛兰一夜崩溃,讲话也疯疯癫癫起来。

曾风光无限的谢氏摇摇欲坠,公司的高层和老人连夜出逃,进了谢行川接手不久的、他亲生母亲留下的公司。

谢益的状态更是雪上加霜了。仿佛他曾背叛妻子的果报于此刻终于应验，家族传下来的产业在他手中毁于一旦，且没有再翻盘的可能，灾厄和痛苦将他折磨得夜不能寐，他只能转而联络谢行川，希望还能以亲情牌博得最后一丝转机。

他们不知，自己眼中已被完全驯化、毫无能力的谢行川，这些年间从未放松懈怠。

他比任何人都知道自己要去哪里。这些年他戏拍得少，抽屉里、电脑中、常翻看的调查表里，都藏着有朝一日风云动荡时能稳定乾坤的能力，只是他漫不经心地从来不说，动作却从未停止。

简桃抵达时，父子二人的谈话终至尾声，谢益站在厅堂中间，无法自处地闭上了眼。

她第一次听到谢行川的尾音在颤，他已经走到门口，大概是咽不下这口气，终于回身。

"我当然能忍。

"当初放任薛兰对我的所作所为时要我能忍，现在反倒怪罪那时候的我能忍，你不觉得你现在这样，太过可笑了吗？

"当初没做过我的家人，现在公司被恨不得碾碎我的人做垮后却成了我的家人，想我替你修补缺漏，为你卖命，替你隐藏公司十几年前就开始漏洞百出的事实——

"谢益，你对我，当真是没半点儿父子情。"

谢益张了嘴想反驳，却说不出话来。

夕阳余晖在身后的楼宇间铺得壮烈，谢行川终于彻底转过身去，再不回头。

"往后我们桥归桥，路归路，没有养育之恩，谈何尽孝？"谢行川说，"就当我骨子里，从没流过你的血。"

一笔笔沉重往事落写结局，十六岁少年踽踽独行时所受的苦，终于有岁月替他平反。

她心下轻了轻，却又说不清像是哪里缺了一块。

第九章 咬九口 善于忍耐

简桃被谢行川拉着一同离开。直到离开公馆后很久，她都没缓过神来。

他仍旧面色平静地开着车，只是仍有心事般唇紧抿，简桃不知他具体在想什么，却也知道情绪不可能一时就调节回来，所以只是沉默地陪着他，也没开口。

回到酒店后，她给他泡了杯蜂蜜水稳定心神，杯子刚放下，转身欲走时，终于听到他开口。

谢行川问："怕吗？"

她奇怪地反问道："怕什么？"

"怕我，"他缓缓地抬起眼来，漆黑的睫毛下有深深的影，"这么能忍的人，不可怕？"

她不知道谢行川怎么会这么问。

"为什么可怕？"她摇了摇头，说，"这对爱你的人来说，只会心疼。"

他那一年并没有选择，不忍，会死的。

谢行川眼睫一颤，抬起视线看向她。简桃说的是实话，因此她坦荡回视，半响后，才将水杯推了过去："还得感谢那时候的谢行川，否则，也许我就看不到现在这个你了。"

她说："喝了睡一觉吧，醒来就会好的。"

醒来就会好的。

在他往昔的岁月中从不会有这么自欺欺人的想法，因为他知谢益放权给薛兰，因此醒来仍旧是相同模样，薛兰仍旧装作为他好，实则将他完全摧毁也在所不惜，从不心慈手软地从内而外地想将他变成一个废物，让他不会有丝毫攻击性。

但这一次不同，他躺下时手中握着简桃的手腕，蜂蜜水甘甜的余味仿佛仍存留在口腔里，他给了年少时的自己一个交代，母亲想必也能安息。

往事已了，这次他想，会好了。

次日一早简桃还有通告，推不掉，不过下午的通告她暂时延后了，只为早些回去，看谢行川的状态怎么样。

他的恢复能力远超出她的预料，等她拉开门时，他已经窝在老板椅里晒太阳了。

以往谢行川的散漫总是带了些有意为之的模样，此刻他却半闭着眼，手指扣在硬壳书皮上，隔几秒便轻敲一下，鼻梁被勾勒得越发高挺，状态轻松。

这是她第一次见他由内而外地松弛。

不过也是，他一直想做的事完成了，将那一点点的失落情绪排出身体，他就只剩满足了。

"吃早餐了吗？"她问，"你几点醒的？"

他很明显听到了，但不知是在摆什么谱，嘴角都没动一下。

简桃走近，拨了一下他那硬壳书："干吗不说话？"

"在冥想。"

一天天装神弄鬼的，她问："冥想什么？"

似乎正等着她问出这个问题，谢行川坐起身来。刨除其他所有元素，他浸着光懒洋洋地靠坐在椅背上时，确实有股神祇再临的气场。

"昨天我问你怕不怕我，你说什么？"

"我说不怕啊，"简桃说道，"我觉得十六七岁的男孩子能有那样的想法不多见，能扛到现在挺厉害了，况且你也只是保护自己和自己该有的东西而已——"

谢行川："不是说这个。"

她莫名其妙地问："那是说什么？"

谢行川扫视她一眼，终于舍得给出些提示："你说，爱我的人只会心疼。"

一瞬间回忆涌进脑海，简桃头皮发麻恨不得当场失声。

那是她说的吗？真的吗？她怎么会说这么肉麻的话，并且还是对谢行川说？他为什么还把这句话当重点听啊？？

第九章 咬九口 善于忍耐

她张了张嘴想解释,但谢行川看样子已经完全飞起来了。他伸手拿了个她带来的沙律包,挺惬意地咬了半口,问道:"你那意思是,你爱我?"

简桃嘴硬,想也没想就立刻开口道:"怎么会,我瞎了吗?"

他把咬了半口的沙律包放回去,兴致全无:"不想吃了。"

简桃心说:你这几岁小孩啊,吃个面包还得哄着你是吧?

房间内又安静了会儿,插科打诨的时间过去,她这才进入正题,"不过,你后面是怎么计划的?"

谢行川看着她。

简桃说:"我以前以为你醉心拍戏,后面怎么着还得多拿点儿奖什么的,但看现在这个情况又像不是……"

他像是笑了一下,说道:"谁跟你说我爱拿奖了?"

"还有人不爱这个?"她说,"你不爱这个干吗拍电影?"

谢行川的眼神黯了黯,又像是对她刚才的话还在气头上,他抬了抬眼睑,问道:"你说呢?"

"我说?说什么?"他这语气不太对劲,简桃抬眼,逐渐吐出个不大可能的猜测,"难道是因为我?可我不是在你后面进圈的吗?"

他抄着手:"再想想。"

她站在原地,差点儿都快回忆清楚高二那年最爱吃的早餐了。

"想不出了,"简桃说,"我也没特别爱看电影啊。"

见她确实毫无所知,他略提示:"大一,江蒙问你有没有跟我经常见面。"

她想得都快冒火了,正想问他能不能直说,电光石火之间,和江蒙的微信语音跃入脑海。

那天正是周末,她参加学校举办的一个什么活动,江蒙突然发来消息,问她能不能给谢行川带句话,她才说他们已经很久没有联络了。

彼时的江蒙诧异,发语音问道:"你们不是一个大学的吗?难道不是抬头不见低头见?"

她那会儿正对着某个艺人的广告牌,好言好语地回复:"一个学校十几个系、几十个班,他得是大明星我才能时时刻刻看得到吧,不然过两年连他长什么样我都忘了。"

这只是无意之间的一句笑谈。

同年十月,谢行川的《深空记忆》刷新影史最高票房纪录,他红极一时,横空出道。

她终于能在所有场景的每一个角落里看见他……

简桃在原地站了会儿,有股热流后知后觉地涌起,直冲向大脑。

他是说,他进圈是为了她。

她克制住过快的心跳,仍有些不可思议,语速极缓:"你真就因为我的那句话……入圈了?"

"是啊。"他说,"所以后来,我在你面前刷到存在感了吗?"

她怎么可能没刷到?

那几年他的代言多到离谱,大街小巷无论何处都明晃晃地挂着那张帅脸拍的海报,学校更是以他为荣,有事没事就组织去看他演的电影,在LED屏上展出各种视频集锦,就连她室友也纷纷沦陷,满寝室都是他的人形立牌。

"那年学校里应该没人不认得你吧,"简桃说,"我室友买了个夜光立牌,晾衣服的时候放我桌子上了,我半夜起来上厕所差点儿没被吓死,做梦都是你站在我的桌子面前问我作业写完没。"

"没反?"他的肩膀像是动了一下,"明明是你成天抱着摞作业站在我跟前催,我说不交你还不乐意,让我抄也要抄完,有没有这事?"

话题被扯回学生时代,她没什么底气地哼唧了两声,咕哝道:"我那不是为你好吗?"

"你是为了自己的德育分吧,副班长,嗯?"

他讲这话时抬了抬眉尾,不知何时屈起了腿,手肘就搭在膝盖上,窗外暖融融的光洒落进来,他的眉眼之间似乎仍然带着少年意气,从未更改。

第九章 咬九口 善于忍耐

又听到当年熟悉的昵称,她愣了愣神。

其实她很想问,他喜欢她什么。

其实她也想说,她可能没他想得那么好。

话说出口,她却是起身去抢他手里的肉松面包。

简桃:"你不是说不吃了吗?"

"饿啊,"他简明扼要,把最后一口面包塞进嘴里,顺势握住她悬在半空中的手,牵在身后,"跟我过来。"

他的掌心是温的,像被人暖过的羊脂玉,原来和他牵手是这样,自然而不知所措,像被人丢进棉花里。她觉得自己很没出息,也就牵个手而已,然而相握的地方能看到他包裹住自己的、骨节分明的手指,这是很多人想牵的手,也是很多人难以觊觎的人,然而他此刻就这么握着她的手,力道不轻不重,心脏跟着微微悬起,她暗骂自己没用。

她不知道他在想什么,会不会也看似不在意实则关注她有没有挣脱,这一秒的情绪远甚于任何时候,轻飘飘地撞得她找不到北。

走到柜子前,他稍稍松开手,手掌滑落。

像是以前玩过的水球游戏,两个水球轻微地碰撞一下又分开,却在分开时短暂地凹陷出彼此的形状,再装作若无其事地恢复原样。

她抿了抿唇,垂眼。

很快,脖子上被围了两圈东西,她稍稍抬起下巴,看他手指绕过一圈又一圈,再把围巾的末端塞进前端的小口里。

"这是什么?"她问。

"之前觉得适合你戴,就买了,"他稍稍后退些,像是在看效果,"后来一直没找到机会给你。"

她睫毛长,颤动时也像在眨眼,透出眼底的光。

"之前是什么时候?"

他将手插兜,漫不经意地说道:"六年前吧。"

"那还能好看吗?"她这么说着,这么爱漂亮的人却没有立刻取下围巾,只是低头去看围巾形状和颜色,尾端绣了个小兔子,是暖暖的白色。

简桃又说:"你现在给我,冬天都要过了……"

话是这么说,她的鼻尖却跟着往围巾里缩,只露出越发小巧的上半张脸,头发刚才一块儿被他缠进围巾里了,上端鼓起来一点儿,像个小蘑菇。她嘟嘟囔囔的也不知道在说什么,但确实又可爱又娇,和他当时脑子里浮现的画面一样,又似乎更漂亮一些。

他这么看着就入了迷,半晌才想起她说了话,随口应着。

"嗯……"他没动,半晌后又回过神来,抬眼问道,"你说什么?"

简桃别开眼:"没听我说话,那你在发什么呆?"

他笑了笑,没说话。

第二天综艺节目开录,过去时先穿自己的私服,简桃挑了件低领的羊羔毛外套。谢行川就靠在衣柜边看她,她浑身上下不自在,犹犹豫豫,最后还是等他转身先走了,这才做贼一般迅速扯下那条围巾,沿路一直就攥在手里。

等上了车,她这才把围巾绕好。谢行川的车在前头,他比她提早到。她一进屋选手就开始起哄,其实这群男生起哄太过正常,每次看她稍微打扮一下或者穿些不一样的衣服就开始怪叫,但今早是全组例会,所有导师都在,她又有那么点儿心虚,被叫得后颈到后背全烧起来了。余光一扫,她看到谢行川似乎也在笑。

她坐到一侧摸出手机,身后就是墙,"噼里啪啦"地给他发消息:"你笑个屁。"

那边的人输入得很快,四两拨千斤。

姓谢的狗:"挺好看。"

捡个桃子:"你指哪个?"

谢行川:"我买的围巾。"

她克制住想冲过去揍他的冲动,心说:我就知道。

很快就是分开的彩排时间,她刚起身,手机又收到消息,是谢行

第九章 咬九口 善于忍耐

川发来的——

"你。"

"左边七号台。"

"别走错。"

她心说：我当然知道，导演不是刚喊过吗？

于是她忙着统筹去了，便没有回信息。等折腾了两三个小时，排演结束，她习惯性地解锁手机，又回到微信页面。

映入眼帘的是三个白框提示。

谢行川撤回了倒数第一、二和第四条消息，这会儿连贯看下来，重新组合过后，显示就变成了：

"挺好看。"

"你指哪个？"

"你。"

狗东西，玩这么花？

她轻咳一声掩饰，点进和钟怡的对话框，不知怎么不小心把这张截图发了出去。

三分钟后，钟怡义愤填膺地回："秀恩爱的滚！"

捡个桃子："抱歉！"

导师们彩排完毕后，紧锣密鼓地，节目录制很快开始。

这是倒数第二场比赛，大家都憋着股劲准备最后一期，因此今天的录制相对顺利。已经到了最后的淘汰赛环节，选手们实力平均，没有掉队的，也有几个一直稳定发挥，较为优秀的。

结束时，所有的助演嘉宾上台，由主持人一一为大家介绍，导师们也站在两侧，准备跟今晚的直播观众道别。

简桃起先站在左侧，双手垂着听主持人说话，忽然手被人捏了一下，她还以为是谢行川，被吓得呼吸都快停了，低头一看，是个只到她的腿高的小朋友。

这小姑娘也是这期的助演嘉宾，七八岁的模样，方才演戏演得很好，这会儿却有点儿害羞，主动找到她身边，拉着她的手，半躲在她身后。

简桃觉得可爱，摸了摸她的小脸蛋，这才俯身安慰了一会儿。小姑娘睁着葡萄般的眼珠子看着她，说什么都不撒手。

录制即将结束，鼓风机打开制造效果，小姑娘上身是短款的衬衣，在风中有些被吹起。简桃看她的手一直在拉衣服，大概是有点儿冷，但还有一会儿节目才结束，于是从助理手里拿过围巾，系在小朋友的腰间，尾巴处一拉，刺绣的小兔子就被露了出来。

台下聚集在一起的粉丝互相交谈着此刻上涌的感受：

"小桃的兔子围巾好可爱啊。"

"我也觉得，又可以保暖又防止小朋友走光，她太好了。"

"这小女生还喜欢漂亮姐姐，本来站在中间的，自己跑去找简桃了。"

"桃带崽好可爱，开始期待一些并不存在的东西……这是可以说的吗？"

"啊，可以！我马上给谢行川发私信，让他们生一个让我们看……对不起，这是我编的。"

"我嗑糖不瞎编干什么？就要瞎编！就要瞎编！"

又过了两天，节目组特别挑了个周一，请导师和学员去拍杀青特辑，用作最后一期节目之前的宣传。

特辑没什么特别的，就是大家一起聊聊天、烧烤、拍照、回忆往昔。虽然她是半途加入的，却是跟学员们关系最好的导师。

杀青特辑拍摄的地方在一处公园里，人流量不大，节目组又提前包场，美中不足的是位置有些远，场地又大，节目组人手有限，只派了车在正门口等着，再把他们带进去。

于是出发时简桃就顺道坐了谢行川的车。

一路有些枯燥，车子行驶进人烟稀少的郊区时，简桃才敢将车窗稍微摇下来一点儿，百无聊赖地又想起之前的话题。

她转头看向谢行川："所以你那时候想出道，就自己找了经纪公

第九章 咬九口 善于忍耐

司？"

"没，"他说，"之前家里有很多星探名片，我随便挑了家最有名的联系了一下，签了个经纪约。"

很多、随便、最有名……无数人眼里艰辛无比的造星之路，在他口中，流畅丝滑得像下楼买杯咖啡。

简桃："然后你就被选上了？"

他笑了一下："我这条件被选上不是很正常？"

行，又被你装到了。

她撑着脸颊，片刻后终于问："所以你本身不爱演戏吗？"

"也没不爱。"他说，"还可以。"

只是他这一生做什么都很淡，爱什么都很浅，分不出什么特别的，除了对她。

演戏对那几年的他来说，是另一种情绪上的纾解，他也算是找到了自我平衡。

简桃缓缓后靠："圈内规矩这么多，你又是讨厌规矩的人，既然也没有喜欢到非要不可的程度，结婚之后你在我这儿刷的存在感也挺高的，那为什么你还在接戏啊？"

他没回答，不知是在思考，还是在回忆。

车很快在路边停下，二人分头行动，简桃本来也就是随便聊聊，没一会儿就把这问题抛之脑后。

三个导师三个组，人多也复杂，谢行川是鉴赏官，因此单人一组，拍摄得很快，收工时，简桃才从树后挪到附近的草坪上。

他双手放进大衣口袋里，准备先回车上，结果一转身，被一个小姑娘绊住了脚步。

他认出来，这是前几天助演的那个小孩，还扯着简桃的手，拍完都不愿意松开。

不知道是谁带她来的，这会儿她倒是不害怕了，手里拿着板栗在啃，或许是嫌袋子碍事，直接把东西放到了他的手上。

他竟然也顺手接了。

半晌后,谢行川蹲下,挑了挑眉,问她:"谁带你来的?"

她用眼神示意了一下不远处,大概妈妈是工作人员。

谢行川点了点头,把她的板栗袋子放在一边的石头上,又站了会儿才离开,哪里知道小姑娘找不到人一起玩,竟然屁颠屁颠地跟着他,一直走到简桃方才拍摄的地方都没停。

"哥哥要回车上了,"他俯身,下巴朝简桃的方向仰了仰,"你去找那个漂亮姐姐。"

"姐姐刚才陪我玩过了。"小姑娘指着被围在角落处的树,"我们试过很多办法,但是木牌怎么都扔不上去,好多哥哥也不行……"

话没说完,谢行川扬手一抛,坠着流苏的木牌就稳稳地挂到了树上,小朋友目瞪口呆地看着他。

"这么玩的?"他垂眼,"玩够了就乖乖回去,不然家里人会担心你。"

"还没,"小姑娘说,"哥哥,那你许个愿吧。他们都说把牌子扔上去就要许愿,姐姐也扔了好多次。"

她不依不饶地绕着他来回走:"你要是不想许,那就帮姐姐许一个。"

小朋友眼神殷切,大概在她眼里,他这会儿已经是一个无所不能的形象了。谢行川被她吵得头疼,半晌后妥协:"行。"

"你帮姐姐许!"

"我自己许。"

风吹过树梢,不远处传来笑声,简桃被簇拥在中心,仙女棒在她的指上燃烧,不知是谁说了什么,她正仰着脸在笑。

他突然想起她在车上问自己的话。

为什么明知演艺圈于他而言束缚太多,他还仍留在圈内,甘愿被捆绑?

她大概不知道:她最初开机的那两个项目因为资金问题差点儿搁

第九章 咬九口 善于忍耐

浅,是他听到消息,以朋友公司的名义补上缺口;她第一次参加荒野综艺节目时,不是他托人打点,那项目的副导演会邀她参加一场又一场酒局;她很喜欢的那部剧拍到一半,导演出了问题,平台打算停掉项目,也是他协商摆平的。

倘若他不在圈内,即使再手眼通天,也无法事无巨细到此种程度。

他知她一直觉得自己没有后路,因此从不敢回头看,只仰头向上攀登——

所以他留在这里,做她的后路,假使有任何意外发生,有他替她解决。

他身侧的小姑娘还在絮絮叨叨,催促他要给自己许愿就快些。各种杂念纷至沓来,他非圣人,放不下的东西有太多太多,若说许愿,也有太多事需要实现。

风依旧在吹,傍晚的彤云蔓延至山顶,远处的嘈杂声传来,快门的闪光灯一阵接连一阵地闪,简桃手里的仙女棒燃尽,她跟摄像组工作人员斗智斗勇好半天,终于拿到作为道具的最后一根,心满意足地点燃。

他突然笑了一下,又觉得那些杂念不过是杂念而已。

他将目光落向更远处——

"那就祝她一生心想事成,风光荣耀算她的,假如摔了,我接着。"

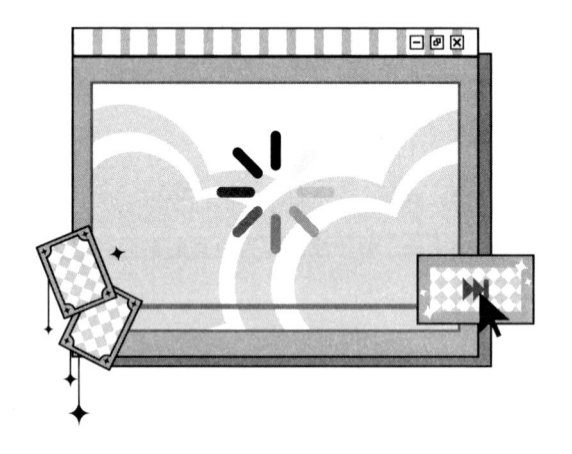

蜜桃咬一口

咬十口没跳阳台

第十章

拍完特辑回去的路上,简桃问他:"你跟那小女孩聊什么了?我看她一直跟着你。"

谢行川靠在椅背上,闻言看她一眼,懒懒地说道:"她夸我挺帅。"

见她无语下来的表情,他又笑:"不是事实?"

她懒得跟他胡扯,看了一会儿手机后说道:"对了,过几天同学聚会,上个月钟怡就跟我说了,说老师都会去,别的班也有很多一起聚的,你去不去啊?"

谢行川:"你想去?"

"那我肯定要去的。我是副班长嘛,而且和老张都好久没见了,蛮想她的。"简桃回忆着班主任,过了一会儿又说道,"而且我不去,钟怡都没人说话了。"

他看着前路,应当也是早就知道了这个消息,不过还在想。

简桃:"而且你不去的话,江蒙一个人怎么办?"

谢行川悠悠地收回视线,给她的担忧一个有力的回复。

"谁管他。"

车很快驶回酒店,简桃累了一天,一边泡澡一边刷着手机,发现秦湾又有了新动态,是条转发微博。

《现在请入戏》总决赛在即,入场票张张紧俏,官方微博开启了送票福利,分别为三个战队发了三条微博,从支持者中抽六张门票,配图是导师的海报。

此时秦湾转发的,正是她的战队的微博。

秦湾:"还挺想去现场看看的,无奈朋友也搞不到票,试试吧,万一中了呢?"

看到自己拍摄的海报时,简桃心一跳,但仔细想想也正常,秦湾喜欢的应岩在她的队伍里,那秦湾转发支持她这条微博,也无可厚非。

但这起码也代表,秦湾对她没有偏见了。

想了想,简桃拿出自己的内部门票,从《玲珑》导演组那边问到

第十章 咬十口 没跳阳台

编剧的地址,写了张字条,一并塞进了快递信封里寄给秦湾。

只是她不知道收到她送的票,秦湾还会不会来。

今晚的夜间话题自然而然地来到这事上,睡前,她侧头问谢行川:"这么多年以来的目标突然达成,你后面想干什么?"

灯已经熄了,谢行川于黑暗中偏过头看着她,问道:"怎么突然问这个?"

"没啊,就是觉得如果没目标的话,生活就没什么劲,不是吗?"

"每天伺候你够有劲了。"

"我说真的。"过了几秒,她又问他,"怎么不说话?"

"这不是在想?"他说道,"你先说说。"

她低声问:"你抄作业啊?"

谢行川似乎笑了笑,她就伴着这笑声,慢慢地说道:"你说小的还是大的?小的的话,是希望《玲珑》的编剧秦湾能认可我,大的话……就是在影史上留下一点点姓名吧。"

她朝他的方向,说着说着声音低了下去,又想着往后要做的事,就这么睡了过去。

次日她临近中午才醒,突然反应过来昨晚又先睡着了,正想跟谢行川解释,才发现他已经出门了。

她在微信上一问,今天挺特殊,他是出通告去了。

他极少接这种活动,要么是送人情,要么是感兴趣。简桃没再深问,只知道是某个品牌的大秀邀请,他只用看秀就行。

她的朋友圈里正好有朋友也在这个秀上,又是个拍照狂魔,从下午茶就开始不停分享照片,简桃虽没去,但随便一翻,也能获知所有流程。

大秀结束后,是泳池派对。

她点开视频,气氛烘托热烈,劲歌热舞,香槟交碰,水波粼粼,各色灯光游走其上。

尤其是模特,沿着池边走秀,惹眼又养眼。

简桃内心"啧啧"两声,又似乎知道谢行川为什么要去这个秀了。

然而她刚想到这里,房门被卡刷开,谢行川换好鞋走了进来。

她全程木然地以视线迎接他,直到他躺到床边,还没反应过来。

她骇然道:"你怎么回来了?"

谢行川解锁手机,抬眼瞧她,也挺莫名其妙:"结束了不回来去哪儿?"

秀场的位置并不在这边,他得坐飞机回来。按照时间这么一算,也就是说,他两个小时前就离场了。

"但是正题不是才开始吗?"简桃说道,"你没去泳池派对?"

谢行川的视线自她的脸颊上下扫视过,似乎一同扫视着她是否有类似前科,半响后他别有所指地说道:"我不是那种在外面玩的野男人。"

"道理我都懂,但是——"简桃不信,"长腿美女、比基尼、泳池派对,你能不爱看?"

他不是为这去的?

问题一问完,简桃忽觉失策。

因为她也不知道谢行川怎么回答她会比较满意。

他说爱看吧,她会想揍人;说不爱吧,那不是扯吗?连她都爱看。

简桃就这么等了两秒,谢行川似笑非笑地瞧着她,如实说道:"你穿,我就爱看。"

"你做梦吧,"简桃飞速反驳,"我才不穿。"

"又不犯法,"他这会儿倒是来劲了,刻意搞她似的,"穿一下怎么了?"

简桃才不会被他绕进去,想起自己还要换衣服,赶紧进了浴室。

她的想法是对的,可惜被他打乱心绪和节奏,乱了步骤,她忘了将衣服拿进来。

原来的睡衣已经脱在洗手台上,沾了水没法再穿,她扯了条浴巾围住身体,可惜浴巾太短,只能遮住胸前。

第十章 咬十口 没跳阳台

简桃单手按住浴巾，另一只手敲了敲浴室玻璃。

外面的谢行川懒懒地响应："怎么了？"

"衣服没拿进来，你给我拿一下，床头柜上那套。"

没一会儿脚步声响起，人影在床头处滞留，再拿着衣服给她送进来。

简桃仍维持着捂胸口的姿势，见他站在门前，像是打量了一下她的奇特着装。她启了启唇，觉得自己这会儿得说话，又不知道说什么。

方才没说完的句子重新涌上脑海，她想也没想地开口道："泳装美女都不爱看，你有问题。"

他像是被气笑了，等她抬手关门时猛地伸手一拉，说道："那你看看我有没有问题。"

她的后背撞上他的胸口，隔着棉质的睡衣，仿佛还是能很清晰地感受到他的肌肉，简桃僵了一会儿，正想制止，才反应过来为时已晚。

浴巾被他一拉，飘然坠地。

缓慢地察觉到什么变化，她心说：我可再也不胡说八道了，原来你今天不是没有那种世俗的欲望，对不起我错了。

台上的手机开始振动，她艰难地接起电话点了外放，梦姐的声音传了出来——

"怎么还没下来？那么多前辈等你呢，再晚真迟到了，你想被人写耍大牌啊？"

她咽了一下口水，艰难地向后抬眼看他："如你所见，我再不走，就会死。"

谢行川垂眼，视线并不清白。

简桃终于按时下楼了。

她今天要去个电影节，离得近，车十来分钟就到了，不知怎么回事，入口好像堵起来了，主办方让他们先在原地停一会儿。

司机下去上厕所，梦姐和助理也离开去看情况，简桃一个人坐在车里，将车窗缓缓摇下。

外头堵在这儿的车挺多，远远看去煞是壮观，她正恍神间，腿上手机振动了一下。

她拿起手机，居然是谢行川的电话。

"喂？"简桃奇怪，"怎么了？"

听筒对面传来起伏不定的呼吸声，掺杂着一丝轻微的低喘声，这声音她熟悉……

几乎是立刻反应过来了，意料之中又预料之外，简桃听着窗外人声鼎沸，青天白日，朗朗乾坤，谢行川就敢在众目睽睽之下给她打电话……

"谢行川？"她怕被人听到，只能小声开口，但声音太轻，竟像带着一丝嗔怪的撒娇意味，"你疯了啊……"

她如坐针毡，天气还未升温，冷风阵阵在吹，但她的手机屏幕和脸颊之间已然热浪翻滚，险些将她烤熟。

简桃抵上车沿，泄气地鼓了鼓脸颊，一副没辙的样子："我发现跟你在一起之后，我的底线越来越低了。"

"你还有底线？"他在那边毫无诚意地笑。

电影节结束后，简桃满脑子还是这件事，进房间后一路都眯着眼看他。谢行川没事人一般，还挺悠闲地开口道："回了？"

"就这？"简桃可不打算让他就此揭过，"我在车上，你给我打电话干吗啊？"

他很坦荡，如同这辈子除了高中时候暗恋过她这件事，其余的一切欲望都再坦荡不过，翻了一页书淡淡地说道："一个人，没意思。"

她哽了半晌，觉得实在是不能跟没有良知的人讲道理。

为了平复心情，她进浴室洗澡，半个多钟头才把他的声音从大脑里驱赶出去，打开手机一看，有条钟怡发来的新消息。

钟怡发来的是当时的毕业合照，把每个人的名字都标了上去。

钟怡："好多人脸和名字我都对不上号了，找班长要了一份，顺便发你。"

简桃发了个表情包回应，这才点开照片逐个记录。

第十章 咬十口 没跳阳台

说实话，五六年没见的高中同学，记忆的难度不亚于背一镜到底的长台词。

她想找些简单快速的办法，想起自己好像有本同学录，可以按照关键点记人。

好在东西还在，她从箱子里翻出，躺进被子里一页页翻着。

这办法果然挺好，十来分钟，她就记得差不多了。

她把同学录放在腿上，倾身去拿充电的手机，侧着身子检查，看自己记得有没有问题。

再转回身的时候，她发现谢行川不知何时已经拿起她的同学录随意翻看了起来，他问："你还写过这个？"

"是啊，"她说，"不是都写吗？"

谢行川："怎么没喊我写过？"

"你后来转走了，这是毕业季写的。"简桃想了想，又补充，"除了有一个，其他都是高三我才发的纸。"

"有一个？哪个？"谢行川也不知怎么的，竟能精准地翻到那页，点了点右上角，语焉不详地问，"就这个什么狗屁学长？"

她跟过去一看，同学录第三行处，那人形容自己——学长、知心挚友、学习伙伴。

谁啊？

简桃仔细一看名字，回忆了半天："哦，好像是他。"

"苏城，大我们一届的学长，数学挺好，所以有时候大家解不出来的题，我会去问他。你不知道他吗？"

谢行川冷笑了一声："不知道。"

他怎么还冷笑？她正想说话，谢行川又开口："他怎么就提前写了？"

"他自己要求的。他毕业的时候我正要升高三，他说要不要给我写一张，我的同学录是初中沿用下来的，正好有多的纸，我就给他了。"

谢行川前后翻翻，又指了应该贴照片的那处："怎么别人都没贴照片,就他还贴个自拍照?"

简桃心说:我要是给你发了同学录,你估计也得贴。

她一开始没回,谢行川盯了她半晌,简桃挺莫名其妙地说道:"那我哪儿知道,你去问他呗。他可能也会去同学会,要不我帮你问问?"

谢行川把同学录扔到一边,枕着手臂继续冷笑,没说话。

简桃正以为话题就此揭过,谢行川又问道:"他高考数学多少分?"

"那我哪儿记得?"简桃觉得他今晚这些问题真是一个比一个难,绞尽脑汁地回忆道,"好像差几分就满分了吧。"

"我高考数学满分。"他状似这么漫不经意地一说,眉心终稍微舒展,侧脸问她,"怎么没见你问我?"

"你讲理吗?"简桃说,"你高二天天交白卷,谁知道你数学好啊?我催个作业都得催你三天。"

话题似乎终于被揭过,谢行川没再问,然而睡前,卧室一片漆黑,简桃刚闭上眼,就听身旁传来悠悠的声音。

谢行川枕着手臂:"爱称呼自己学长,跟个公孔雀似的天天开屏,没见过两次面就把自己的地位上升为挚友的,这种人一般精神不正常,少来往。"

周四晚上是他们的同学聚会,因为大家普遍明天要上班,所以饭局开得早,计划散场也早。

准备离开前,她看谢行川也换好了衣服,问:"你不是不想去吗?"

他今天收拾得还挺精致,跟要去拍杂志似的,叠了叠袖口,漫不经意道:"没事干,去看看。"

他们俩分开入席,简桃是最后到的,座位安排依然是跟谢行川处于对角线。见她一来,大家聊得更加热闹,都在说一个班居然能出两个知名艺人,真是稀奇。

她撑着脸颊,遇到感兴趣的话题也会应声,高中的英语课代表已经结婚了,说过几天自己女儿满月酒,请她有空过去。

第十章 咬十口 没跳阳台

课代表高中跟简桃关系不错，之前人家结婚她在拍戏，赶不过去，这回正好赶上她放假，她便点了头说"好"。

大家又随意地聊了些近况，老师也在座位上笑弯了眼。

不知道是谁突然说："桃桃你今天穿的白色裙子，跟谢行川这黑色马甲还挺配的呢。"

话音刚落，满室寂静。

其余人是被尴尬的，简桃他们四个，是知道真相所以更加沉默。

好在那人意识到祸从口出，急忙找补："你看我又说错话了，不好意思，来，吃饭，吃饭……"

不过也感谢这有如神来之笔的一句话，一直到饭局结束，都没人敢再提起她和谢行川。

差不多吃好之后，大家开始闲聊和吃水果，简桃被钟怡拉去上厕所，还没忘把口罩戴上。

今天这一整层楼都被他们学校的聚会包下了，还有十来个班也在小聚，应该不会遇到被围堵的情况，所以简桃就没戴帽子。

然后半路上简桃被人认了出来，是和苏城同班的一个学姐，跟他关系比较好。见了简桃，学姐连忙说苏城今天也在，问简桃要不要去看看。

简桃心说：我去见他干什么？况且，谢行川好像对他有点儿意见。

于是她笑着婉拒，钟怡也挺有眼力见，说自己肚子疼拉着她跑了。

结果简桃刚从女厕所里出来，洗完手一转弯，看到个笔直的人影，来人就站在第二道拐角处，似乎在等她。

她正在调整口罩，露了大半张脸，头顶的空调风将她侧边的鬓发微微吹起，整个人精致夺目。苏城看愣了半晌，这才开口道："嘿……好久……好久没见了。"

如果不是昨晚在同学录里看到他的自拍照，简桃都已经忘记他这号人了。

她点了点头算是打过招呼，重新把口罩戴上，回头看向挂帘，催促钟怡赶紧出来。

另一边,包间内,江蒙看了一眼消息,侧头同谢行川附耳:"你昨晚不是问我那个苏城吗?他确实风流啊,之前谈了五个,还劈腿俩,而且好像是对简桃有意思。"

谢行川放下汤匙。

什么好像,是肯定,这人给简桃写的同学录里,全是不动声色地拉近二人关系的用词,而且还在左下角画了个爱心,简桃没发现,不代表他看不出来。

都是一路人,他还能看不清谁对她有意思吗?

江蒙继续说道:"我刚打听呢,本来想去看看他长什么样,结果人家说他上厕所去了,就简桃她们出去之后……不过话说回来,她们俩怎么去了这么久?"

谢行川稍顿,心中冒出不祥的预感。

没等江蒙反应过来,自己手上装饰用的戒指被人摘下,似乎是嫌弃款式太花哨,谢行川将戒指戴上无名指时还顿了顿,然后转了一圈,将纯色的底部朝上。

紧接着,谢行川起身走出包间。

江蒙在后面跟着,语调压低:"去哪儿啊你?!"

谢行川没应,步伐越来越快。

简桃浑然不知事件将至,还面对着左侧,判断钟怡到底什么时候能出来,好快点儿逃离现场。

似乎发现她现在空闲,苏城上前两步,喝了些酒便无法控制地开口道:"我后来才知道你还去学校等过我。我……我如果早知道你对我……"

简桃恍惚:她去学校等过他?什么时候的事?

脑子都差点儿想痛了,简桃才终于记起某次的事。

那天她和钟怡路过他的大学,因为那是钟怡的梦中情校,钟怡便

第十章 咬十口 没跳阳台

心动地想去实验室参观。钟怡没苏城的微信，只能委托简桃给他发条消息，问他在不在。

结果苏城自然是没回消息，但她们俩也没刻意等，在校门口吃了鸡翅包饭还喝了奶茶，酒足饭饱后欣然打道回府，已经忘记了参观这档子事。

苏城又靠近了些，几乎快冲到她面前："你现在恋爱了吗？虽然我可能高攀不上你了，但如果你还是单身，我会努力……"

下一秒苏城面色骤变，如同在她身后看到了谁。这儿拐角太多，简桃也不知是谁绕了过来。

不等简桃回头，她的腰骤然被人搂住。她垂眼，视线里出现了一只熟悉的手。

她呼吸一窒。

来人宣示主权般收紧手臂，紧接着，她听到了那个即使天塌地陷，她以为到死也绝不会听到的称呼……

"怎么去了这么久？"身后慵懒的声音传来，男人漫不经心却挑衅意味十足，"老婆。"

有一瞬间简桃以为自己幻听了。

下一个瞬间，反应过来这是在哪儿、随时可能冲出来多少人，她脑子里冒出一堆死机的乱码，"噼里啪啦"地在脑子里横跳——

他来砸场子的吧？

终于把乱码摆放整齐，简桃看到面前出现了一条直线。

那是她的心电图。

终于，在苏城开口前，她疑惑地回头看向谢行川，指了指自己，好奇地问道："你在叫……我吗？"

"你是不是认错人了？我是简桃，"她挺奇怪地偏过头，"你今晚是不是喝得有点儿多了？"

谢行川眼神清明地瞧着她："你说呢？"

他今晚要开车，全程喝的都是果汁，但简桃仍旧吸了吸鼻子，诚恳地说道:"我觉得是,我闻到酒味了。"

好不容易让江蒙把谢行川带走,又挨到了饭局结束,简桃下行至一楼停车场,打算找个人不多的位置打车回去。

结果她绕了几段,发现空旷处一辆车开了双闪灯,驻足一看,是谢行川的车。

她三两步上前,迅速拉开车门:"你怎么还在啊?"

"这不是怕……"他的语气别有深意,"万一人家苏城要送你回家?"

她正在低头系安全带,闻言惊愕地抬眼:"你怎么知道?"

他气得直笑:"他还真说了?"

"说了啊,不过我拒绝了。"

"拒绝干什么?"他打着方向盘,仍旧是那副不咸不淡的语气,"去看看多好。"

简桃盯他半响,故意状似恍然地准备去解安全带:"你说得也是,那我下车去吧。"

他没什么情绪地笑了一下,没说话,但简桃敏锐地观察到他的视线扫视过中控台,似乎在确认车门是不是已经上锁。

确认后,谢行川才一副无所谓的样子,转回目光。

简桃半靠着车窗,撑在窗边,饶有兴致地欣赏着他的脸色,过了一会儿才说:"你这样容易给我一种错觉。"

"什么错觉?"

"不会吧?"她凑近了些,端详他的神情,"谢行川……还会吃醋?"

"现在才发现,"他垂眼说道,"看来谢行川表现得还不够明显。"

怎么会不明显?开车回去的一路他一言不发,回去了也是早早洗澡躺在床边,任她东撞西翻也绝不抬眼,入定一样翻着书。

简桃吹干头发,这才趴到他眼前,殷切地问道:"谢老师,还生气呢?"

第十章 咬十口 没跳阳台

她今晚穿的吊带，对他毫不设防似的，领口垮下来一截，皮肤白得晃眼，偏眼神又挺清澈，映了点儿床头的亮光，一闪一闪地看着他。

那股在胸口堵了一晚上的气不知怎么就化开了，他偏过视线，语气淡淡地回道："我哪儿敢。"

"你生什么气呀？"她是真不理解，但耐心地哄着，"我也不知道他会来厕所找我啊。我站在那儿是在等钟怡，跟他又没说话。"

谢行川："你高中没喜欢过他？"

她莫名其妙地说："没有啊，我高中只喜欢学习。"

他又问道："那你怎么在他面前这么急着撇清我们的关系？"

简桃知道了，他一整晚在意的，就是她没承认自己是他的老婆这件事。

"我跟公司签了合约的，如果我承认我们真结婚了，有人录下视频来，我要赔钱的。"简桃坐起来，"而且你都没和我商量，我都被吓蒙了，怎么接你的话？"

大概是沟通终于起了作用，谢行川放下手中的书，问她："那什么情况下不赔钱？"

她摆烂道："被狗仔拍到不用赔。"

被子外有点儿冷，她为了跟他沟通都忘穿外套了。简桃火速钻进被窝里，想着今天要不先睡好了。

她闭上眼，没一会儿谢行川那边也关了灯，手搭过来放在她的腰上。感觉到他的指腹摩挲游走，简桃沉默片刻，无奈又好笑道："怎么，这会儿不气了是吧？"

手机适时地在黑暗里亮起，简桃捞过来解锁，看到是钟怡发来的语音消息。

大概是刚到酒店，钟怡就开始热血沸腾地跟她聊天："我以前都没发现，没想到苏城这么喜欢你，都这么久了还……"

简桃都没来得及听完语音，谢行川就伸手又点了一遍播放，在"这么喜欢你"时停住，语调里嘲讽意味点满："他很喜欢你？"

简桃想说"我哪儿知道,我又没关注过他",冷不丁地,谢行川继续开口:"在我面前他也好意思说喜欢你?"

他一副非常看不上眼的语气。

如果不是事情发生在自己身上,简桃简直都想起哄了。她抬了抬眉尾,明知故问道:"你很喜欢我啊?"

"我还不够喜欢你?"

"你看着就很烦我的样子,"她细数着,"比如踩我的鞋、挡我的路,还爱拉我的书包——"

谢行川:"你看我拉过别人的书包吗?"

"那密室呢?"她说,"之前有一回去密室玩,我把你当成钟怡在你身上挂了一路,出去的时候你脸都是臭的。"

他很坦荡:"我那是被你蹭得难受。"

她反驳:"我哪有蹭你?"

"在我背上上蹿下跳还不算?抱着我的手臂不算?"他说道,"你忍一路试试?"

她无语,别过头去不想再说什么。楼下大概有人开着窗在放音乐,声音透过他们半敞的窗户传了进来:

原谅我不可自拔,

可能不经意看你一眼,百米冲刺都会停下……

她突然转头。

谢行川:"怎么?"

简桃好奇地问道:"你会不经意看我一眼然后百米冲刺都会停下吗?"

他的脑海里出现某一次晨跑时,她被人抓去当气氛组,以往都跑两圈的他那天硬是绕了五圈,结果真是浪费表情,每回路过她都在低着头啃她那个菠萝包,一早上都没吃完。

第十章 咬十口 没跳阳台

想到这儿,谢行川敛了思绪,镇定自若地口不对心:"不会。"

她嗤笑了一声:"那你不是真的爱我。"

"我还不够爱你?"他像是听到了什么好笑的事情,当即便说道,"守身如玉二十多年,你喝醉酒一勾引,老子就……那可是我的第一次,懂吗?"

她惊愕:他怎么又说到这事啊??

简桃被吓得耳边"嗡嗡"直响:"我都说了那天晚上绝对不可能是我……"

这人根本不听的,直接侧身看着她,语调在暗夜里尤为清晰:"我有洁癖你不知道?你还要我怎么爱你,嗯?"

简桃被他的尺度惊得启唇半晌,一个字都说不出来,不知过了多久灵魂归位,只能嗫嚅出一句:"你别说这个……"

"不说这个我说什么?"谢行川拉她脸边的被子,"就你敢在我这儿撒野。问完没?问完赶紧睡。"

明明是她挑起的话题,这会儿结束竟然像是得解救,简桃飞快地闭上双眼,克制着耳后蔓延开的热意。

过了好一阵,可能谢行川都睡着了,她又突然冒出一句:"那你会趁我睡着偷偷亲我的头发吗?"

房间里安静了许久,谢行川沉声开口:"你是不是偶像剧看多了?"

简桃终于放弃,老老实实地闭眼睡觉,又不知过了多久,四下安静中,她听见谢行川说:"会。"

次日下午,是《现在请入戏》的最后一期节目录制。

简桃一醒来就赶往拍摄点,今天有很多工作要安排。

先是每一组选手的表演要彩排,因为是最后一场比赛,彩排是三遍起,以确保万无一失,每一个演技点都发挥准确;最后,还有一个和导师合作的剧目。

节目组考虑到一个合格的演员,无论面对怎样的对手都能稳定发挥，无论戏份多少都能完全吃透，不能光看自身，还要看相互间配合，因此个人得分占投票的80%，和导师的合作剧目表现占20%。

选手排演是一组组上去，没轮到她的组时，她就在底下反复揣摩合作剧本，把每个人物的动机都找准了，对她塑造角色也更有帮助。

大概是最后一场比赛了，节目组今天准备的午饭里还有水果，晚上简桃没吃，留着更好的状态拍摄节目。

节目录制终于开始，落座的一瞬间，简桃便侧过头在观众席上寻找着人。

一排、两排……她的视线在定好的位置上骤然一停，是秦湾按时抵达了。

《玲珑》的编剧，拿了她寄过去的票。

嘴角不自觉地弯了一下，简桃想，今晚自己更得好好表现。

终于等到选手们演完，最后一个环节是导师合作剧目，简桃那组最后出战，前面两个导师演得都很不错，戏份很重，角色也高光。

待到简桃这组选手开始表演，五分钟过去，她却仍旧没出场。

台下观众窃窃私语：

"是简桃这组吗？我没记错吧？"

"是的。"

"她怎么还没出来啊？别的导师五分钟都十多个镜头了。"

这次的剧目偏群像戏，是三对情侣死后到了忘川，分别展开彼此的故事。

为了最好的效果，也为了能展现大家最好的演技，每对情侣都有哭戏，且虐点各不相同，简桃终于短暂地在背景里出场了，画面是她坐在昔日的恋人对面，表情好奇又陌生地看着他。

随着故事展开，另外两对情侣恢复记忆，已在酝酿泪意，气氛一时煽情至极，观众也很投入，恰在此时，镜头扫到简桃。

她抿着唇不好意思地笑了一下，去看身侧正在哭泣的两个人。

在她这个动作后的两秒，镜头又自然地转走，然而就这短短一个

第十章 咬十口 没跳阳台

特写,已经掀起惊涛骇浪。不少人怀疑这是演出事故,猜测她是否忘词了。

简桃本身就是血雨腥风体质,然而无论大家如何争议,镜头却一点儿没受影响,早有准备地转回给她。

终于瞧够了这地方的陈设,她无意间摸到一块石块,正想撤开手,手下却像有巨大吸力似的,将她牢牢定住。

只那一瞬,前尘记忆回到脑海里,宫殿、尘世、云烟,天真无邪的小公主被敌国质子一剑刺死,死在他们成婚的那个夜里。

镜头拉远,就在方才短短几分钟之间,她已经换上了生前最爱穿的鹅黄色衣衫,只是胸口处浸着血渍,因是刚点上去的,血迹还在徐徐向外扩散,正好映衬着此时记忆慢慢恢复的片段。

一瞬间她笑意僵住,还未反应过来时,眼睛已先涌出泪来。她无措又难以置信地看着面前的人,像是并未完全接受事实,但生前巨大的苦楚和不解如同刻在身体中的执念,让她本能地淌出泪来。

而她还未明白自己究竟是谁。

三秒落泪,台下的观众和直播间网友一阵惊呼。

回忆终于慢慢回到她的身体里,如同血液里的毒素扩散开来,她拼命抗拒想逃开,然而心理防线一寸寸跟着崩溃。她痛苦地闭上眼,眼泪决堤,鼻尖跟着泛红,嘴唇颤抖,克制着情绪却无可奈何。

对面的人也不忍,抬手想替她拭泪。

然而她在这一瞬抬起眼,声音厌恶又颤抖地问:"你上辈子杀我时,用的也是这双……想替我擦泪的手吗?"

随着尾音落下,一滴眼泪从她的右眼坠落,坠落一滴,又有一滴。

直播间网友也恍惚了好一阵,弹幕才出现:

"天啊,我看哭了……"

"不是打着直播字样我都怀疑是事先拍好的,明明只看了剧情梗概,怎么好像能从她眼里读出剧情啊?"

"她这哭腔,原声台词不错啊。"

三十秒高光片段后，镜头转给了她的对手戏演员。

后面再没有她的大特写镜头，但她也未立即出戏或放松下来，跟着大家走完了全程。

落幕时她听到观众席的掌声，擦了擦还在落泪的眼睛，十多分钟后才渐渐缓过来。

台下人山人海，落座时她还有些恍惚。等到票数统计完毕，主持人挨个儿宣布大家的名次时，她才完全脱离人物情绪，喜悦和兴奋感随之而来。

第一名是她这组的应岩，其实这点她不意外，但意外的是合作剧目的分数高得出奇，将她组里的其他演员全部拉到了前八名。

所有为演戏努力的人，如她希望的那般，有了姓名。

果不其然，等他们聚餐完回到酒店里，"现在请入戏黑马"的话题也上了话题榜。

她这组的选手是最不被看好的。

一开始她加入，收到这个烂摊子，没人觉得除了应岩这个组还有什么用，是她一点点分析问题，尽可能地留下多一点儿选手，再到现在，没人相信，这个中途频频被唱衰、毫无存在感的小组，决赛时，是唯一一个全员在前八名的组别。

所有选手都在微博上转发她的高光片段，写小作文真情实感地感谢老师，还有人甚至发出了微信聊天记录。若不是翻到，她没发现，自己居然发了那么多六十秒的语音。

也是在这时候，简桃才发现，她的话题居然也上榜了，并且讨论量和转发量，远远高过黑马那一条话题。

芝芝莓莓："路过刷到就花三十秒看看这段视频吧，不是简桃的粉丝，但今晚她真的惊艳到我了。从一开始没有记忆只有本性时的天真，再到记忆逐渐恢复的茫然，然后震惊、无措、眼泪夺眶而出，说台词的悔恨，最终落泪的委屈，要不是我剪完我都没发现这竟然只有短短三十秒，而在她流泪的上一个镜头，她甚至还在笑。"

第十章 咬十口 没跳阳台

这条微博下的评论有两万多。

"表演系学生现身说法,这种戏也是可以拍的,并且还不少,确实很难,所以拍之前一般演员需要酝酿很久,是眼睛里面有泪意了再开拍,就可以茫然流泪,但她可以直接从开心转到这么高难度的情绪,我觉得是把人物吃透了。"

"她对组员也很好吧,别的导师都是整个剧目的核心线,只有她所有戏份加起来三十秒……"

"她删戏份了。一开始好像有五分多钟,她说多给选手展示的机会,剧本改了好多次。"

"所以她这组才是真的群像戏,每个演员都发挥了自己的优势,不像之前只能演既定剧本。她这组的演员也是吃到了最多的合作红利,总决选全员飞升。"

"所以她的学员都很爱她啊,你看这条微博上话题榜,学员也贡献了很多力量。"

"'君以国士待我,我必以国士报之。'"

"我爆哭。"

"谁还记得她最开始转发的官方宣传微博?她来这里也是想证明演技的啊!"

"事实证明,真正的演员只需要三十秒就能俘虏你。"

简桃看到这里,脑海中也闪过自己这些天对剧本做的努力。

她知道,如果今晚她的戏份长达五六分钟,观众聚焦向她是件自然而然的事情,就好像一些综艺节目的前期,镜头和人气直接挂钩,她运气好,说不定也能上个热搜证明一下自己——

但这样终究不够资格服众,她也没有演员的底气。

将剧本这样修改,她当然也有想让组员展示的私心,但同时,这也是她对自己的一场豪赌。

她就赌她是否能仅靠这三十秒,所有人都不相信能演出什么的三十秒,把握得足够精彩深刻,令所有人刮目相看。

这才是，她真正证明了自己。

这才是，她来这个节目的意义。

突然想到什么，她才记起演完后情绪消耗太大，她都忘了看一看秦湾的动态。

今晚的秦湾没发微博，也没转发有关她的演技的那条微博，简桃内心有些失落，视线一转，却在右下角看到两个互指的小箭头——互相关注。

秦湾关注她了？！

她愣怔间，谢行川也洗完澡从浴室里出来了。她盯着他，有些难以置信道："秦湾关注我了！"

谢行川并不意外似的颔首。

"很正常，"他说，"你参加这节目不就为这个？今晚你表现好，她对你刮目相看也是应该的。"

听到这儿，她有一点点飘了，撑着桌台问道："真的？今晚演得挺好？"

她现在这模样有点儿像只猫，漂亮又骄傲地轻抬着下巴，等人夸奖和抚摸。

他这么想着，便顺手摸了上去，掐了掐她的下巴，懒懒地应着："我也得再练个二三十年才能演出这个效果吧。"

她撇了撇嘴，受用又不信地说道："你少来。"

谢行川笑了一声，见她一回来妆都没卸就在玩手机，看了一眼时间，说道："看完洗澡去，再不睡就睡不着了。"

简桃本以为事情至此告一段落，谁知道不过几天，整件事的热度又被炒了起来。

原因是有博主发现，秦湾的微博地址变了。

《玲珑》是大IP，再加上简桃参演，导演到团队全都是顶尖的，秦湾又是原著作者，为了时刻追踪第一手消息，很多人隔一会儿就会

第十章 咬十口 没跳阳台

去看大家的动态。

而秦湾现在的微博地址，正是《玲珑》的网传拍摄地——航城。

一时间众说纷纭，有人说她是专门去给简桃改剧本，也有更多人不信，说秦湾从不参与原著改编，怎么可能？

看了半个多小时微博，简桃也恍惚了，连忙切进微信，打算问一下剧组秦湾是不是真的进组做编剧了。

她正在措辞，谢行川从后侧走了过来："等会儿是不是要出发了？"

简桃看了一眼自己收好的箱子，点头应道："是的，怎么了？"

她今天要去的，正是前几天同学聚会时答应参加的满月酒。

酒席定在国外，相对自由许多，这也是她之前欣然应允的缘由。

"我听说那个苏城也要去。"谢行川说道，"这样，出发之前，你先把你的婚戒戴上。"

"嗯……"简桃下意识地应着，过了几秒反应过来，"嗯？"

"我戴婚戒？"她问道，"突然戴那个干吗？"

谢行川垂眼："人容易被环境影响，苏城如果看到同学的孩子满月，又看到你坐在周围，很容易——"

简桃："也想生孩子？"

"首先他要结婚。"谢行川说道，"而他势必会对你殷勤示好。"

简桃狐疑："真的？但我上次都拒绝他了，他应该对我没想法了。"

"你戴着戒指总没什么坏处，万一他不信，给他看就是了。"

"万一别人也看到了呢？婚戒啊，那么大一颗婚戒，在光底下闪得要死……对了，"她突然想起来，"婚戒是你定的吗？为什么上面是捧花？"

她那时候只以为他是随便买的，想着他挺有钱，估计是吩咐给谁随便一挑就很漂亮的款式。

"捧花不是你想要的？"他回道，"打版了很多次，立体效果不好做。"

"我还跟你暗示过戒指？"

简桃不太记得有这回事,然而顺着关键词一找,想起有一次他们四个一起出去玩,碰到露天婚礼,新娘给伴娘抛捧花,她随口一提,说捧花好看,和婚礼也搭,只是过几天就凋谢了,美得有点儿可惜。

然后他就把捧花做成了硬度最高的钻戒?

简桃一时恍神,连要去问编剧的事都忘了。

她挺震撼地问道:"你居然这么细心?"

"无所谓,"他坐到一边翻书页,独自坐在光下,有几分落寞的反差感,"反正准备了那么久,也没人愿意戴。"

他又开演了是吧?

不知道是突然被这件事触动了,还是为了防止他再说出些显得她多么薄情的话,简桃轻咳了一声,难得退步。

"行,我戴。"

谢行川抬眼。

"我真戴,去国外,这点儿要求我还满足不了你吗?"她俯身去找戒指盒,"大不了手一直放在口袋里,如果苏城来问,我就给他看。"

似乎是怕她故意讲给他听,谢行川在她身后强调道:"我会检查。"

简桃心说:你还能怎么检查?你最多发消息让我拍视频给你看呗。

就这样,戴好戒指后,时间已经逼近出发时刻,她暂时放下手机里的事,换好衣服前往机场,飞机落地土耳其。

简桃和大家会合后已经到了深夜,她和钟怡一间房,入住酒店后,她很快便睡下了。

第二天一早,是酒店送餐服务将她们喊醒的。

简桃打着哈欠,听钟怡在一边碎碎念:"我跟你讲,说是满月宴,其实舒舒就是借着孩子的名义,让老公报销她出来玩的。"

"看出来了,"简桃扫视流程单,"这么多个项目,没一个是跟孩子有关的。"

钟怡笑得不行:"谁让她老公有钱。话说什么时候轮到你?"

第十章 咬十口 没跳阳台

简桃晕乎乎地问:"什么轮到我?"

"借办满月酒的名义用谢行川的钱请我们出去玩啊。"

钟怡这张开了光的乌鸦嘴,前脚刚说完,吃完早餐下楼集合时,简桃居然就在柱子旁边看到了谢行川。

疑心是幻觉,她眨了眨眼,又低头看了看自己的鞋尖,再一抬头,谢行川果然消失了。

下一秒电梯门开启,更多熟悉面孔涌出,她随意地看着,冷不丁地旁边传来压低的声音,谢行川附在她的耳边问:"找我?"

她偏头:"你怎么来了?"

"我说我不来了?"

懒得跟他在这里打太极,简桃正打算终止这个话题时,口袋突然被人打开,一只手探了进来。

她紧张得乱扭,手指在口袋下鼓出形状:"你干……"

谢行川摸住她的手指,波澜不惊地说道:"检查。"

他摸了摸,戒指确实戴在她的手上,动作顿了一下,旋即手绕了半圈找到她的手心,就这么自然地牵住了。

简桃呼吸滞了半晌,感觉到他的指根陷在自己的手掌缝隙中,人依然懒散地靠在柱子上,一副云淡风轻的模样,放在她的口袋里的手却时不时地捏她一下,力道不轻不重。

她觉得自己好不对劲,怎么被他牵一下手反应这么大,连心脏都快跳出胸腔一样。

面前驻足的人潮将他们挡住,刚满月的小婴儿成为大家围拢讨论的焦点,没人知道在这一隅,她的外套口袋下,同时藏着一枚婚戒和两只手。

没一会儿,大家集合完毕出发,去看过热气球之后,众人四处逛逛,又解决了午餐,准备回酒店游泳。

路上下起了雨,店里的伞只有十来把,完全是看大家抢伞的速度。

简桃想着有雨也没事,反正游完泳还要洗澡的,结果挽着钟怡走到一半，果然如谢行川所料，苏城举着一把黑色的伞上来了。

她摆手说"不用"，走出他的伞下，将手遮在自己的头顶上，加快了步伐。

回到房间后，大家短暂休整，然后陆陆续续地开始换衣服。

钟怡先换好泳衣，简桃正在慢吞吞地找衣服时，听到阳台那边一直在响。

她们住的是一楼，钟怡怀疑是哪家的熊孩子在砸玻璃，起身准备去好好教育一番，结果这一去就没了踪影。

简桃一边系着泳衣带子，一边走向阳台，问钟怡："怎么了？"

无人回应。

阳台门像是被人拉开后又关上了，总之钟怡不知所终。简桃扒在玻璃门上向外找，冷不丁地身后一凉，好不容易系好的蝴蝶结被人从身后打开。

不用回头她就知道来人是谁。

她不敢回身，系带正软绵绵地搭在肩上，她一起来泳衣就会掉。

于是她只能整个人继续压在玻璃上，义愤填膺地回头看去："你来干吗？"

谢行川悠悠地瞧着她，伸手钩了钩她垂落的带子："你就穿这个？"

她愤懑地反问："泳衣不都这样吗？"

"人家解你的衣服怎么办？"

简桃心说：除了你谁解得了？

简桃："我……"

"你什么？"

简桃刚才是想起来，结果一侧身衣服就往下坠，只能被迫中断，差使道："你先给我系上带子。"

他自己把玩带子半响，简桃心说这人还挺双标。结果心里没骂完，腰肢处蓦然一紧，她整个人被迫收腹，气得转过身子："你是不是要

第十章 咬十口 没跳阳台

勒死我？！手绕到后面，正面系。"

二人身体相对，谢行川这人难对付得很，一下听话一下不可控，这会儿倒是低着头，手绕到后面一点点系着带子。因为他看不到她身后的情况，鼻尖越发近了："这样？"

她也下意识地偏头，同他呼吸绕着呼吸："差……差不多了。"

他没动，垂着眼看向她，简桃伸手推了他两下："你起来。"

他凑这么近，氧气越发稀薄，简桃推第二下的时候，他终于直起身，却并非退后，仿佛只是弯腰太久不喜欢这个接吻姿势，搂着她的腰把她压在了玻璃门上。

窗外日光洒落进来，他闭着眼吻得投入，她能看见他的睫毛尾端的小光晕，感觉处处发软，生怕被人从外面看到，然而这人根本推不动，舌尖推送中，她后背的蝴蝶结又被人打开了。

她被弄得险些站不稳，他却故意一点儿也不伸手扶她，害她只能搂着他的肩颈，让他探得更深。

外面的人声渐渐热闹，简桃思绪回归，已然先睁开了眼。他还闭着眼睛，睫毛轻微颤动的频率，让她想起十二月落下的雪。

很快，大门被人敲响，苏城阴魂不散的声音再度响起——

"简桃，我看钟怡出来了，你好了吗？"

话音刚落，她感觉自己的嘴角被人咬了一下。

简桃吃痛，"嗯"了一声，仰起头："你属狗的啊？"

"不是你给我起的吗？"他挺有底气，"姓谢的狗。"

简桃无语地把他的手拿出，自己重新花了三分钟系上蝴蝶结，套上第二件外衫。

谢行川似是顿了顿，然后问道："还有一件？"

"不然呢？"简桃说，"我难道就穿那个出去吗？"

"刚才怎么不穿？"

"我没穿完你就来了啊。还有，"她示范，"这个套上之后就算把里面的蝴蝶结扯开，衣服也是不会散的，因为包住了。"

她说:"我会这么傻地给你可乘之机?"

他笑了一下,意有所指:"这不是已经给了?"

简桃不愿意搭理他,转头确认门外有没有人。现在倒是没有,只是不知道刚刚会不会有人看完走了。

他就只知道闭着眼享受,都不观察一下的吗?!

这么想着,她气势汹汹地拉开门,一边走一边低着头补口红,刚才涂得那么好,全被他毁了。

苏城嘴角一扬正要笑,抬头便看到谢行川紧随其后地悠然走出,也在低头擦着嘴角的口红,指腹上颜色清晰。

苏城僵住,来回看了两个人几遍,笑不出来了。

简桃满脑子这事,游泳的时候时刻谨记着跟谢行川隔十万八千里,就连晚宴开始前合照,也和尖叫之夜一样,和他分站对角线位置。

正要开拍,小孩却哭闹起来,大家连忙去哄,找玩具的找玩具,冲奶粉的冲奶粉。他们是在酒店的后花园里拍合照,因为拍照,简桃没戴口罩。

主要是今天她走了一路也没被认出来。

一片混乱中,她的手腕却骤然被人一拉,然后她整个人被谢行川不动声色地扯到了花墙背后。

喧闹声仿佛被短暂隔开,身后是旺盛的花木,她抬眼看着他,没说话。

嘴上伤口有点儿疼,被表情轻微牵拉,简桃抿了一下嘴角,看他的眼神越发不爽:"咬得还开心吗,谢老师?"

花木掩映后,靠墙的一桌中国游客正在等餐时百无聊赖地往外看。

仿佛看到了什么,女生踢了踢同伴的腿:"你看外面那对情侣,好好的饭不吃,怎么跑到这里来调情?"

朋友:"别人的事你少管。"

"不是啊,哎——那女生好漂亮,长得还有点儿像简桃。"

第十章 咬十口 没跳阳台

"我看看，我的眼镜呢？"

"你不是懒得管吗？"

"简桃谁不愿意看？！看到了，你别说还真有点儿像，这么看，那男的也挺像谢行川的。"

"你有毛病吧？你是不是看'不行就桃'看魔怔了？"

"不是啊，男的真的很像谢行川！不信你把手机拿出来放大看。"

"我的手机没电了。"

"不能用相机吗？"

女生无语地拿起相机，高清镜头下，二人的脸越发清晰。

不知何时按下录制键的指示灯闪着蓝光，她将焦距放大再放大，被朋友兴奋地一下踩到了脚："真是谢行川！你看他的眼皮上那颗痣，除了他没人有……你再看，一睁眼就没了。他们俩一起出来旅游了？"

"我不太信，他们是不是在吵架？"

女生将镜头对准二人的脸部，画面短暂模糊了两秒，而后聚焦。

谢行川好笑地碰了一下简桃的嘴角，倾身同她打着商量："真不是故意咬破的，别生气了，行不行？"

读出唇语的朋友又是一脚，结结实实地踩到了女生的脚上，女生痛呼一声站了起来，手臂跟着垂下："你有病啊？！没地儿发泄自己踩自己行吗？！"

二人眼神博弈良久，气氛这才恢复和谐，然后两个人同时转头去看被丢在桌上的相机。

镜头已经被按得向下偏转，也不知是怎么做到的，此时画面中央有什么东西正在一下一下地晃动。

两个人定睛一看，套在简桃的无名指上的，赫然是枚闪着光的婚戒。

很快，那段视频被导入手机，被人发布在简桃和谢行川的超话里。

"我好像撞到'不行就桃'一起拍戏啦！在土耳其！是哪个赞助商这么好眼光拍结婚的戏？桃的手上还有钻戒！各位剪刀手老师，素材来了！附言：是什么剧？知道的朋友能告诉我一下吗？"

视频实在高清，评论区没一会儿就热闹起来。

"天啊！野生的桃和川，我还以为演技综艺节目结束之后再也看不到他们同框了。"

"哈哈哈——桃是怎么容忍他离自己那么近的？我以为她会打人。"

"有生之年他们居然能和谐地站在一个取景框里，我大震惊。"

大家玩得很兴奋，贯彻落实"我瞎编所以我快乐"原则，很快有人回复："万一不是拍戏，他们是真结婚了呢？！大胆点儿，两个人已结婚三年，谁赞同？！"

底下清一色的爆笑评论，但不过十分钟，有人发现不对："可是旁边好像真的没有工作人员……"

层主也渐渐疑惑："对啊，打光板和摄影机呢？导演呢？他们近期的行程呢？有这项吗？"

"去搜了一下，两个人的工作室这几天都没发行程，不知道是在干什么。"

"而且桃不是马上进组《玲珑》吗？你们都在这里说新戏，给我整不会了，难道《玲珑》吹了？不可能吧？"

"《玲珑》肯定是没吹的，或者是拍广告中途对戏，那种带剧情的广告？"

"肯定不是广告，如果有剧组能谈到合作的话，以他们俩的热度绝对要预热，所以，只有一个可能——"

众人心跳失序，手指都有点儿发颤，心里不约而同地出现同一个可能——

"保密项目？！"

小孩子的哭声没一会儿便停下了，简桃听到前面有人在找自己。

来不及跟谢行川好好算算她的嘴角被咬破的账，慌忙中她看到自

第十章 咬十口 没跳阳台

己的婚戒竟然还戴着,连忙塞进他的口袋里,然后混在人群中招了招手。

"我在这儿。"

"快来,"舒舒朝她招手,"你好看,站我女儿旁边,希望她以后能像你这样长。"

她刚站过去,舒舒又突然问道:"你的戒指呢?"

简桃心下一惊,心说:还真有人注意到她的戒指了?

她还来不及开口,舒舒又说道:"看着不便宜,你应该也花了不少钱吧?"

简桃闻言,心口又猛地一松:原来大家都默认这是她买给自己的饰品。

"我装起来了,"简桃只想尽快揭过这个话题,"没事,拍照吧。"

"那可不行,"舒舒爱财如命,"在哪儿呢?我刚才还看到在你手上呢,你拿出来给我看看,可不能参加完我女儿的满月宴戒指没了!"

简桃想也没想地说:"放我的口袋里了。"

"你这衣服哪里有口袋?"

简桃跟着舒舒的视线看去,才发现自己换完的这套衣服还真的没有口袋。

"不会真丢了吧?!"舒舒连孩子都不抱了,塞给老公,"大家快在地上找找,是不是掉到哪儿去了?这要是弄丢了我一晚上都会睡不着的……"

简桃僵在原地,侧过脸去看谢行川,本以为他会想点儿什么办法,哪里知道他接收到信号后,竟直接抬腿向她走来。

简桃整个人像被钉在原地,头皮发麻。

众人瞩目间,他神色散漫地拿出戒指,放在她的手心上。

"掉我的口袋里了。"他说。

四下一时安静,连喧哗声都不再有,众人瞠目,视线在二人身上来回流转,此时无声胜有声。

就这么沉默了许久,简桃飞快地回过神来,问道:"还拍吗?摄影师等很久了。"

舒舒也是惊诧到失去反应能力，才回过神似的，跟着简桃的节奏走："啊……拍、拍。大家站一下吧，拍完合照去吃饭了。"

这离奇的一幕总算暂时被揭过，只是站位时，她隐隐听到身后的人在讨论："啊？我刚才看到的画面正常吗？"

这顿饭简桃吃得不太安生。

大家时不时好奇地朝她看一眼，眼神复杂，有钦佩、欣赏、怀疑、难以置信……

终于等到饭局结束，她快马加鞭地改签了航班，以免被众人扣留于此，询问她和谢行川的关系。

她确实躲过了拷问。

但她万万没想到，就在飞机升入云端的那一刻，微博上翻搅起了更大的波澜。

下午两点，知名娱乐博主"姜瓜瓜"发布了一条微博："近期发现两大当红艺人疑似恋爱，勤勤恳恳地跟了一个多月终于拍到素材，本想这周六挑个好时间爆料，结果被人先发了，啊啊啊！"

这条微博发布五分钟后就有了两千多条评论，一半是问号。

"在说什么？"

"明明上面的每一个字都是中文，连在一起，我却仿佛看不懂……"

"'不行就桃'是谁啊？反正不可能是简桃和谢行川吧，哈哈……"

"什么什么？我不差这点儿流量，速发！"

"越离谱的消息可能越真。"

"不可能，博主也不必爆这种假料吧，因为没人真的觉得他们在一起啊，嗑着玩玩而已。"

姜瓜瓜明显不服气，直接发布了一则刚做好的视频："谁说这是假的？这是我姜瓜瓜真真实实自己拍到的！"

视频中，由于距离太远，单反镜头被无限拉近，画质不算十分清晰，但也能看出视频主角是简桃和谢行川。

第十章 咬十口 没跳阳台

姜瓜瓜还配上了解说："可以看到这天雨很大，简桃马上要去会展中心参加活动，谢行川的车带着她路过会展中心，在路边停下，然后二人在车里待了近二十分钟，简桃才下车。不知道他们聊了什么，很明显简桃心不在焉，不会是表白了吧？"

有人评论："啊？真有视频？"

也有人说："坐一辆车就是恋爱吗？那么大的雨谢行川不带简桃一程，难道让她在外面淋雨吗？但凡是个正常的男艺人都会捎她一程的吧？"

姜瓜瓜眼见这些人不信，半个小时后又剪出第二条视频："第二弹，简桃去《现在请入戏》监督学员们排练，谢行川当天没有任何行程，但她下到地下车库，最后坐谢行川的车一起走。大家可以看车牌，和之前那辆车的一样。"

网友渐渐怀疑：

"专程去接的？！谢行川……别太爱了……"

"对不起歪题，我只觉得简桃当导师真的好认真啊！怎么没有摄像头还去监督学员们排练啊，桃，你不红谁红？"

"浅嗑一下狗仔糖吧兄弟们。"

姜瓜瓜虽然喊着热度没了，但事关简桃和谢行川，怎么可能没有热度，在第一个视频被放出后，"不行就桃"话题已经稳居热搜榜第一位，第二个视频出来，话题更是直接爆了。

受到鼓舞，姜瓜瓜继续爆料："第三弹，简桃在凌城拍摄，提早收工之后独自去了谢行川高三读过的学校，最后还进了一栋公寓楼。"

"我来到，你的城市，走过你来时的路……"

"被甜到了……"

"怎么会这么离谱又这么真？"

姜瓜瓜："第四弹，这个绝对是独家。凌晨三点两个人出来逛超市，出来之后简桃想吃薯片，结果谢行川举着不让她拿，逗了两下之后她不吃了。简桃在前面快步走，谢行川在后面追。"

网友评论：

"欢喜冤家！是欢喜冤家吧？！"

"我正想说这么甜难道在《星夜环游》里是演的吗？看来这就是两个人的相处模式。"

"我以为：吵架。实际：小情侣调情。"

"也可能那时候他们没谈呢，就是最近工作交集变多，发现对方不是以前想的那种人，就在一起了。"

"这么一想那我们是不是月老？！"

"这么说的话，超话里土耳其偶遇那个帖子，两个人不是在拍戏咯？"

"他们那怎么可能是在拍戏啊？工作人员、摄像机一个都没有，很明显是小情侣出门旅游被拍了嘛！"

"这得多激烈？嘴皮子都给咬破了？！为什么不能在我面前亲？？在我面前亲判几年？！"

短短一下午，"摆烂夫妇"超话全面炸锅，简介语也顺势更改——

"我们是真'摆'，你们是真争气啊。"

简桃落地时正是十二点，她一关闭飞行模式，受到了数不清的新消息。

她的心脏都差点儿被吓停。

简单浏览了一下梦姐的消息和微博话题，简桃直接大脑爆炸，只剩双腿机械行走。

消息太过震撼，她甚至一时间找不到想法。

她整个人晕晕乎乎的，好不容易上了车，关车门时被人伸手拦了一下，谢行川俯身上了车。

简桃一惊，半响后才确认的确是他："你疯了啊？现在我们正在话题榜上挂着呢，你还敢跟我一起？"

"反正都被拍到了，"他说道，"那还藏什么？"

第十章 咬十口 没跳阳台

这话好像也挺有道理。

机场回酒店的路上,她都在跟梦姐发语音。

简桃:"所以你们现在怎么想?"

梦姐:"我们内部商量了一下,觉得还是你让谢行川发条解释微博吧,你就别出面了。"

此时,李梦一旁的小助理问道:"刚才不是还有个选项是公开吗?"

"公开什么?"李梦说,"谢行川怎么会想公开?你们在想什么?走到他这个地位的男艺人,有几个愿意公开面对舆论的?"

小助理想了想,叹了一口气:"也是。"

很快,对面传来简桃的回复。

"行,我等会儿跟他说说吧。"

既然不需要她出面,简桃回去先是洗了个澡,情绪这才慢慢平静下来。

她和谢行川说了梦姐的想法,他也颔首应允。

虽然她知道早晚会被拍到,但这么突然被曝光还是有些意外,只是从前做了些心理准备,这会儿也不算太难接受这件事。

缓了一会儿,她又点开话题去看,广场会随着时间顺序更新消息,偶尔有不同的热门微博会被推送到最上方。

此刻有三千多赞的,又变成了另一条微博——

"'不行就桃'有什么可讨论大半天的?以谢行川的性格他谈了能不公开?没公开不过就是谈着玩玩罢了。"

看到这儿,她甚至还有一丝犯困,琢磨着这件事什么时候是个头,倚着枕头问谢行川:"还没好吗?"

这都一个多小时了,他是在思考什么,怎么还没发?

刚才她在洗澡的时候,就听见他拉柜子的声音了。

谢行川背对着她,似乎在拍什么,半晌后才说道:"好了。"

好了?

简桃立马下滑页面,刷新微博,在那 0.01 秒的空当中,还有心思在想:这次他怎么这么配合,让他澄清他就澄清,一点儿其他的话都不说?

下一秒,最新微博映入眼帘。

谢行川:"不是谈着玩玩,结婚了。"

微博配图是一张结婚证,正下方摆着两枚熟悉的钻戒。

沉默,漫长的沉默。

她直接从枕头上弹了起来:"你这发的是什么啊?"

谢行川回过身,抬了抬眉梢:"不是你让我解释?"

简桃心说:我让你解释的是这个吗?

看着这条微博下疯涨的评论,简桃知道一切都迟了。

现在就算他删博也于事无补,马上一觉醒来,全世界的人都会知道他们结婚了。

"我是让你解释这个吗?"思索半晌,她看着谢行川的神色,眯起眼问道,"你故意的是吧?"

"没。"他挺没诚意地否认道,"是你没说解释什么,我还以为你是想让我说这个。"

"戏真好,"简桃说,"教教我?"

做了会儿心理建设,她打开了评论区。

"我眼睛没花吧?他们结婚了啊兄弟们!"

"昨天大家都在关注恋爱这件事,导致没人敢细想那戒指有可能不是桃手上的装饰啊!"

"谁装饰买那么大的钻戒?肯定是谢行川买的!很好,有排场!像他!"

"演的吧?如果不是演的,速速在我面前亲给我看!怎么?不敢?"

为防止被兴师问罪,简桃截了个图发给梦姐,如实说道:"我是让他解释了,他给我解释没谈恋爱结婚了。已尽力。"

第十章 咬十口 没跳阳台

然后她飞快地将手机开启了飞行模式。

她是真没精力陪公司耗了，太困了，明天再说吧。

"行吧。"简桃看开了，重新躺回枕头上，"不光粉丝疯了，我的公司也要疯了。"

谢行川仍靠在床头，问："那你呢？"

"我什么？"

"公司疯了，你呢？"

简桃觉得他这话问得是不是太迟了点儿。

"我不就宠着你呗，还能干吗？"

她实在困得鼻子不是鼻子，眼睛不是眼睛，上一秒还能感知到谢行川在拿睡衣去洗澡，下一秒，没来得及听到水声响起，就睡着了。

她一觉睡醒，已经是十点多。

简桃看了一眼时间，眼皮子又无法自控地闭上，缓了半天，伸手去捞旁边的人，打算问问他接下来该怎么办。

她摸了半天，身边没人。

简桃睁开眼，发现谢行川已经走了。

他去哪儿了？

她撑着身子缓缓坐起来，昨晚熬得太厉害，现在头有些晕。

简桃按了会儿太阳穴，刚洗漱完，门又被人从外面打开了。

看着他手里的东西，简桃恍惚片刻："你去买早餐了？"

"差不多。"

谢行川把小笼包放在她面前，简桃打开盖子和蘸料，刚吃第一口，就听他娓娓道来："顺便去了一趟你们公司。"

东西猝不及防地卡在喉咙里，简桃猛地咳嗽了几声。

谢行川给她递过来一杯水，她喝了两口后问道："你去干吗？负荆请罪？"

谢行川："除了把你弄疼还有我需要负荆请罪的事？"

"闭嘴。"

房间里安静了一会儿，简桃吃到第三个小笼包时转头："然后呢，继续说啊。"

他靠在椅背上，悠悠地说道："不是你要我闭嘴？"

简桃动了动筷子，点头："那现在准奏了。你见我们老板了吗？还是经纪人？"

"都见了。"

"老板今天正好在公司？"她偏过头，"那还蛮巧。"

"也不是很巧。"谢行川说道，"我过去之后他赶过来的。"

简桃心说：那你排场还挺大，转念一想这也是废话。

她又问："那你们最后怎么聊的？明天好像是《星夜环游》完结庆典吧，昨晚看公司的意思，他们是觉得你去了，就不大想让我去，让我们少同框。"

"一开始，他们当然还是希望我们少合体出现，"谢行川淡淡地说道，"但是我说，我和盛闻的经纪约上周正好到期。"

简桃顿了两秒，脑子飞速反应过来。

公司不希望她和谢行川交往过密，因为不想给盛闻贡献任何一丝热度，但现在，如果他不再是盛闻的艺人……

某个念头冒出，简桃脱口而出："所以你签我们公司了？"

谢行川并未直接回复，只是拿起她还没解锁的手机，递到她眼下："看看微信？"

她忘了取消飞行模式，一解除就直接切入微信，发现此时在最上方的，是新创建的群聊，叫"相亲相爱一家人"。

群成员：她、谢行川、老板和梦姐。

"说签就签啊？"她惊讶道，"那我们老板还不高兴坏了。"

果不其然，简桃所在的启新娱乐官方微博一关注谢行川，消息便迅速传开，登上话题榜第二位。

第一位的仍然是"不行就桃"，热度不仅没消退，还颇有股在上头买房安家的架势。

第十章 咬十口 没跳阳台

事件虽然有关谢行川签约,但大家除了对他单人的讨论,简桃也赫然在列。

"听说之前公司会压制简桃跟谢行川互动,就是因为跟盛闻不对付,所以他们俩基本没同框,同框了也离得远,上综艺节目也不会特别互动。"

"啊,那谢行川签了启新之后,都是自家艺人岂不是不用再受压制了?"

"真是捡到宝了,谢行川这个量级的艺人不知道多少公司在抢,他们靠简桃轻轻松松就拿到了。"

"明天的最后一期《星夜环游》,速度抬上来!"

应大家的期待,万众瞩目的《星夜环游》收官夜终于到来,节目组依然邀请所有嘉宾和观众一同观看。

节目的网播时间提前,于八点放映完毕,待弹幕充足后,八点二十,主创们参与直播观影,观众可自由选择观看哪一场。

直播前,简桃忽然想到什么,问他:"你没选择和盛闻续约,是因为他们不让你和我互动吗?"

谢行川只是看着她,半晌后扬唇笑了一下:"你觉得他们管得了我?"

简桃怔了怔:"那……"

"那不是你的公司需要你规避,我就顺水推舟,如了你的意吗?"他俯身笑得不正经,说话的音量很轻,"除了你,可没人能让我听话,简老师。"

简桃顿了一会儿,耳尖居然被他的气音扰得有些发热,不自然地揉了一下耳垂,连忙拉着他上了车。

她怎么也没想到事情会是这样,原来谢行川规避,都只是因为那时候她想这样。

这次的直播地点还是火锅店，来自邓尔和潇潇的强烈提议，两个人说是更放松自然。

简桃因为有个拍摄工作在三点，结束后便前往店内，和谢行川一起。

谢行川的经纪约已经到了她的公司，所以现在老板完全不管他们互动了。只要老板不追究，那合同上写了什么也没人在意了，他甚至很亢奋地跟简桃转述干什么都行，多多合体更行。

她和谢行川提前一个多小时到的，坐在包间里等大家。

简桃玩了会儿手机，感觉有点儿无聊，背后的摄像老师还在调试机器，片刻后提示道："那我就先把摄像机开着行吗？"

简桃点了点头："您可以先休息会儿，等开始了再过来。"

反正现在直播间里应该也没什么人，摄像机拍的她和谢行川的背面，他们早就习惯了。

她今天穿的是露腰的衣服。她侧身确认了一下有没有走光，谢行川也随着她的视线看过去。她的腰本就细，这会儿还在腰后绑了个蝴蝶结，露出一小片更有留白感的白皙肌肤，丝带若隐若现间，隐约可见腰后凹陷进去的美人沟。

她因为常年健身，背沟的弧度很漂亮。

今天起得早，简桃有些困了，便撑着脑袋在桌上打瞌睡，没一会儿，感觉到腰后横过来一只手，就懒懒地搭在她的侧腰上。

他的指腹毫无阻隔地触碰着她的肌肤，简桃感觉有点儿痒。

加上摄像机已经开了，她便伸手过去将他的指尖掸开。然而没用，她反而被人扣住掌心，捏在他的手心里。

她又挣扎几番，手掌被谢行川牢牢扣着，动弹不得。

直播间提前开着，不少观众早就在蹲，再加上开播就是简桃和谢行川的画面，粉丝大量涌入，直播间一点儿都不冷清。

见二人推来推去，摄像师很快推走镜头，朝别的角度调试，几分钟后再推回来，简桃已经困倦，叠着腿靠在谢行川身上休息。

"这就是真夫妻吗？"

第十章 咬十口 没跳阳台

"上一秒还在打,下一秒就贴贴是吧,呵呵,小情侣取悦我的手段罢了!"

"难以置信前天我还在坚定地瞌嗑按头,根本不相信他们会在一起,今天已经是'不行就桃'的婚姻品鉴官了。"

弹幕热闹一阵,很快嘉宾陆续抵达,简桃的瞌睡也在交谈声中消散。

邓尔转头和潇潇说着什么,但讲着讲着,二人总是刻意又假装不经意地看简桃一眼,欲言又止,极力压制。

简桃沉默数秒,开口:"想问就问吧。"

潇潇怎么想都想不到二人居然是真夫妻,此刻倒不知怎么开口了。而邓尔立刻开口,语速麻利得像是早已准备好说辞:"所以开始录制节目的时候你们不熟是演的吗?"

在大家充满期待的嗑糖暗示下,简桃如实道:"那也没有,其实一开始真的不是很熟……"

"哦,"邓尔顿悟,"所以那时候还没结婚是吧?"

"结了。"

潇潇:"什么时候结的婚啊?"

简桃想了想,回道:"前两年吧。"

她的话音刚落,一旁的谢行川抄着手澄清:"快三年了。"

简桃又接受了五六分钟的拷问,几个人几乎轮番问完了大家关心的所有问题,正片这才正式开始,最后一期节目在投影幕布上播放。

大家边看边聊,偶尔吃两口菜,很快一期节目接近尾声,节目组在最后准备了一段回忆杀,是大家印象深刻的片段,还有每一期点赞最高的评论。

第一幕,是谢行川第一次做冰镇甜品时,简桃伸手想尝,被他用一个眼神驳回,只能悻悻地收手。

简桃本以为弹幕会说二人关系不好,哪知点赞第一的竟然是:"他知道她的生理期!他好爱她!"

邓尔笑得不行:"这也太扯了,我一直知道你们的粉丝是瞌嗑,

469

但是不知道能这么扯。"

但他看着简桃的表情,笑声越来越小:"难道……是真的吗?"

"那天确实是。"简桃说。

连一旁的温晓霖都有点儿惊讶。

"那这条呢?"邓尔飞速往后滑,"从鬼屋出来,你们穿着连体衣,弹幕说你们在偷偷牵手,总不可能是真的吧?!"

"这个是……"简桃不知道该怎么说,"不是故意要牵的,里面太吓人,后来忘松开了。"

直播间弹幕:

"那不还是在牵吗?"

"哪位姐妹这么神机妙算,帮我算算什么时候发财,谢谢。"

邓尔不信了,滑一个问一个,直至最后一期节目的片段:"这个!冰川上面,摸手指猜队友。他们说'他在摸她的婚戒!'这难道也是真的?"

简桃几乎被问到一个默认一个,最后自己都没脸了,推了推一旁的谢行川:"你来说。"

"我说什么?"他靠着椅背,神色慵懒地说道,"我看她的戒指歪了,帮她扶正。"

直播间的网友此刻已经像在过年了。

"好!好啊!"

"都是乱嗑的结果全蒙对了!谁懂?!"

"邓尔翻到蚊子包是谢行川咬的的那条弹幕的时候,简桃偷偷点了跳过,谁看到了?!这必然也是真的!"

"真夫妻,说这些。"

"谁来扇我一巴掌确认这都是真的?"

到后面,邓尔的手指已经有些颤抖,他自暴自弃地调出最后一期的高赞弹幕,上面赫然写着:"怎么只有谢行川从简桃的房里出来的画面?进去的呢?我知道了,小情侣不会瞒着所有人偷偷跳阳台见面吧？！"

邓尔惊愕："那这个……？"

"没跳阳台。"

邓尔松了一口气："那就好，我就知道哥你还是有底……"

谢行川："跳的窗户。"

邓尔声音一收，差点儿打了个嗝。

谢行川别有意味地仰了仰下巴，示意一旁的简桃："她教的。"

早已因为无言面对大家而把脑袋深深低下的简桃，此时已经从攥紧的指尖红到了脖颈，像刚摘的新鲜草莓。

直播间网友已经快乐疯了：

"哈哈哈谁允许你卖老婆了？！"

"桃，没想到你……"

"看来已经很熟练了……那意思就是，之前岂不是还翻窗做过别的事？"

"你要说偷偷翻窗那我就不困了啊！"

直播火热收场后，同天，"摆烂夫妇"超话光荣升级，举家搬迁至"不行就桃"超话，开始由假至真的嗑糖之旅。

而谢行川的微博热评第一也变成了言简意赅的——

"谢行川，你好行。"

蜜桃咬一口

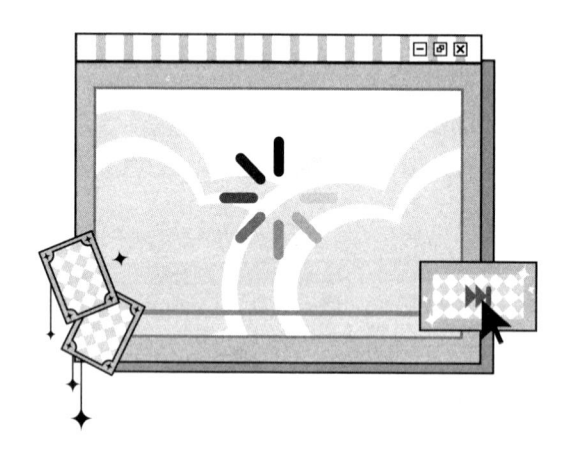

咬十一口沦陷序幕

第十一章

两档综艺节目相继结束，简桃休息两天后，也提前出发，进入《玲珑》剧组。

《玲珑》的拍摄周期长，足有半年多，大家也都留出了充足的档期，尤其是简桃。

因为这部剧就是围绕着她所扮演的云姬有一颗玲珑心而展开的。

这次的拍摄地在云城。她抵达时正是中午，秦湾的IP还一直留在这里，但她来不及去拜访编剧，得先拍一组宣传照。

大导演的严苛要求是出了名的，等到拍完宣传照，已经在摄影棚里待了十个小时，简桃人都累麻了，天也黑了。

好在宣传照效果非常不错，她刚躺下，就收到了小助理发来的一张花絮图——绿幕前她裙裾飘动，头饰和妆发恰到好处，眉心的花钿更是点睛之笔。

她顺手将图片转发给了谢行川，没一会儿，他圈出图片某处，打了个问号。

简桃点开图片一看，问道："这是电影男主角啊，怎么了？"

姓谢的狗："为什么他一直看你？"

她觉得谢行川这话问得好奇怪，人家看她是人家的事，她哪里知道为什么？

于是她随口回了两句，又聊了些别的事，这才睡觉。

结果第二天晚上，谢行川就带着数包行李入住了她所在的酒店。

她好说歹说，谢行川只道住两天就走，然后就进浴室洗澡去了。

简桃看着地上大包小包的行李，并不怎么相信他的话。

她看了一会儿剧本，谢行川擦着头发出来，她缓了一会儿才说道："吹风机在抽屉里。"

话还没说完，他已经从自己的箱子里拿出了吹风机，顺利插上电源。

谢行川垂眼："别人用过。"

简桃"啊"了一声，很是体谅地拍了拍身下："那这床也是我躺过的。"

"床可以。"

第十一章 咬十一口 沦陷序幕

她无语地撇了撇嘴,起身准备去洗澡,知道等自己出来,床单肯定也被他换好了。

洁癖人设,诚不我欺。

进浴室后,她看花洒的旋钮位置不对,打开调了半天,头顶也不出水,只得扬声问他:"你弄花洒了?"

他吹头发挺快,没一会儿就拨弄着半干的头发进来:"随便调了一下,怎么,你用不惯?"

"这两个开关,三个出水口,不知道你怎么弄的,现在不出水了……"

简桃这么说着,手指转到开关的最后一挡,头顶花洒"哗啦"一声喷出水来。她惊叫出声,险些没有站稳。

谢行川上前两步,伸手扶住她。

她穿着拖鞋,向后滑了两步,事发紧急甚至没空关水,在酒店里只穿了件显透的白色衬衫,回来的时候已经脱掉内衣。

这会儿水将她的衣衫全部打湿,勾勒出漂亮的曲线,衬衫布料紧贴着肌肤。

谢行川为了扶她,已是俯身,视线与她敞开的领口齐平,见她站稳后才抬眼,然而启唇那一刻又怔了怔。

花洒一阵接一阵地喷出冷水,溅在她的腿上。

简桃僵硬地察觉到什么,难以抵御他的眼神,止不住地后靠:"谢行川……"

她已无路可逃。

简桃次日醒来,甚至懒得翻开被子检查,就知道身上是怎样壮烈的惨况。

不过谢行川这人好就好在,每每不管结束时有多混乱,一觉醒来就都会被他收拾好。譬如此刻,他正在桌前看报表,端正又衣冠楚楚,任谁也想不到,数小时前,他是怎样一副荒唐神色。

简桃捶着大腿,无法自控地开口道:"起这么早?"

谢行川回身:"怎么?"

她咬牙奉送上一个微笑:"我还以为你昨晚工作到大半夜,今天就不工作了呢。"

他勾了勾唇,了然道:"嫌我不够卖力的意思?"

简桃闻言立刻起身,洗漱完毕后前往片场,生怕他又当场将她擒拿,好好卖力表演一下。

简桃刚到片场就觉得有些热闹,似乎是有什么人来了。她还没来得及开口问,摄像机旁便有人转过身来。

她怔了怔,那人是秦湾编剧。

秦湾倒是先朝她笑了一下,说:"来了?"

语调里倒有些熟悉感,简桃点了点头,笑了一下:"秦老师怎么有空过来了?"

"我是跟组编剧,自然是住这边的。"秦湾说,"之前大家都在说我进组了,你竟然还没看到消息吗?"

"看到了,不过大家都说您是来给我改剧本的,我就没太信,本来准备等不怎么忙了再去见见您的……"

她话还没说完,秦湾笑着打断道:"我就是过来帮你调整剧本的。一开始我确实不抱什么期待,觉得你演也不会太好,不过看了几场节目,又翻了不少你之前的表演,"秦湾这么说着,"现在倒觉得,你是天选云姬了。"

这实在是简桃想也没想过的至高的赞誉。

云姬人气很高,果敢、天真又善良,每每女主角盘点总在前几名,她中学看书时,也最喜欢这个角色。

这么多人心里的"白月光",原著作者却对她说,她是自己心里最符合的人选。

"其实总决赛完我就想见见你了,不过你还在戏里,我就没有打扰你。"秦湾怜爱地握住她的手心,"真人确实漂亮,那场表演也确

第十一章 咬十一口 沦陷序幕

实让人惊艳,怪不得那时候观众都投你,还是有原因的。"

秦湾已是五十多岁,作品也常被改编,见过的美人不在少数,但此刻看简桃,还是无法把视线从她的脸上挪开。

对极少数演员来说,天生讨喜与具有观众缘,是一种天赋。

秦湾说这番话,表明已推翻之前对简桃的所有成见。简桃心脏温热。

秦湾拿出手机,微微笑弯了眼睛:"那我们加个微信吧?"

下午四点,《玲珑》官方微博开始陆续官宣角色与海报图。

关于简桃的微博是第一个发布的,引起的风浪不小。

数个小时后,简桃规规矩矩地按下转发键,令她意外的是,秦湾直接转发了她的那条微博。

秦湾:"从一开始怀疑,到见面后非她不可,没人比她更适合云姬。接下来我会进组润色剧本,让她和云姬更加贴合,呈现最好的云姬和简桃。//@简桃:学生时最喜欢的角色,现在竟然能够扮演,昨晚看着手边绝版的实体书,只觉真是冥冥之中的缘分。玲珑心于云姬来说何其珍贵,这个角色于我,也是一样。"

秦湾短短的几十个字,已经足够佐证她就是进组专为简桃修改剧本,使角色和真人更加贴合的。这已足够堵住所有怀疑和不看好简桃的声音。

挺多路人也加入了讨论:

"厉害啊,能让从不干涉改编的秦湾被她征服,给她改剧本。"

"这么多的实力演员,她居然能在里面当一番……有两把刷子。"

"观众和原著作者都是最严格的,能认可她和云姬的适配度,这电影还是能期待一下的。"

"我看了下海报,简桃是演员表上的第一位。也能理解,这剧叫《玲珑》,有玲珑心的是云姬,简桃演的是云姬,她不第一谁第一?不过我还真有点儿意外,因为以前女主演算半个电影新人的情况下,基本都是排第三第四的。"

秦湾一出面，改剧本的争议是平息下去了，但嘲讽的人仍然唱衰，说简桃当第一挺好，粉丝高兴他们也高兴，到时候票房不行只算在简桃头上，别的好演员不被连累。

很快有人回应："等着吧，简桃从来只拿成绩说话。这个位置，票房爆了也算她的。"

带妖背景的电影向来难拍，电影导演的要求也会更高，简桃作为女主角，一天吊着威亚来回飞是常事，对着绿幕无实物表演是常事，第一个开工最后一个收工，也是常事。

忙忙碌碌间入了夏，天也慢慢炎热起来，说只住两三天的谢行川也如她所料般没有搬走。

投行很忙，尤其是起步阶段，大大小小的决策都需要他来把关，那晚简桃腰上盖着薄被，趴在床上看他："那你以后就不演戏了？"

"有喜欢的会再演。"他回道，"后面公司运行完备了，琐事只需要给信任的人去办就行，我也能清闲不少。"

她撇嘴，心说：也是，就他这性格，他也受不了日日被拘束。

简桃翻了个面，轻声叹说："真好啊。"

谢行川走到床边瞧她："哪儿好？"

她一条条数起来："钱够多，花到下辈子也花不完；之前积累下来的地位让自己可以轻松自在，有喜欢的工作再做，想休息也可以休息度假。"她捧着脸颇为羡慕地说，"这还不好？这就是我理想中的生活。"

谢行川看了她半晌，也不知是在想什么："你不想工作也可以不工作。"

她忽然想起《喜剧之王》里的台词，偏身笑着说："不工作你养我啊？"

他凑近了些，有点儿好笑地捏了捏她的下巴："我养不起？"

他将掌心搭在她的后颈上，凑近时吮了一下她细嫩的耳垂。

第十一章 咬十一口 沦陷序幕

"简老师，谢行川再养十个你也是绰绰有余。"

不知是不是为了佐证这句话，第二天谢行川就跑国外出差去了，为期五天。

简桃一开始并没觉得有什么，出差嘛，很正常，刚结婚那会儿他们半年只见一两次也是常事，虽然那时候他并没有出差。

但没想到次日醒来她就觉得有些不习惯，总感觉酒店里空荡荡的，应当有些声音。

等戏间隙，她就远程给谢行川下了个软件。他的手机放到一边没有管，晚上时候他才发现："这是下的什么？"

简桃尽可能言简意赅地阐述："桌面小组件，你把屏幕往左滑，我可以实时往上面传输图片，指不定你什么时候无意间翻到，就有个惊喜。"

简桃以为以他的性格他要说自己多此一举，传图片嘛，微信也行。

但总归不一样，这些新东西，她觉得玩玩总是有意思的。

出乎她预料的是，谢行川并没说什么，只是问道："玩这么花？"

捡个桃子："还能比你玩得花？"

这人足够聪明，上手学什么都很快，简桃还没来得及传图，倒是被他捷足先登。她看时间时一抬眼，发现自己的屏幕上方的小组件里多出了一张阿拉斯加的照片。

照片应该是他在路上看到，顺手拍下来的。

她不知何时悄然勾起嘴角，把对话框里打出的"阿拉斯加"删除，重新键入。

捡个桃子："你的自拍照吗？"

看到对面的人发来个问号，她笑得眉眼弯弯。

她已经在剧组里待了三个多月，其间除了自拍一次都没露过面。为了给粉丝一点儿新鲜物料，她挑了个没戏的下午参加了一场品牌直播,播完即将上车回剧组时,忽然看到了很漂亮的夕阳。

她在车门前驻足,举起手机拍了三分多钟,这才跟大家挥手告别,上了车。

夕阳风景照的第一个分享人是谢行川。

没一会儿超话里就闹腾起来,全是@她的帖子。

"宝贝!是不是该更新微博了?!今天拍的夕阳照什么时候发呀?@简桃。"

"有时候真的觉得谢行川要好好学学,他又两个多月没更微博了,怎么样能让你老公跟你学学多更微博啊?!@简桃,请赐教!"

十分钟后,某软件提示大家谢行川微博上线。

他是无事不上线的类型,一旦上线,就证明有东西要发了。

大家就那么等着盼着,等了半天,终于等到两张图片。

第一张图片是傍晚时分的夕阳,云层被烧得滚烫,油画般层层晕染开。

第二张是手机的屏幕截图,小组件分享夕阳图片的下方,是一颗小小的桃。

微博配文很简单——

谢行川:"'简桃超话'。"

简桃对此浑然不知,在车上挑挑拣拣,找了十多分钟的十八宫格,再加上排版和思考文案,等到自己的微博发出去,却全都是起哄声。

蜜桃绵绵冰:"宝贝!中间第五张看过啦!"

她有些奇怪,心说自己不是刚拍的嘛,恍惚地回复道:"嗯?我发过了吗?"

蜜桃绵绵冰:"你老公发过了!"

简桃奇怪,这才跟着切出去。那天之后她和谢行川就互关了,她一刷首页,果不其然,看到了谢行川的新微博。

她从没想到还有这么高调的人,发她的图还要带进她的超话。

第十一章 咬十一口 沦陷序幕

出于某种好奇心,她进谢行川的超话看了一眼。

果不其然,哭号声连天。

"川!别待在你老婆家了!回你自己家看一眼吧!"

"笑死,谢行川第一次带超话带的是简桃的超话,我还以为他不会呢。"

"谢行川怎么可能不会?他要有不会的事全是装的!"

简桃想了想,趁着正上头的劲,把谢行川拍的那只阿拉斯加,也什么文案都没加,只带了话题,发进了他的超话里。

"什么意思?谢行川拍的?"

"一看原相机无滤镜就知道是谢行川拍的,哈哈,小情侣分享生活的情趣罢了!"

"其实我觉得就是这种琐事的分享,才是生活里真正的爱意所在。"

"'不行就桃',速拍言情片!"

谢行川回来时,简桃正在笑着看评论区。其实她也不知道嗑糖的乐趣所在,只是看大家的各种留言,心情也会愉悦许多。

因此看到他从门口走进来时,简桃还在前一个状态里没出来,只是抬头看了一眼,说道:"回了?"

很显然,谢行川对她的反应十分不满意。

他抽走她手中的手机,凑近不满地说道:"我出去这么久,回来你就两个字?"

猝不及防地看到他凑近的脸,简桃眨了眨眼观察。他应该确实有些辛苦,眼底带了些血丝,不过眼神依然坦荡干净。她终于知道为什么导演那么爱拍他的脸部特写了。他的脸凑近时确实会让人有点儿眩晕,她想。

收回天马行空的思绪,她"啊"了一声:"那……你终于回来了?"

谢行川笑了一声,似乎正要回她,然而一垂眼看到什么,表情又都敛尽,托起她的腿一寸寸地检查。

她的腿此刻正压在靠枕上,因为白皙,有瘀青就更加明显,他想都不用想就知道是拍戏拍的,吊在威亚上各种打戏来一遍,不受点儿伤都难。

她的脚踝纤瘦,被他捏着她就下意识地想往回收,谢行川没放,半晌后又气又笑道:"我做的时候都不敢用力,生怕给你哪儿捏坏了,你倒好,拍个戏给我撞成这样?"

"那演员都是这样的,"她反驳,"撞一下而已,你平时撞我撞得还少了吗?"

话出口意识到不太对,然而不能撤回,对着谢行川逐渐意味深长的目光,她佐证般找补道:"你自己没看过吗?"

"我倒是想看,"他仰了仰下巴,"你让我看了吗?每回一洗完澡裹得跟个什么似的,我想检查一下都没辙。"

她那还不是怕他起了心思再来一次。再说,其实她知道谢行川心里有数,在一起这么久了,不管是哪儿,一次药也没涂过。

简桃垂眼,拍了拍床单:"不累吗?赶紧洗了睡吧。"

他了然:"说不过我就换话题?"

但每次明明知道是这样,他也会止住话题不再讲,进了浴室洗澡。

这次他洗得久了些,本以为出来时会是一片漆黑,结果简桃没关床头灯,斜靠在枕头上,眼睛半闭不闭的。

他看了一眼时间:"还不困?"

"困啊,"她强忍着困意,声音也有些微弱了,"这不是在等你嘛。"

她没说在等什么,因为就只是在等他一起而已,而他也"嗯"了一声,没多余地问。

两个人在一起这么久了,这些默契总是有的。

谢行川加快速度吹干头发,躺到她身边。

简桃打了个哈欠,伸手去关掉床头的灯。

过了几秒,她听到他喊自己的名字。

"简桃。"

她闭着眼,迷迷糊糊地应声:"嗯?"

第十一章 咬十一口 沦陷序幕

"你喜欢阿诺德,还是伍尔夫?"

她外国电影看得少,只隐约记起这是两个男星,声音困顿地答道:"都不喜欢。"

"那你喜欢什么?"

"我不是说过了吗?"回想起某次他藏进衣柜里的采访场景,她想也没想地说,"我喜欢弱智。"

不知过了多久,他的声音再度沉沉地响起。

"笨蛋喜欢吗?"

她想了一会儿,声音含混不清。

"是你的话……"她嗫嚅道,"笨蛋也……可以吧。"

夏夜的空调风在房间内不疾不徐地运转,身侧的人安睡,他听着这句话,在黑暗里不动声色地勾起了嘴角。

拍摄进入最后两个月倒计时,工作量却丝毫没有减少。

随着在各方平台口碑变好,再加上大家都在押宝《玲珑》,简桃这阵子的商务资源好到飞起,而且几乎根本没被压,代言或者广告拍完,不过几天视频就在各大商圈铺满地广,一时风头无两。

在一片叫好声中,简桃的压力其实更大。

她知道,这一仗她只能赢,不能输。

那天她下戏,在车里梦姐欲言又止,半晌后才说道:"你之前那个手机号不是不用了吗?但是怕偶尔有突发情况,就交到我手上了,我定时会看一眼,有事就和你说。"

"是的,"简桃喝了一口水,"怎么了吗?"

"最近有个电话号码频繁地给你打电话和发短信,一般来说之前这种情况我都不会理,但是……"顿了顿,梦姐继续说,"你爸说,能不能最后见你一面,就一面。"

简桃怔了怔。

如此简单和平淡的一个称呼,而今的她听来竟感觉到如此陌生。

从被谢行川警告过后，简伟诚就许久没和她联络了。

梦姐问："你觉得，要见吗？"

《玲珑》剧组很少放假，简桃的休息时间大概每两周只会有一个下午。

周五下午，她抽空去见了一趟简伟诚。

太久没见，他还是跟她记忆里的模样差不多，头发梳理整齐，甚至穿上了正装，唯一不同的是，从前见她时总是紧皱着眉心，现在换成了讨好的笑。

见她过来，简伟诚立刻起身："来了？很久不见，我们都很……"

"很什么？"她问，"想我吗？"

要说的话被她脱口而出，简伟诚愣了一下，这才转换话题道："你妈妈前阵子联系了我，说工作的地方贴满了你的海报，同事看的剧很多也是你拍的。她很后悔，问我到时候可不可以一家人一起吃顿饭。

"我也和她说你多争气啊，简家没出过一个名人，哪里像你，赚得又多人气又高，光鲜亮丽的，多让人骄傲。"

仿佛有双手模糊画面，将他和他口中的人擦成了她全然不认识的模样。

那些她被刻薄、抛弃、冷嘲热讽的画面，仿佛就发生在不久之前，而现在，他们多么会粉饰太平，变得多么和蔼，如同她的避风港、她的依靠。

简桃将视线投出去，不远处正摆着一幅她前些时间拍摄的巨幅地广。她面色平静地问："你们觉得骄傲的，是屏幕里的简桃，还是面前的我？"

她说："你知道吗？前两年我刷到一个视频，一直记到今天。

"视频里妈妈牵着很小的儿子。儿子问：'如果我考上了清北，妈妈会为我骄傲吗？'妈妈说'当然会'。路过一旁的小摊，儿子又问：'妈妈，如果我烤的是地瓜呢？'

第十一章 咬十一口 沦陷序幕

"他妈妈说：'如果你烤的地瓜又香又甜，妈妈也是，会很为你骄傲的。'"

她以为自己会很平静，但说到这里的时候，还是难以避免地有些哽咽，停顿片刻，压制住眼底酸涩的泪意，才继续说："没有哪一刻，我那么羡慕过那个小男孩。"

简伟诚的笑僵在脸上，他一动不动地看着她。

简桃又说："这些年我最辛苦的时候也自己熬过来了，没人支持我的时候也扛过来了，你抛弃我去攀高枝的时候有哪怕一刻想过，我会被生活压得喘不过气来吗？"

简伟诚垂下眼，表情终于开始松动，躲避她的视线。

"我这些年拼命抓住每一个机会，大学的时候所有人都在玩，拿着家里给的哪怕是并不宽裕的生活费，只有我在四处演出赚外快。也就是我运气好，负担得起开支，又被人发掘了。但是后面的路走得也是很苦的，我拼命跑，一天都不休息，努力越跑越快的时候心里只有一个念头，那就是我会成为你们所有人期待我成为的人，然后，再不会朝你们回头。"

简伟诚浑身一震。

简桃继续说："从小到大，我好像已经习惯被人夸了，夸成绩好，夸不惹事，夸即使是没系统学过跳舞也跳得那么好。

"可以前我怎么想也想不明白——所有人都说我好，但为什么所有人都不要我了？"

简伟诚翕动着苍白的唇："我……"

简桃等着他开口，甚至也期盼他能给出一个哪怕是像样的解释，然而他给不出来，一个字也讲不出来。

她笑了一下："我知道你为什么来找我。"

上次姑母——简伟诚的亲妹妹——想来敲诈她时无意间说漏了嘴。

"你现在过得并不好，你现任妻子虽然有钱，但对你太差，时打时骂。你没有任何本事，只能寄居在她的屋檐下。你很想逃，所以找到了我。你想你女儿现在这么有钱,你抛弃这个妻子,一定能够过得比现在更好。"

简桃说:"简伟诚,你这一生所有的悲剧,就是将人生的期待值系在另一个人身上。从前你是,现在你也是。

"除了自己没人能靠得住,这个道理我十七岁时就明白了,没道理你不明白。"

简伟诚脸上一阵红一阵白,他被她说得无地自容,半晌后终于装不下去了,所有的愤懑不甘情绪和受的气,在这一刻尽数发泄了出来:"但我毕竟是你爸!"

"这就忍不住了吗?"简桃说,"我还以为你起码能把父女情深演到最后。"

"你说得对,你毕竟是我爸——"简桃从一旁拿出一张银行卡,徐徐说道,"你从前养我虽没花太多钱,但奶奶对我很好。后来她看病,你也花了些钱。我昨晚大致算了一下这些年你在我们身上花的钱,按照通货膨胀的比例,把钱都还给你。

"但是其他的,我一分都不会多给。

"你也得体会一下,十几岁的简桃过的都是怎样的生活。"

生下她却抛弃她的生母也该知道,每日都在想念一个人却无法见到时是怎样后悔。

简伟诚难堪至极,只觉得被羞辱,又觉得自己当年的那些恶行,被时光裹着巴掌重重地扇了回来。

"我现在过得很好,没有你以爱为名的约束,我做我自己,才有现在的一切。能够离开你们,反而是一种解脱。"她说道,"当时我跑快点儿就好了。"

落日西沉,简桃起身,闭了闭眼,最后说道:"以后不用再联系了。"

她朝门口走去,玻璃中简伟诚的背影越来越远,直到模糊成一个小点。

他到最后也无法开口为他们其中的任何一个人辩解,因为连他也

第十一章 咬十一口 沦陷序幕

知道,他们都是如此清晰而又心知肚明地为了自己的利益,选择牺牲掉她。

走出包间后,简桃又在路边站了好一会儿。

八月底的风夹着燥意,她侧身看了一眼路,发现自己刚刚明明记得路线,这会儿却全然忘了要怎么离开。

她就在树下站着,看着来来往往脚步匆匆的行人,看着光落在树上的斑驳投影,发了一会儿呆,把定位发给谢行川,让他来接自己。

这段小路车开不进来,只有三两个行人在树荫下前行,她盯着路口处出神。谢行川来的速度比她想象中的快,他没在路口打电话让她上车,而是下了车走过来接她。

她幅度很轻地呼吸着。

她就站在原地等他,还有几米时,抬腿朝他的方向走去。燥热的空气忽地开始流通,她闻到了空气里淡淡的桂花香气,渐渐加快步伐,然后撞进他的怀里。

简桃用手臂环住他的腰,额头抵在他的胸口上。

不知道是谁说拥抱有治愈作用,她就这么抱着他,抱了好一会儿。全球变暖让这个季节的每一天都闷热不堪,空调外挂机源源不断地吐露着热气,微微湿润的汗意里,她感受到了他回抱的力气。

这不是一个适合拥抱的场合,但再没有比这更适合用拥抱证明爱意的时刻。

还是有人很爱很爱她的,她想。

过了好一会儿,她才说:"之前你不是买了套婚房吗?等我杀青,我们就搬过去住吧。"顿了顿,她又更正,"搬回家。"

谢行川手掌覆住她的后颈,闻言俯身,低声说:"好。

"你想做什么,随时都可以。"

电影杀青那天正是九月中旬,整整六个月,她一天也没缺席。

与过去有关的所有不好的记忆，如同旅行后不再需要的杂物，被她一并留在了云城的那个夏季里。

回到宁城后，简桃先是尽情地在床上睡了一天一夜，把拍戏时熬的那些大夜、透支的精力全都补回来，这才恢复了状态，投入全新的生活。

这种全新生活并不完全指和身边人的日常，也包括工作，还有她为粉丝准备的生日会。

其实以往生日她也会想办法和粉丝互动，但因为全年无休，很难腾出空筹办一场生日会，毕竟还要准备节目，也得安排流程。

今年她才算空闲一点儿，找好了场地，选好了发给到场粉丝的蛋糕款式，又自己筹划了内容。就连谢行川都说她，人家过生日是享受，她过生日是操心。

其实也没特别操心，她反而觉得挺有意思。

生日会的前一晚，简桃照例睡前刷着手机，无意间看到一个视频，本还靠在枕头上，看着看着，就坐起身来，手指还抵在嘴唇上，似乎在思索什么。

谢行川合上笔记本正要睡，见她这动作，问道："在看什么？"

"偶然间刷到你的处女作电影，"简桃把手机屏幕递到他眼前，"发现女主角也蛮漂亮的。"

他扫视一眼，没什么兴趣道："是吗？"

她五官微皱：什么叫"是吗"？

简桃说："我想问你一件事情。"

他挑眉示意她问，简桃思考了一下说辞，这才说道："如果你是从高中开始喜欢我的话，中间好多年都没怎么见面，而且你大二的时候就看过圈里那么多漂亮演员了……会不会觉得，我其实也不值得你喜欢那么久？或者，喜欢我的时候，你有没有喜欢过别人？"

"没有。"

"你别回答得这么快，你都没思考！"简桃不满。

第十一章 咬十一口 沦陷序幕

谢行川:"这有什么可思考的?喜欢你之后怎么会喜欢别人?"

"怎么不会?"简桃说,"其实也有挺多女生挺好的啊,喜欢这种有可能和你在一起的人,总比喜欢当时那个说不定都不会和你见面的我强多了,你不觉得吗?"

"不觉得。"

她不信:"从没觉得吗?"

"从没觉得。"似乎是看出她仍旧怀疑,谢行川补了一句,"不只物权有排他性,爱也有。"

简桃不知道他怎么就转上专业术语了:"什么意思?"

谢行川张了张嘴,半晌后又塞给她枕头:"瞎说的,睡觉。"

第二天,生日会如期举办。

会场外摆满了易拉宝和鲜花,一整面留言墙上也被写满了祝福语,简桃沿路走进去,都是她始料未及的,粉丝们贴满的"简桃9.23生日快乐"。

在她的人生中某些时刻缺席的爱,终在另一些维度被加倍补齐。

整场生日会都很顺利,她给粉丝们准备了两首自弹自唱的歌,随机抽一些粉丝提问,时间占比最长的是互动节目。生日会结束时,粉丝还给她准备了自己剪辑的视频。

场地内关了顶灯,只留下影院般的氛围感,她和粉丝以相同的观看视角坐着,仰头去看银幕。

视频时长十分钟,记录了她这一路走来的诸多艰辛,结尾还有很多熟悉的粉丝读信,看到最后已经非常催泪,简桃眼眶湿润,吸了吸鼻子。

她正要起身,又被主持人提醒。

"还有一个彩蛋的。"

彩蛋?简桃重新看向银幕。

大银幕中央出现了熟悉的脸,谢行川就以手支颐侧靠在椅背上,依然是那副跩得要死的模样,像是生日会进行到某处,在台下抓拍的内容。

他不是说今天有事来不了吗?

简桃下意识地往后看,却听到头顶传来声音:"别看了,在后台。"

刚才那彩蛋还是录播啊?

她正想说话,又听见他叫自己:"简桃。"

她觉得无语,台下也传来了笑声。

简桃跟着笑,举着话筒回应:"干吗?"

偌大的场馆里安静了数秒。

她的心跳忽然漏跳了一拍。

她听到谢行川缓缓开口。

"爱有排他性的意思是——除了你,我看不见任何人。"

台下响起惊人的尖叫和起哄声,几乎要把整个场景给掀翻。简桃看到大家兴奋欢呼的脸,跟他们告别后,疾步走向后台。

谢行川正背着身在等她。

简桃看不到他的表情,因此越发好奇。他似乎正抄着手,一副置身事外,刚刚什么都没发生的模样。

简桃凑近他道:"你……"

还没等她全部说出口,谢行川动了动眼皮:"走了。"

他提起她的座位上的包,另一只手拽住她的手,大步流星地向前。简桃似乎隐约听到他在涌动的空气中撂下了一句话:"肉麻得要死。"

简桃颊边笑意更盛:这人说都说了,还嫌肉麻?

她沉默数秒,看似是不再接应这个话题,却在自动门打开的那一刻,故意倾身凑到他面前:"爱有排……嗯……"

话没来得及说完,谢行川捂住她的嘴,把人打横抱上了车。

这一幕很快被外面围着她下班的粉丝拍到,发进超话时,甚至最后几张照片还是简桃"身残志坚",挣扎着从窗户里探出身,跟大家挥手再见的画面。

第十一章 咬十一口 沦陷序幕

微博底下一片爆笑的评论：

"哈哈哈——谢行川什么时候来的啊？我怎么记得入场没他啊！"

"应该是提前到了，我朋友说她到的时候看到了一辆保时捷，还拍给我看，现在想想那应该是谢行川的车吧！"

"小情侣干吗呢？"

"刚从生日会现场出来！啊啊啊——因为谢行川给桃准备了惊喜！！最后谢幕的时候表白了！"

"谢行川还会说情话？！为什么我没抢到票？！为什么六千张票我也抢不到？！"

"只有我关注最后桃怎么是捂着嘴被抱上车的吗？"

"因为她用谢行川的话揶揄他吧，当然就是被禁言了。"

"谢行川为什么不用嘴禁言？！为什么？！"

…………

夜深，拆完桌上谢行川送的礼物，简桃不干点儿什么，身上好像有蚂蚁在爬，遂缓缓爬到床边，凑到他跟前说："爱有排他性的意思是……"

谢行川翻了一页书："想凌晨再睡就继续说。"

"睡吧，"她火速平躺，将被子盖过头顶，"失忆了，好困。"

第二天一早，生日会的结尾部分视频，就由谢行川工作室率先发布。

粉丝们本来都在等简桃工作室的剪辑视频，在主页刷到微博时还愣了一下，确认了半天名字。

"谁……谁的工作室？"

"哈哈哈——已经开始不分家了是吗川？那下次桃的红毯照要不你替她发吧。"

"谢行川：还有这种好事？"

"我一生行善积德，看到这么好的东西是我应得的！"

"桃：我们要低调。"

"川：什么？你怎么知道我和我老婆已经结婚三周年，不分你我，我好爱她了？"

"谢行川你脑子里只有老婆是吧？！"

"别人的工作室：发一些我家艺人的高光片段；谢行川的工作室：发一些我家艺人爱老婆的高光片段。"

这导致简桃当晚自己发生日会全记录，微博底下都接连被粉丝起哄，评论点赞前十名的粉丝头像全是单字，从一到十组成了——除了你，我看不见任何人。

她把手机放到谢行川的眼皮子底下兴师问罪："你干的好事。"

结果视线一晃过去，她就看到谢行川往她的评论区优哉游哉地戳了几个赞。

简桃撇嘴：他自己带头嗑糖是吧？

生日会后，搬家的事提上日程。

之前因为太忙，没时间一回来就搬，等手头上的事忙得差不多了，她也有空把房间里的东西都收拾一下了。

钟怡和江蒙表面上是来恭喜他们乔迁新居，实则不远万里地赶来只为蹭饭。

这套婚房是谢行川刚结婚时买的，她那会儿只以为他是有钱随便买的，他大概也是为了显得不怎么上心的模样，里头除了装修好了，一套家具也没有，而她自然也被蒙骗过去。后来她想起来一搜，才知那地段的房子紧俏又珍稀，不想点儿办法，他随便买根本买不到。

这阵子她也和设计师重新定位了装修风格，买了不少新家具。

对于搬家其实她也没干什么，但光是收拾东西就已经非常累了。一进门，她就在书房的懒人沙发上躺下了，只听到钟怡穿着拖鞋"嗒嗒嗒"地四处逛，又跟江蒙在那边讨论大半天，才在她旁边坐下："你这都躺了半个多小时了。"

简桃仰面："没你那么有精力。"

第十一章 咬十一口 沦陷序幕

"我这还叫有精力？"钟怡说，"这要是我家，我高低每天六点半起来先在家里晨跑一个小时。"

"你想住就过来嘛，"简桃说，"我的卧室门随时为你敞开。"

"算了吧，"钟怡战术后仰，"那谢行川得杀了我。"

两个人又闲聊了一阵，简桃终于慢慢恢复精力，一起身，在身侧发现个箱子，是谢行川那个印有一中 logo 的储物箱。

大概是搬家公司的人不知道该放哪儿，就将箱子放在书房里了。

既然都看到了，她便随意地伸手整理了一下。她本以为六芒星什么的自己全都看过了，没想到沿途被颠了颠，底下又有什么东西翻了上来，是个黄色的小玩意儿。

简桃拿起，才发现这就是穆安口中那只其貌不扬的黄色鸭子。这是她从江蒙那儿拿的，为了催促谢行川交作业，还录了声音在里头。

他居然还没丢？

简桃前后端详着这只鸭子，时过境迁，跨过七八年的审美，它却还是保持初心，依然这么难看。

难为谢行川还留着。

看了半晌，简桃好笑道："他怎么连这个都喜欢——"

没等她说完，钟怡认真打断她的话："他喜欢的是你。"

简桃怔了一会儿，这才抬头和钟怡对上视线。

一瞬之间，飘浮的光柱粉尘中，她眼前似乎浮现出了那些场景：空旷的房间中，少年是如何挨过一日又一日的孤独，每个强忍的深夜中，和他挥动的笔尖相对的，只有她随手赠送的纪念物品。

而跨越这么多年，这些东西终于如数抵达她的手边。

等钟怡走后，已经到了晚上。

虽然搬家换了新地方，卧室的陈设已然改变，但仍旧是谢行川喜欢的家具品牌，尚有些熟悉感。

睡前，简桃目光闪了闪，低声问他：

"你那情书里，到底是不是有字？"

他挑着眉，但笑不语。

情书的事他不解决，她自然也无从知晓，不过她没太在意，就在休息中渐渐将这事抛之脑后。

她给自己放了半年假，学学台词、旅旅游，偶尔拍些杂志或采访。毕竟从入圈开始她就几乎全年无休，既然要转型，也是时候该充充电了。

但休息没有太久，次年年中，《玲珑》提前三个月开始宣传，她跟着跑路演、高校宣传，参加各种综艺节目，国庆节时，《玲珑》正式上映。

因为是大制作，简桃宣传也挺上心。点映那晚正是十二点，但她也还是去了，和谢行川一起去的。

片头播出，熟悉的前奏声响起时，她忽然不可自控地紧张起来。拍戏时的每一个画面仍旧历历在目，人物的情感似乎重新回到了她的身体里，暖和的影院里，她的手却微微失温。

简桃轻轻闭上眼，将手放到一边，却落进个暖和的掌心里。

她侧头，谢行川正凝神看着银幕，似乎并未发现自己已下意识地接住了她的手。他好像鲜少有这么认真的时刻。

莫名其妙地，她的心也安定下来。

画面最开头是片竹林，成群的白尾狐狸惬意地游荡在山间，救下险些掉落山崖的少年。少年起先还害怕，但或许是渐渐意识到动物本性纯良，也融入日常嬉戏里——安宁静谧的画面却突然被箭羽声刺破，血流成河中，云姬成为被少年藏在竹篓里的最后一只小狐狸。

这便是故事的开篇情节。

十年后，云姬长大化形为及笄的少女，隐瞒真身在城中学舞，成为声名盖世的舞姬，也渐渐在人多嘈杂处，获得了自己所有想知道的消息。

她一直藏得很好，却在拯救落水孩童时现出真身，被狱卒逮捕，关进了监狱，于三日后处斩。

第十一章 咬十一口 沦陷序幕

白尾狐当年救下的少年已然成为赫赫有名的将军，而这座城已被困于魔障之中十余年，始终未能找到解决之法。

在将军请令下，云姬被允许"戴罪立功"，前往破除魔障。

破障一路上危险重重，有虎视眈眈的猛兽、朝中敌对势力暗中作恶、极热极寒的天气，云姬险些被冻死在漫天大雪里，但将军相信她不会出卖军队，仍不放弃她，派人去寻，她才捡回一条命。

其实二人间的感情线很淡，但真正吸引人的，恰恰是这种雾里看花的信任感。原著的看点也在于文笔情节和配角塑造，转换到电影中，则是节奏和特效。

电影下了血本，3D观影特效更是震撼，最后云姬一行人破除了魔障，君王大悦，将她从牢中释出，承诺她献上一舞后，可成为城中唯一不被绞杀的妖。

普天同庆的宴席上，她一舞艳惊四座，腾飞间令君王看至出神。她落座在他的酒桌前，水袖扬起落下，却化作一柄利刃刺入君王的心脏。

百姓惊叫，仓皇却未曾逃窜，云姬坐在桌前，低声同他说道："这一刀，是替百姓刺的。"

"那年魔障初初现世，分明是你擅作主张带回魔物，却又舍不得珠宝不肯退回，导致魔障凝结，杀死无辜百姓。你却说是妖狐害世，强行绞杀我们全族人，一切问题从未解决，民不聊生。"

她身后现出长尾，卷住第二把匕首，刺向他的后背。

"这一刀，是替我的族人们刺的。"

"当年那些箭只能杀死她们的肉体，灵魂仍然自由，她们却被你下令拘禁在沼泽水镜中。你说这魔障是白尾妖狐所致，因此命她们前去破阵，她们却一个都没有回来，反而被反噬令魔障越发浓郁。"

"极寒幻境诚然渺小，但人一旦投身其中，便是漫天无垠大雪。你说她们是与魔主做交易才迟迟未归，一个个杀死你的将士，却不知倘若你肯派人去救，她们早已安然无恙。"

她起身，有鲜血染红她最为宝贝的白色狐尾，"滴答滴答"地落在地面上。

"狐妖一族向来忠诚坦荡、果敢善良,并非如你口中一般奸佞不堪。

"杀死她们的,不是冬天,是偏见。"

…………

故事的结局,众人簇拥着将军登上王位,云姬的一颗玲珑心也被化炼得越发强大,凝出半颗镇于城楼中,护百姓一世无忧。

电影前三天的票早已售罄,简桃知道那是自己的粉丝和原著爱好者支持,真正要看的,是三天后的评价和票房。

事实证明,结果对得起所有主创的努力。

三天后才是彻底全民观影,简桃的舞技、演技、片花轮番上了热搜榜,被震撼到的观众比比皆是。

"陈导果然是陈导,运镜和画面美感封神了,简桃的表演也让我刮目相看。我本来以为她是最差的那个,没想到她最给我惊喜。无论是舞还是最后一幕的演技爆发,她的完成度都太高了,怪不得秦湾为她改剧本啊!她真的可以!"

"如果云姬影视化,演员真的只能是她。小表情和各种神态拿捏得真的太好了,我无数次怀疑简桃真的是狐狸变的。"

"带着对导师的高要求看她依然不会失望,开头族人死的那段哭戏真的惊到我了,压抑、不敢出声却又控制不住害怕颤抖,我看她嘴巴都被自己咬破了,真的很能共情。"

"谁说她不能演电影啊?好几个特写镜头美得我当场看呆了,她的五官真的很能打。"

"说她演偶像剧出身不行的,本质上就是电影里写的那句台词——带着世俗固有的偏见。"

"这句台词原著没有,应该是秦湾加上的,不仅是云姬这个人物的点睛之笔,也在戏外完美契合了简桃的情况,怪不得她演这一幕的时候这么到位,体验很深吧。"

第十一章 咬十一口 沦陷序幕

制作团队五年磨一剑,电影上映一周票房破二十亿,打破以往国庆档纪录,这也远远超出了简桃的预料。

电影口碑攀升,票房走势更是稳中带涨,丝毫没有因为假期结束而受到影响。

也仅仅就是一周,高奢代言和剧本邀约纷至沓来,甚至不少团队联系到她,表示只要她愿意参演,可以为她修改开机时间。

片酬也水涨船高,不过比起这些,她还是坚持要看剧本再做决定。

梦姐也如自己承诺的一般,《玲珑》大爆后,不再干涉她的决定,且支持她转型拍电影。

她挑选新剧本的中途,《玲珑》仍在热映,影院排片多,也有更多人认可她在电影中的表现性和无可替代性,她也终于证明自己并非所谓的"票房毒药",只是替影方背锅。

只要遇到好本子,她就能发挥到极致。

她唯一不太满意的是,目前手头上这些递过来的剧本,她都没有喜欢的。

其实她想趁机会再演部青春片,也算是不留遗憾了,可惜国内的青春电影无非是俗套的那几样,绕来绕去都离不开狗血情节。

她想拍一部干净、纯粹、能让所有人共鸣的青春电影。

她在磨下一部影片的同时,一档国民综艺节目也向她抛出了橄榄枝。其实那会儿《玲珑》还在上映,她本想着等出了大字报成绩再上综艺节目,结果是一档夫妻综艺节目的飞行嘉宾邀约他们,说他们只用拍两天就行。

谢行川那边已经敲定,她便也点了头。

结果去的第一天她就没和谢行川见上面,说是男女嘉宾分开录制,录完素材再集合。等到女方的素材录完,已经到了晚上。

她跟大家一起往外走,听到旁边的姐姐说:"我听说他们消失一天是去染头发了。"

"染发?"

"对啊,估计又是我家那个出的馊主意,他说每次我对他不耐烦的时候他就会去换个发色,这样有新鲜感。也不知道其他嘉宾怎么被他说服的,这么离谱的主意也听。"

简桃也笑:"染头发得染一天吗?"

"所有人都染了,所以估计久些。"

简桃愣了一下,赤着脚踩在软绵绵的沙滩上:"都染了?"

"不会吧,"她说,"谢行川应该不会染发。"

话音未落,旁边传来惊呼声,她跟着几位姐姐的视线看过去,起伏的潮汐中,有人正站在分界线处,亮得晃眼。

旁边饶是见过大场面的姐姐们,此刻也全部惊讶不已,完全不在乎谢行川背后其实还站着自己的老公。

"好帅啊。"

"我第一次见人染白发,这颜色弄起来难度系数太高了,但是染好了是真的帅啊。"

"哈哈哈——小桃对不起,花痴一下你老公。"

简桃眯眼看过去,他染的应该是银灰色,但在打光氛围下呈现出异常贵气的银白色,发根处做了加深处理,极有层次感,隐隐透出有质感的蓝。额前的碎发被侧分,衬得一双眼越发风流落拓,他将头微侧时,旁人能看到他高挺的鼻。

简桃眯了眯眼,觉得有点儿不对劲——

他帅得有点儿不对劲。

她几乎是被姐姐们推着走上前的,大家轮番夸谢行川,她倒不好意思起来,不知道怎么开口,全程跟个哑巴似的站在他旁边。等各位姐姐被自家老公捉走,谢行川这才垂眼看她:"怎么样?"

这一刻简桃才知道,原来"会发光",也可以用来形容人。

他睫毛好长,俯身看她时,让人有种这么帅的头发是不是为她染的的错觉。

她伸手去碰他耳边的发,有点儿扎手。

第十一章 咬十一口 沦陷序幕

简桃故意吸了吸鼻子,"心疼"地凑近他,可怜兮兮地说道:"可怜我们谢老师,一夜白头……"

他笑了一声,伸手揽住她的腰,同她附耳道:"想你想的。"

简桃轻咳一声,不自然地别开眼,才问道:"你怎么突然染头发了?"

谢行川:"不喜欢?"

不知道他怎么突然这么问,她低声说道:"也没不喜欢……"

"嗯,那就是喜欢。"

天气已经转凉,他们录制节目的地方又是在海边,这会儿海风一阵阵地吹,她还觉出些冷意来。

几位男士生了篝火,她们坐在篝火旁取暖,简桃把下巴搁在膝盖上。

不知怎么的,冷是有些冷,但是一烤火,就有点儿想吃冰激凌了。

好在这节目的冠名商就是冰激凌品牌。

很快,导演组工作人员安排的游戏开始,又是套圈又是射箭的,全是谢行川的拿手项目,只要他赢了就可以去保温袋里自选冰激凌,顺便给品牌曝光度。

但简桃能看出来,他的心思压根不在这上面。

终于,谢行川第五次故意放水,与冰激凌失之交臂后,简桃不满:"谢行川!"

连导演组工作人员都发现了,笑着问:"谢老师,怎么个意思啊?"

他笑了笑,朝摄制组那边说:"冬天,她容易肚子疼。"

她的例假周期不是满打满算的三十天,有点儿麻烦,简桃算了算,好像是快来例假了。

怪不得她想吃冰激凌,每次来"姨妈"前几天她都会特别想吃冰的东西,没想到还是谢行川比她记得清楚。

很快,四下传来其他嘉宾的起哄声,她脸皮薄,摆摆手说那别玩这个。

摄制组的人看看谢行川,又看看简桃,一脸嗑到糖了的表情。

作为飞行嘉宾,节目组对他们虽然重点关注,但他们毕竟也就录两天,参加几个节目再睡一觉,该拍的东西也就拍完了。

他们离开录制点时正是下午,不远处是新建的欢乐谷,正在试营业,并未正式开门,但现场可以买票。

简桃本来只是好奇去问问,一看只剩最后两张票,连忙拉着谢行川进了园。

他们似乎还没有一起玩过这些东西。

她喜欢玩云霄飞车这些刺激的项目,谢行川也由着她,坐在第一排,穿过漫长漆黑的通道后,视线骤然开阔,夕阳把世界切割成不规则的油画,美景撞入眼帘,不远处缀着彩灯的摩天轮徐徐运转,向下看,树木和行人都无限渺小,这比拍摄要轻松自在得多。

四下传来尖叫声,她侧头看向谢行川。他靠在椅背上,朝她挑了挑眉。

简桃起先还戴着口罩,后面玩兴奋了就直接将口罩摘了下来。好在今天是工作日,人并不多,而且不再开放入场,虽也有不少人认出他们来,不过也没多打扰他们,只是要了合照跟签名。

简桃感觉像是又回到高二时四人行的场景,钟怡和江蒙爱出去玩,把她的课余时间也带得丰富多彩起来,只是那时候,她好像并没现在快乐。

疯玩过后,入夜时分简桃终于疲乏下来,买了两个蛋挞,低头缓慢吃着。

风声似乎也变得安静。

谢行川一手牵着她,一手替她端着仅剩一个的蛋挞盒。简桃全神贯注于填饱肚子,被他带着走上斜坡也浑然不知。

斜坡前面就有一对情侣,女孩子走了两步,嚷嚷着腿疼走不动了,非得让人背。

男友将后背给她,背着她的影子融合在一处,在简桃前方越走越远。

简桃看了一会儿才收回目光,把锡纸扔到垃圾箱内,捶了捶腿根,"委婉"地学道:"腿酸了。"

第十一章 咬十一口 沦陷序幕

谢行川停下脚步，凝视她半响，这才笑了一下："你穿平底鞋还会腿酸？"

她无语地撇嘴，正要撇下他往前走，不期然被人往回一拽，谢行川把蛋挞盒塞她怀里，背对着她拍了拍肩膀。

"上来，我背会儿。"

怎么这种做苦力的事在他嘴里也像占便宜似的？……

简桃内心吐槽，缓缓蹭上他的背。他背得很稳，甚至把她往上托了托，这才说道："晚上夜宵都喂谁的肚子里去了，怎么还这么轻？"

她在他的后背上晃了晃腿，倾身回答："那是长到该长的地方去了。"

"是吗？"他语调挺不正经的，"那我不太清楚。"

他就这么背着她走了会儿，夜晚的灯光自背后打落，简桃看着地上晃动的影子，又垂眼去看他。

她从未以这个角度，如此近地看过他，他的眉骨到鼻梁处衔接得太好，看人总是一双深情眼，眼皮上那颗棕色的小痣时隐时现，睫毛也是好看的。

简桃这么想着，还没反应过来，手指已经触到了他的眼睑，指尖不经意地拨动他的睫毛。

她感觉有点儿痒。他应该也是。

两秒过去，谢行川漫不经心地问："好玩吗？"

她缓缓地收回手揽住他的脖颈，垂着头如实答："还可以。"

这一幕，很快被人拍摄下来，发进了超话里。

这是"不行就桃"搬家后最大的个站，站名叫"简写"。

简写 –Writing："爱情是：入夜、晚风、游乐场、你。"

简桃拨弄谢行川的睫毛的那一幕也被拍摄其中，评论很快破万：

"他们好纯情啊……"

"@简桃@谢行川，速拍青春片。"

"存图之后显示创建时间在十分钟之前……？"

站姐回复："嗯，拍完调了个色就发了，没怎么修。"

没等粉丝在这股安宁的氛围中沉浸，很快，简桃察觉到不对，身后似乎有人在追他们，回头一看，大概是附近学校的学生下了晚自习，看爆料说他们在这边，便追了过来。

一群人浩浩荡荡，书本在书包中撞出的响声回荡在城市上空，还伴随着起起伏伏的叫喊二人名字的声音。

她从谢行川背上下来，愣了几秒，就被他拽着手朝前跑去，不只身后的学生更兴奋，简桃也边跑边笑。电影上映时积攒的压力仿佛都被抛至脑后，她牢牢地拉着谢行川的手，说："我们俩这像不像犯了事被追杀的？"

谢行川："没有哪个被追杀的人像你这么高兴。"

当晚二人顺利归家后，"谢行川、简桃路边被追"的话题就上了榜。她本以为里头都是笑他们的，没想到在头半个小时的爆笑评论后，出圈的反而是站姐拍的图片。

身后人群簇拥，他们遥遥跑在前方，谢行川脊背挺直，而她发丝凌乱，你追我赶中，像一场盛大的逃亡行动。

不少人觉得这场景极有张力，按照自己的构想，重新给他们修上了新服装，有童话感极强的、他穿西服她穿迪士尼版婚纱逃婚的，也有偏老旧质感的上海滩风格的。

但点赞量最高的，还是脚下是草地，他们穿着校服的那张图。

热搜事件过后，《玲珑》收官票房三十五亿，刷新无数纪录，简桃也顺利飞升，和以往的小花再不在同一个梯队上。

那段时间粉丝经常说的是："你在搜简桃？一番电视剧播放量集均过亿，卫视黄金档轮播依然破收视纪录，内娱小白花天花板，身娇体软芭蕾舞首席，合照杀手，电影一番《玲珑》票房破国庆档纪录，高口碑三十五亿，新电影接洽中……"

而她在搜寻青春片的消息一经传出，各式各样的青春本子纷至沓

第十一章 咬十一口 沦陷序幕

来，简桃足足看了两个多月，都看到审美疲劳了。

那天她拍完广告回去，躺在床上合上最后一沓剧本，悠悠地叹了一口气。

谢行川了然地看了她一眼："没有喜欢的？"

"嗯……"她发愁，"感觉现在的青春片好公式化，不是堕胎就是出车祸，不出车祸就被小三插足，不被姐妹抢男人就要写一些更猎奇的剧情……

"我不想拍那种片子，就想拍美好的、积极的，大家想要的那种校园时光。"

没有灰蒙蒙的滤镜和"淅淅沥沥"的小雨，有的是轻快、明亮、充满生命力的色彩，少男少女之间涌动又说不出口的喜欢，万物复苏的春，枝繁叶茂的夏。

"既然自己有想法，怎么不干脆当制片人？"

"哪里有那么容易，"简桃说，"我当制片人，谁给我投资啊？"

她刚说完，抬头和谢行川对上视线，反应过来什么，见他扬了一下眉梢。

"你真投吗？"她坐起身来，"万一亏了呢？"

"你当制片人你来演，光是这点就亏不了。"谢行川俯身，"再说，要是真亏了，投点儿钱给你玩玩，有什么不行？"

谢行川倒是彻底给她打开了一个新思路，余下的一两个月，简桃全神贯注于发掘适配的编剧，以及能拍出她想要的感觉的导演。

她就当他说的，尝试一下，也未尝不可。

自己当制片人的好处就是——因为知道到底想要一个什么样的故事，就不会让编剧来回瞎改，定了主角和大纲之后，简桃就开始组自己想要的演员。

以她在圈内这几年的人缘来说，找点儿朋友来演电影不算难事，因此最重要的，还得是看演员和角色的适配度。

青春片是需要很多新面孔和年轻演员的，简桃从简历里挑出了些条件不错的，再在每个角色后面标上了备选演员，打算等试完戏再来挑。

写好后她去洗澡，洗完出来，发现谢行川正靠在床边，手中拿着她刚标完演员的上册剧本。

扫视过一圈，他语气淡淡地问道："没有男主角？"

她掀开被子，轻快地说道："还没想好，再挑挑吧。"

谢行川看她半晌，像是给气笑了："还没想好？用得着想？"

"不用想吗？"她故作不懂，"谁呀？之前跟我合作的男主角吗？"

谢行川没说话，她压了压被子躺好，没一会儿关了自己这边的床头灯，谢行川这才侧头看她。

意识到她似乎在竭力压制嘴角的笑，他忽地反应过来，将本子往前翻了一页，"女主角简桃"的下一行，早已被写好——

"男主角：谢行川。"

筹备电影期间，简桃偶尔上些通告，一切渐入佳境时，某天傍晚，谢行川却突然收到一条消息，来自穆安。

穆安："啊？我没发出去？"

谢行川顿了顿，问："什么？"

穆安："之前简桃来凌城，你不是说让我替你说吗？然后我说我不是那种人，但可以考虑一下，第二句没发出去，你应该没收到消息吧？你们最近怎么样？还好吗？"

谢行川的手指在键盘上悬了许久，其实当时那话没过脑子，他随口说的，只是后来能猜到穆安大概和她说了。他是结果导向型人格，和简桃结婚也是，只要结果是好的，过程如何，就不重要。

他垂着眼，而后说："挺好。"

穆安："挺好就行，看来我还是功臣啊，满意了。"

谢行川："你说了多少？"

"全部。"

第十一章 咬十一口 沦陷序幕

谢行川沉默了数秒,确认道:"全部?"

穆安:"说都说了不说全部有什么意思?!她可伤心了!我就说你应该早说嘛,早说说不定你们的孩子都五岁了。"

"那不会。"

"为什么?"

"她现在是事业上升期,我不会让生孩子的事拖累她的脚步。"

穆安:"活到现在好久没见过你这种老婆奴了。"

谢行川不在乎,权当赞美听。

对话暂停,但思绪并没就此打住,他又翻到前面仔细读了一遍,而后问道:"她很伤心?"

"也不是伤心,应该是,心疼?"

谢行川想知道:"说说看她当时的状态。"

穆安写公众号的,回忆当时这种事还是驾轻就熟的:"她先不知道主角是自己,所以很恍惚,有点儿难过,出神,强颜欢笑,然后怀疑主角是自己,难以置信,最后我告诉她是她……"

在关键处戛然而止,穆安说:"发我50,解锁后续剧情。"

谢行川给他发了五个二百块的红包,打发意味已经很明显。

穆安笑着收了一个红包,然后说:"她难以相信地相信着,但是,眼睛里有光。"

眼睛里有光。

这五个字,就够了。

谢行川偏着头,握着手机的手在此刻放松下来。他承认,即使事情走到这一步,大概感情已算平稳,但让他想到那一刹那,那个时机,心脏仍会悬起——他仍担心自己的爱会给她造成负担。

他也会怀疑,她此刻爱他,又是不是过于感动后的回报……

但不是,也幸好不是。

穆安说:"谢行川,她是高兴的。"

"知道了。"谢行川低头,打了个"谢谢"发过去。

穆安:"你还会道谢呢?这婚让你结的,人通情了很多。"

"我以前不说'谢谢'?"

"你以前没这么柔软。"

这几个字让谢行川有些出神,谢行川垂眼。

好一会儿,穆安的话才从对面传来。

"谢行川,你以前是带刺的,坚固的壳外面是扎手的刺,但她替你拔掉了。"

不是她替他拔掉的,他想。

刺很扎手,怕扎到她,他大概舍不得,所以在能靠近她之前,就先用自己的体温,把刺熔化掉了。

六月中旬,简桃收到了《玲珑》入围金屏奖的通知,有可能在其中产生的,有最佳影片、最佳男主角,以及……最佳女主角奖。

同期送审的影片中,其余女主角的表演也足够优秀,关于奖项究竟花落谁家,讨论声很高。

虽说一开始就期盼着能入围电影奖项,但得到消息时还是不免兴奋,简桃说跟梦姐和小助理庆祝一下聚个餐,明明挑的都是度数低的酒,也不知怎么回事,最后还是跌跌撞撞,得谢行川来接。

她晕得不行,又喊着非要洗澡,最后还是谢行川抱她进去洗完的。她中途一度还非要泡玫瑰味的澡,被谢行川捞起放在浴缸边才算没有坠进去。

这一顿闹腾完,她身上留下了深浅不一的痕迹,她这才安生地睡了过去。

她十点睡,凌晨醒。

醒时正是五点多,她倒是不头疼,只是晕得很,大概酒精度数确实不高,睡了七个多小时,神志也恢复得差不多了。

简桃下床想倒杯水,结果不是特别有力气,差点儿整个人栽下去,正要跟地面来个肌肤相贴时,身后伸出双手将她捞了回去。

第十一章 咬十一口 沦陷序幕

谢行川声音很沉，带着股没睡醒的磁性，缓缓问她："又要去浴室吃玫瑰花瓣？"

她正想说"我没吃"，脑海中画面蓦然一闪，自动开始回忆。但她仔细跟着画面进入场景，场景似乎又和家里的浴室不是同一个。

简桃定住，一动不动地陷入回忆之中，试图从相似的场景中拼凑出完整画面，再努力思索，那个一闪而过的画面究竟发生在什么时候。

十余分钟后，她突然调亮自己这边的台灯，侧身朝他说道："我想起来了！"

谢行川清梦被扰，搭在她腰上的指尖动了动，语焉不详："怎么，你还失过忆？"

"不是，就是结婚之后，吉隆坡那次，"简桃说，"我记起来了。"

他总算稍微醒了神，睁开眼，一副总算不用背锅了的神色，凝视着她说道："继续。"

"那天我喝醉了，也是非要在浴缸里洗澡，后来你也被我不小心拽进来了……"

"嗯，"他鼻音挺重，漫不经心地应着，"然后你主动的。"

"哪有？"简桃说，"是你。"

"你真记起来了？"他捏了捏她的下巴，"记起来了还能说这种胡话？你喝醉了我怎么可能主动碰你？我是那种禽兽？"

"你……虽然没有直接，但是……"

简桃的记忆越发清晰——当时浴室灯光昏暗，他眼底更是晦暗不明。他就那么攥着她的手，把她抵到浴缸边沿，一言不发，只是垂着还在滴水的眼睫，一直看着她。

人的眼睛是会说话的，尤其是谢行川的那双眼睛。

她至今想来他的眼仍旧黑得摄人，裹着浓重的欲和强烈的爱意，她想他应当是忍耐许久，才在她醉酒时尽数泄露，因为他知自己暂时不用掩饰，因此泄露得毫无遮挡。

应该没人可以拒绝那个模样的谢行川。

尤其是当时并不知道他的感情，但潜意识已经喜欢上他的她。

"你当时的眼神，分明就是在引诱我。"

他觉得荒唐，无奈地笑起来："开始编了是吧简桃。"

"我没有，"简桃说，"你那时候不想亲我吗？"

"你身上都湿成那样了我还只是想亲你？你再猜猜我到底想干什么？"

她说："那我就是被你暗示了啊。我喝醉了，脑子又不清醒，被你的眼神暗示成那样，也就是亲了你一下。"

她绝对只是亲了他一下。她保证她没有别的想法。

谢行川盯着她，似是在一点点消化她的话，半晌后问道："你是那个意思？"

"不然呢？"

所以其实他们两个的记忆都没出错，谢行川觉得是她主动的，是因为那个吻。

而她觉得自己不会主动，也因为除了那个吻，她再没有别的想法，更因为那个吻其实也并不全是她的动机。

他们只是站在各自的角度，会错了意。

两个人都觉得好笑，躺着无语了好一会儿，又过了很久，谢行川才说道："但你要知道，对等了你很久的人来说，只要你向前一秒钟，有一个动势，我就会把一切都给你。"

又过了挺长时间，简桃克制住心底羽毛般的痒意，切换气氛说道："意思就是只要我主动一秒钟，你就会把剩下的三个小时全做完？"

谢行川被她气笑，伸手去捏她的腰："你能有点儿浪漫细胞吗？"

被她提及那天的事，思绪不可控制地回溯，他是如此清醒地记得每一个细节，记得她吻上来时他理智坍塌，记得他拉开她的颈后系带时她一刻也不挣扎，为了控制住身体不下滑，她的手臂牢牢锁在他的肩颈上，最安静时，他甚至能听到她的呼吸声。他做梦也不敢想，她居然没有反抗。

第十一章 咬十一口 沦陷序幕

最后关头前他仍是不敢确定，蓦然如美梦惊醒，抬头看到她裹了水雾却仍旧看着他的眼睛，然后……一发不可收拾。

如果在那一刻继续下去必须用什么去换，大概用命他也愿意。

意识到他在出神，简桃问："在想什么？"

"想我第一次就这么不明不白地给出去了，"想起那时贴合的温度，他闭上眼，喉结滚了滚，"实在可惜。"

她嗤笑了一声："哪里有不明不白？"

"你都不承认我，哪里明白？"

也是这会儿她才反应过来，有些话到了该讲的时机。

就这么安静了许久，她缓缓侧身，开口问他："你觉得喜欢和爱，有什么区别？"

"区别大了，"他回，"喜欢是能说，爱是能忍。"

她的心尖像被人掐了一下，半晌后她说道："对我来讲，喜欢应该是……看他开心，我也开心。"

"爱呢？"她低声自问自答，"是不开心的时候，看他一眼，我就开心了。"

他沉沉地"嗯"了一声："那我属于哪一种？"

"这两种……"她拉长尾音，缓缓说道，"都跟你没关系。"

"是吗？"他也不恼似的，压了压下巴问，"那我怎么听说，有人在凌城听说我高中过得很惨，天都哭塌了？"

"真的吗？"她装听不懂，眨了眨眼，问道，"谁啊？"

"你说是谁？"他语气淡淡地说，"一个傻子吧。"

"谁傻了？"简桃起身平反，"我那个是眼睛起雾了。我这么坚强的人，怎么可能轻易为别人哭？"

"是啊，"他好像在笑，把她的话复述了一遍，心口又翻涌起情绪，低声说，"你这么坚强，怎么会轻易为别人哭？"

意识到他在表达什么，她脸颊微热，半晌后才说："你别自恋，人有时候为小狗流泪也是应该的。"

谢行川挑眉，伸手捏她。对她的身体他早已了如指掌，知道哪儿敏感哪儿怕痒，哪儿不能碰，一碰就瘫软。

简桃被人挠着痒痒肉，没辙，只能钻进被子里躲。就这么闹腾了好半天，她累得躺在他的手臂上，昏昏欲睡时，不由自主地喊他的名字："谢行川。"

"嗯？"

"喜欢和爱都是你，"黑暗里她裹紧被子，小声而郑重地说，"现在、以后，都爱你。"

黑暗中，他喉结滚动，嘴角噙着笑搂住她的腰，就贴在她的耳边说："嗯，谢行川也爱你。"

年底，金屏奖颁奖礼如期举行。

前往颁奖礼的路上，简桃在车上就开始紧张。保姆车准备入场，她摇下车窗，身子后仰，靠向谢行川的耳边。

谢行川稍顿，想说点儿什么缓解她的紧张情绪，还未来得及开口，就听见她说——

"好紧张啊，"她小声说道，"等会儿结束了我想吃对面那个红豆车轮饼。"

紧张了一路，轮到公布最佳女演员时，她反而轻松下来，大概是因为让人提心吊胆的答案终于来了。

"最佳女演员是……"

伴随着颁奖嘉宾的报幕声，大屏幕中切出四个入围的女演员的电影片段，简桃在左上角看到了自己，还有同样优秀的女演员们。

也就是这一刻她突然觉得，大家都很优秀，无论是谁获奖，都名副其实。

"是……"颁奖嘉宾还在制造悬念。

密密匝匝模拟心跳声的鼓点响过，众人屏住呼吸，紧张地看向颁奖嘉宾的嘴巴，等待答案揭晓。

第十一章 咬十一口 沦陷序幕

就在众人期盼的眼神下,颁奖嘉宾充满悬念地开口:"是……"

等了半天又是这句,底下传来一阵笑声,简桃也没忍住笑了一下。灯光在她眼底弥漫,耳坠轻晃,她在镜头下似是在发光。

直播频道中哗声一片:

"美死谁了?!"

"宣布结婚和《玲珑》爆了之后桃的状态明显好到不可思议……"

"不知道怎么形容,原来真的有流光溢彩的美啊。"

她也跟着这个小插曲有些出神,就那么一刹那,颁奖嘉宾喊出了她的名字。

"简桃,最佳女演员,恭喜!"

简桃没回过神来,因此意外和惊喜反应都真实。她从位子上站起身来,还恍惚着怕自己听错,往旁边看了看,发现大家都朝她投来祝贺的目光,自己要下的台阶处也亮起灯来。

她就这么在欢呼声中上台,给她颁奖的居然是谢行川。

他伸手递来奖杯时还提醒她:"有点儿重。"

简桃看他的手掌,难以置信地小声说:"能有多重?"

结果她一接过奖杯往下一沉,谢行川早有准备地托住,给她往上抬了抬,她这才拿稳。

大家立刻评论:

"川,你好懂她……"

"谢行川是金屏奖终身评委,只不过之前都懒得颁奖,只是投票。"

掂了掂手里的奖杯,简桃本来在脑海中构思了无数获奖词,然而站定这一刻,聚光灯打过来时,前面那些获奖词又被她悉数推翻。

她低头,靠向话筒:"刚刚在台下坐着的时候我还在想,优秀的电影人实在太多太多,值得我学习的东西也还有很多。

"我从前以为我努力,是想证明给不看好我和放弃我的人看;现在才知道,其实是给爱我和支持我的人看。"她笑着举起奖杯,"你看,简桃也是很厉害的。"

她的目光不知落向哪处,镜头又恰到好处地切向了谢行川,大家很上道地连声起哄,她重新笑着看向镜头:"没让你们失望吧?"

"没有没有!"

"永远为你骄傲,我的宝贝!"

想了想,简桃又说:"后面我会用更多的作品回馈每一份喜欢,也希望大家可以多多关注由我担任制片人的新电影《绿岛》,明年夏天就要开拍啦。"

最后她提着裙摆挥了挥手下台,大家好一会儿才反应过来。

"用获奖宣言给新片打广告,简桃牛啊。"

次年夏天,《绿岛》在经历漫长的准备期后,终于开拍。

这是一个关于爱、梦和救赎的故事。

这次拍摄的地点藏有她的私心,在宁城一中。

这是他们四人团队开始的地方,也是她遇见谢行川的地方。

拍摄时间正是暑假,听说他们要来拍电影,校长高兴得合不拢嘴,不仅承诺除高三教室外,任何地方随便他们用,背地里又吩咐学生会成员,学校的荣誉册再添上一笔,不知又要多多少名气和生源。

拍摄第一场戏时,不仅钟怡和江蒙赶来了,简桃还约到了近95%的同学,熟悉的人坐满了当初的教室。

这是一个新故事,也是她对青春时代的纪念。

很奇怪的是,明明大家穿着各式各样的私服赶来,或成熟或娇俏,但只要一套上熟悉的校服,风里就弥漫着浓郁的、熟悉的高二味道。

她笑着给旧同学们安排好位子,讲了一下待会儿的拍摄情况,导演说什么时候、怎样动,排过两遍,出乎意料地顺利。

她不知道谢行川还要搞什么回忆杀,居然把他们一中的储物箱也搬了过来。她恍惚又想起情书那件事,正想问他到底写的什么,一转身,箱子里的情书已然失踪。

仿佛有所预料般,教室最高处的广播里传来开启的电流声,简桃

第十一章 咬十一口 沦陷序幕

微怔。

导演喊着"开拍准备",大家在位子上坐好,这一幕,恰巧取的就是很日常的片段:午休时广播里念着不痛不痒的内容,大家昏昏欲睡无人在意,手臂下的试卷被风扇吹出"哗啦"的响声。

但简桃知道,此刻不是。

谢行川熟悉的声音传出,众人纷纷低头在演习以为常的样子,只有她心跳如擂鼓,听到了绝不可能出错的、情书被拆开的声响。

"啪嗒——"轻轻的一声,是信封被少年丢在桌上的声音。

他笑了一声,一如数年前那般顽劣不驯、轻狂随意,却带着力透纸背的张扬气息。

也是这一瞬间她突然想起,有一种隐形的记号笔,将字写在纸上之后,用笔帽上自带的灯便能照出全貌。

她懊恼,感慨自己怎么没早点儿想到这点。

伴随着他开口的第一句话,她的心脏轻微一跳。

"爱是恒久忍耐,又有恩慈。"

如同某些记忆被触发,她的心跳越来越快。

"爱是不忌妒、不自夸、不张狂……"

纸张轻微动了一下,她知道他跳过了半句——

"不求自己的益处,不轻易发怒,不计算人的恶,不喜欢不义,只喜欢真理;凡事包容,凡事相信,凡事盼望,凡事忍耐。"

窗外传来鸟雀停在枝头的"啁啾"声,空旷而热闹,呼应着被晒至发烫的窗台。

他说:"爱是永不止息。"

这就是他,高傲、轻狂、不可一世,却会为了她低头、忍耐、蓄谋已久。

这样的人,情书也合该和所有人的都不一样,看似是漫不经心的一段摘抄内容,却每一字每一句,都用漫长的七年为她证明——

他永远如此轻描淡写地给她最隆重的爱意。

简桃眼皮发烫地合上眼，听广播念完，他合上情书，出现在门口。

画面和初遇时的如此相似，他斜钩着书包走下讲台，路过她身边，然后坐在她身后的位子上。

她扎着学校要求的高马尾，缠着明黄色的头绳，笔尖落在纸张上。

摄像机从窗外徐徐拉远，简桃还沉浸在方才的片段中没回神，突然身体一颤，是后面的谢行川陌生又熟悉地伸直腿，脚碰到了她放在板凳下的脚尖。

从前的这时候，她总会无言又恼怒地将腿往前放，或是将凳子往前挪，总之不要再碰到他才好。

谢行川侧靠在桌上，看着此刻前面的人立起书本，遮挡住摄像机的方向，回头低声问他："干吗？"

她侧着脸转过来的那一秒，如同背后画面重被上色，讲台上是孜孜不倦地讲着课的班主任，周遭是不绝于耳的写字声响，而她做着那一年的简桃绝不会做的事情——立起书本，轻微转身，小声地问他要干吗。

她怎么默契地知道他此刻有话要讲？他想，从前伸腿时，他一直都是这个模样。

谢行川笑了一下，说："等会儿去练舞室看看？"

大概是好学生的DNA深入骨髓，哪怕此刻明明是在演戏，头顶的老师即使目光锁着他们也绝不会多说一个字，但她还是小心翼翼地往外看过去一眼，确认后才说道："练舞室不就是个玻璃房吗？"

"改造了，"谢行川也配合着她的声音，用偷情一般的音量笑道，"现在是花房。"

"真的？"她说，"怎么突然改啦？"

"嗯……"他装模作样地思考，而后语气散漫道，"大概是我跟他们说，这里对我很重要？"

"怎么重要？"她好奇地问道，"你跟我在这儿定情的？"

他浑不懔地笑："你怎么知道？"

第十一章 咬十一口 沦陷序幕

那天是数以万计的人生日程中最普通的一天，却特殊到他数不清多少次反复回想。

她因为刚进舞蹈队，为了赶上进度只能拼命找时间练舞，从他这儿借了个MP4，一中午不见影踪。江蒙急着要MP4，反复央求下他只得起身去拿，在练舞室门口，却见她刚刚停歇下来，就坐在地板上。

少女小腿纤细，午后最炽烈的那道光从窗口投落，伴着一枝缀在绿叶上的花的影。

她细软的发丝被照得发光，脖颈直而长，脸颊轻轻凑近手持风扇，因为高强度练习，控制不住地胸腔起伏，身体前倾时，能展露出极为漂亮的腰肢形状。

十七岁的少年并不能确切地在那一刻捕捉到心动的反应，只是抬手放在玻璃门上，却始终没有用力敲响。

他舍不得，收不回，忘不掉。

这就是他沦陷的序幕。

他陷入回忆之中，简桃在前面等了太久，忍不住问："然后呢？"

然后？

然后……他一瞬心动，从一而终。

蜜桃咬一口

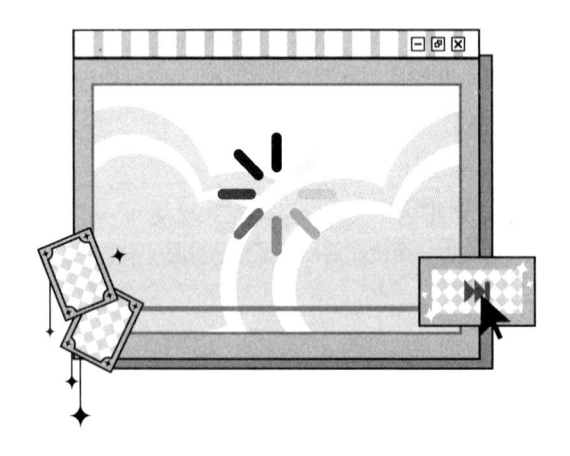

番外

番外 玫瑰花房

最后,等到当日戏份拍摄完毕,简桃前往曾经的练舞室。

现在练舞室确实已经被改成了花房的模样。

四面全部做成了透明又透光的玻璃,娇嫩欲滴的玫瑰环绕,从顶棚垂落,能闻到浓郁的玫瑰花香,配合着窗外落进的灯光,一瞬间,这里像是与这个世界隔开的乌托邦。

脚下的地毯是天鹅绒的,

简桃推开门,步伐缓慢地朝内走去。里面明显也是被布置过的,钢琴摆在角落里,圆弧的琴盖下是红色的丝绒玫瑰,玫瑰开得正盛。

谢行川就抄着手倚在门边,垂眼看着她。

简桃伸出指尖挑了最高处的一朵玫瑰,猝不及防,一滴水珠坠入手心,沁着凉意。

"审美不错,"她拍了拍掌心,回头,"这么多玫瑰,有的还是刚开的。"

"空运过来的。"顿了顿,谢行川又挑了挑眉,反问她的前一句话,"就只是不错?"

她忍不住笑,拿乔地靠在钢琴边:"也得看看是为什么布置吧。怎么想到叫我来看这个?"

他垂眼,对耗费多少心血浑然不提,轻飘飘地揭过,漫不经心地随口说道:"就是突然想起来,还没送过你玫瑰。"

简桃很长地"噢"了一声,待尾音收拢,不拆穿他地轻扯了一下嘴角。

他眉心微动:"不喜欢?"

"喜欢啊,哪里有女孩子不喜欢玫瑰的?"

简桃就这么撑在钢琴旁看着他,笑意渐渐扬起,隔着半道玻璃,多了些说不清的暧昧感。正当谢行川以为她要说些什么的时候,她冷不丁地抬头,陈述道:"等会儿就在这里把海报拍了吧,正好省得额外布景了。"

他好笑道:"借花献佛?"

"这不是给你省钱吗?"她振振有词地说,"我这还不勤俭持家?你娶到不是赚到?"

让人娶到就是赚到的简桃老师在玻璃房内拍完海报后,二人走出了练舞室。

他们为了效果和光感,宣传照拍得久了些,这会儿已经到了傍晚。

工作人员在筹备晚餐,简桃甫一下楼就看到熟悉的陈设,忍不住加快了些步伐,走到一楼的打水机旁。

很快,谢行川跟了上来。

机器已经全做了翻新处理,但不难看出以前的影子,一排三个出水口,最旁边还有个能直饮的,按下按钮就会从底下喷出水来,不过一般是打完球的男生在喝。

简桃伸手,沿着不锈钢的打水机慢慢走了一圈,这才说:"你知道吗?打水的地方一般就是八卦的发源地,每次下课来打水,我都能听到不少消息。"

谢行川:"比如?"

"比如哪个班的女生又给谢行川送东西或是告白了,请他看电影被拒绝了,谁谁谁说自己要在三个星期内拿下他。"

谢行川好笑地看着她。

"真的,你别不信,"简桃说,"我那时候可烦你了,耳朵都听起茧子了,白天在班上看到的都是你,下了课听到的也全是你,跟念咒似的。"

"那可跟我没关系，"谢行川一副挺洁身自好的样子，"我反正每天只是在走廊上站着，不像某些人花枝招展地满操场跑。"

简桃不服："我什么时候满操场跑了？"

谢行川缓缓陈述："买水、买早餐、打水、打印、玩秋千……全校没几个男的不知道你叫什么名字，"他说着说着，语气就有了点儿变化，"毕竟是站在那儿就被一大帮人起哄告白的简老师，是吧？"

来不及反驳，被他说到这里，简桃又看向操场后面为数不多的几个健身器材。器材没什么人用，但她和钟怡之前很喜欢这里，人少，讲什么都自由。

有一次她还想练引体向上，结果直接摔在沙坑里了。钟怡在旁边笑得差点儿呛死，结果摔得跟她一样惨。

这么想着，简桃收回目光，谢行川大概也是看到了她的视线，这会儿跟道："还玩不玩？我接着你，不让你摔。"

简桃惊愕地转头，好半响才意识到，那天她摔跤的样子不会也被他看到了吧……

"好啊你，每天靠在门口栏杆那里，不会就是在窥探我的生活吧？"

"不然我站那儿是等江蒙烦我的？"谢行川侧头，"你一天被几个男的搭讪我都知道。"

简桃"啧"了一声，扼腕叹息道："没想到你那么早就喜欢我了，亏我还一直把你当兄弟。"

谢行川："兄弟还是敌人？"

她想了想，精准形容道："亦敌亦友吧。"

又过了一会儿，谢行川开口："问你件事。"

"什么？"

他说："如果我真是那年跟你告白，你会跑吗？"

"肯定会啊，"简桃笑道，"我都说过会跑得更快的，当然不是骗你的。"

停了一会儿,她看着一旁花圃里的花苞,不知怎么就开口道:"因为每朵花开的时间不一样,如果你想提早让她开,她就会凋谢的。"

说完简桃看着他,没再说话,又转回目光。

他知道她是在说,其实他这些年的等待都是有意义的。

站在这里,想得未免就多了些,简桃又朝左侧看去:"而且那时候我怎么会觉得你喜欢我呢?那次有人要来检查,学校让我们一起出板报,我那块都写完了,结果你一直拖着不让我走,我气都要气死了。"

谢行川:"外面有男的等着给你送奶茶。"

"那我不知道,"她说,"反正后来校运动会我给全班同学都写了加油稿,就没给你写。"

大概是念词的学生先将此事传出去,消息渐渐蔓延到全校,大家说其实学校最有名的这两个人压根不对付。

"你后来也没找我问原因,我就觉得你应该也烦我,毕竟大家的位置……"她正想说都坐一起,回忆半晌,发现不太清晰,"我当时坐哪儿来着?"

"隔壁班体委旁边。"

简桃低头拧水,奇怪地问道:"你怎么记得这么清楚?"

谢行川目光放远,眼睛眯了眯,语气不大对劲:"他后来在篮球校队群里吹了一年,很难不记得。"

简桃低头喝了两口水,又把透明的水瓶抵到他的嘴唇下。

谢行川:"怎么?"

简桃抿了一下唇,装模作样地说道:"好酸啊。"

今晚有夜戏,一直拍到十一点多,等简桃拍完单人的镜头走出教室时,天幕已经黑得连星星都看不到了。

她上前两步,试图去找谢行川在哪儿,顿了一会儿才发现他靠在拐角处,此刻已是戏服的校服被他嫌热脱下,就搭在肩膀上。

他低着头摆弄着魔方,没什么声音,也没有光线,如果不是细看她不会发觉,只是路过时会被吓一跳。

她愣了一下,想起高二那时候,她偶尔需要帮学校或老师做事时,就会独自留到很晚。那时候她只觉得不用回家见简伟诚多么自由,于是又不自觉地拖晚一些,再晚一点儿。

但路过校门偏僻的拐角时两三次撞到买东西的谢行川,有时她还会被他的玩具砸到脑袋,那时候只觉得小少爷真是自由,放学那么久都可以不用回家,只管绕着学校玩。

这一刻她才恍然发觉,也许在她不自觉滞留到深夜时,近八十亿人口的地球上,也会有一个人担心她的安危。

她出神时,谢行川已经拎着衣服走到她面前,问:"发什么呆?"
他怎么就知道她出来了?她明明一点儿动静也没有,简桃想。

"没什么,"她摇了摇头,说,"很晚了,回去吧。"

今夜天气闷热至极,走到校门口时终于落了零零碎碎的小雨,简桃仰头,心也忽然变得泥泞。

入睡时心绪不宁,她连着做了几个混乱的梦,醒来时听到谢行川均匀的呼吸声,她又闭上眼,跌进更深的梦里。

她挣扎着想醒来时,才发觉梦里的画面是高二那年的情景。

现实不是电影,从来没有时间倒流的机会,但梦境缔造得何其真实:吵嚷的课间、一下课就散乱的桌椅、忘记被擦的黑板和涌动的人潮。

这是她从未留意过的一年。

她以为会以自己的视角体会梦境,却没想到画面一直陌生。她努力寻找了好久,才发现这是她的眼睛所看到的,谢行川的主视角看到的画面。

她在跟着他去看他所看见的一切,跟着他走他曾走过的路。

她看到自己和钟怡闲聊着下楼,谢行川就站在走廊处倚着栏杆,所有人都以为他在和江蒙插科打诨,其实这人的视线总是有意无意地,在所有一模一样的校服和高马尾里,找她。

她看到自己撑着脑袋看着窗外发呆时,后排的少年抬起眼睑,在所有人趴在桌上闭眼午休时，在窗户上的影子中看她带着心事的眼睛。

她看到自己抱着一大摞作业本，摇摇晃晃地从办公室里走出时，他总会踹一脚旁边的人，催促赶紧发作业不然自己没时间抄，然后她的负担被人发现，被人拿走，被人分发。

她看到自己在黑板上板书时他漫不经心地带着笑意的眼睛，自己报听写时他落在她走动的鞋尖上的重影。

她看到她催交作业时站在别的男生桌前，明明记忆中也才两秒，这梦境中却无限漫长，她的腿仿佛永远不会抬起，她仿佛只会对别人笑和说话，而他忍不住地不得不看，然后不可一世的眼神黯下那么两秒，然后屋外天色暗淡，月亮被云遮蔽。

她看到天气又转瞬放晴，下一秒她穿着浅青色的格子裙从公交车后门处下来。她不记得自己那时候喜欢怎样打扮，却能看到自己发间轻柔绑起的蝴蝶结、玩密室逃脱时挽着钟怡后笑成月牙的眼睛、夜里回头时发丝发着光的柔光滤镜，以及漫长的、离开的背影。

她觉得很奇怪。她并不觉得自己高中时候很漂亮。

后来她才恍然发觉，因为这都是他眼睛里的自己。

他在三个人熟睡的计程车里，对着窗外雨夜昏黄的灯光，所有人都在抱怨堵车，江蒙和钟怡困得不行，而她偏着头，差一点儿就要靠到他的肩膀。

他伸出手挡住折射进来的灯光，手指的影子就落在她的脸上。

他在错失的芭蕾舞比赛中无数次扫视过她的脚踝，厚重的面包服遮掩下的地方，有一点点舞裙的模样。

她看到他无数次放慢步伐，听到他在新西兰旅行离开前，星空下没说出口的那句话。

她问他，回国想做的第一件事是什么。

其实他想要的很简单，她能全身心属于他一个人就好。

她看到新西兰那场舞台剧，自己穿着芭蕾舞裙旋转起来时，所有人惊喜地去看台下观众沸腾的反应，而他摘下吵嚷的耳麦，弥补十八岁那年错过的舞台。

时间说，无望、错过、遗憾、无缘无分，但他在废墟和泥泞之中牢牢攥紧十七岁那年的心跳，跨越七年，两千五百多天，向她证明，有人爱她，从她并不期待被爱开始。

不知何时从梦中惊醒，她侧着身体禁不住微微颤抖，睁开眼却不能适应黑暗，眼泪一颗颗淌过鬓角。

怕吵到他，简桃往外靠了靠，却像在星空小镇那夜的帐篷下——她无意识地钻进他的被窝而他熟睡之中也自然伸手去接一样，谢行川竟也跟着靠拢，怀抱里有温热的木质香气。

"怎么了？"他伸手让她的脊背靠向自己，不难听出声音里带着沉重的困音，但仍自然而然地贴向她，低声问道，"做噩梦了？"

"没，我就是觉得，"她说，"太晚发现你爱我……让你一个人等太久……对不起。"

"这有什么可对不起的？"他在黑暗中缓缓勾起嘴角，并不放在心上似的，伸手打开她攥紧的手指，贴上足够适宜的温度，"现在发现，也不迟。"

番外 现在vs17岁

这天一早起来，前往拍摄地的路上，简桃破天荒地凑近，找到他的右手掌心，然后牵上。

别墅门前，花园里的鸟轻声叫着，谢行川有些意外地扬了扬眉梢，指尖动了一下："今天怎么这么主动？"

她垂眼，不知怎么的耳郭就有点儿烧，低声说："牵个手也叫主动吗？"

"看来昨晚梦到了不少事，今天起来感觉这么对不起我，"谢行川偏头看着她，"说说？"

"没什么可说的，"简桃踢着石子，"不就是高中那些……"

她说得含混不清，但谢行川竟然也没催促。等了半天她转过头，发现他正拿着车钥匙，垂眼看着路面。

简桃："在想什么？"

他收回视线，挺清晰地说道："在想以后睡觉之前把你折腾晕，省得你胡思乱想。"

等两个人到了休息室，也才六点多，化妆老师还没到。谢行川从上一个公司带来的熟悉的经纪人叩响门板，还没开口，便听男人语气淡淡地出声道："进。"

徐栋觉得挺奇怪，以前在休息室这哥不是说挺隐私的不让进吗？

不过他还是推开了门，映入眼帘的是自家艺人繁忙的、被人握住的右手。

徐栋怔了半晌，回神："早餐什么时候送进来？我看了一下，第一场戏在八点多，你可以吃完了再化妆。"

"没看到我忙着吗？"谢行川洒脱地说道，"不吃了，没手。"

徐栋心说：那你喊我进来干吗呢？欣赏你们俩的爱情故事呗？

随后，他就见简桃无声地换到另一边，翻剧本时握住他左边的那只手。待到右手空闲出来，这人才不咸不淡地抬眉："哦，那安排吧。"

徐栋："那个……不想松开你老婆的手，可以直说的。"

《绿岛》七月开拍，十二月底才正式杀青。

故事其实挺简单：从大家接到学校发下的第一个挑战任务开始，将四个看似不可能的人组合在一起完成一个表演，众人在磨合中，也解开了自己成长中的结，找到了自己真正热爱的梦想。

结尾是一段很燃的舞台表演，漫天暴雪中，台下座无虚席，他们把热血留在十八岁这年的成人礼中，并且永远不会忘记。

从首映礼开始，电影便一路口碑爆发，高歌猛进，最后连连打破纪录，上映两周后仍然有超高上座率，直接问鼎影榜冠军。

其实在开拍之前，简桃也担心过。直到拍完暴雪那场戏之后，她相信，这是个很好的故事。

有越来越多的人爱她塑造的人物，认可她对表演的理解和付出。在《玲珑》之后，她也再度向大家证明，《玲珑》的好成绩绝非偶然。

她如愿过上了自己曾经和谢行川说过的，有了一定地位后，遇到好剧本再拍戏，不想工作也能休息的生活。

《绿岛》圆满收官后，庆功宴直播定在了某天下午，而她上午才和谢行川结束在巴厘岛的度假。

简桃饭都没吃就被梦姐抓去做造型，单人访谈环节还尤其长，幸好中间谢行川给她发消息，让她先出去吃东西，将他的环节加长时间补上。

于是她下场之后暂且溜出去买烧烤，吃完再回去录合体采访。

就在她抵达烧烤摊时，台上的问题已经到了观众最关心的环节。

主持人拿起手卡："那《绿岛》里你扮演的许凌，暗恋女主角长达三年，就……观众问，你本人高中的时候，暗恋过人吗？"

观众瞬间沸腾：

"哈哈哈——肯定没有啊！谢行川啊！跩王啊！他怎么可能暗恋谁？！谁提的问题啊？是不是就是想看他说只有别人跟他告白，然后问出是他主动跟老婆告白，以此对比而达到嗑糖的目的？！"

谁知镜头中的男人却点了点头，说道："暗恋过。"

一瞬间弹幕飞涨：

"心碎了，我不要听这个！重说！"

"你暗恋过什么啊？你没有！谢行川！回去跪搓衣板！"

"算了，算了，血气方刚的男孩子嘛，喜欢过别人不是很正常？我弟以前也暗恋过人呢，他懂什么是心动吗？"

主持人也连忙坐直，正色道："多久呢？"

谢行川漫不经意地回答道："也没挺久。"

弹幕：

"我就说吧！"

"松了一口气。"

谢行川："七年吧。"

弹幕：

"七年还不久？！七年够我去非洲挖矿十个来回了！"

"那个女的是谁？！告诉我！"

很显然，没人想到会是这个回答，台下观众和各大娱记也全沸腾了，主持人好半天才控好场，有点儿害怕但又有点儿看热闹不嫌事大的意思，拘谨地笑问："这个……暗恋七年，不怕小桃老师吃醋吗？她可才刚走。"

"她有什么可吃醋的？"谢行川仰了仰下巴，语气自然得好像在做加减法，"就是她。"

弹幕：

"啊？？"

"暗恋七年修成正果？不会吧，以谢行川这张脸、这个性格，他还会做这种事？！"

"川……你好爱她，我哭死。"

"先婚后爱、暗恋成真、隐婚文学，这是什么顶级恋爱？！"

"冷知识：'不行就桃'其实是高中同学。"

"七年……不会是……从高中开始到大学吧……他们大学毕业结的婚？？"

"嗯……蓄谋已久。"

"他青春里最好的七年都用来爱她，我哭死。我永远喜欢最张扬的少年有着最隐忍的爱。"

"简桃呢？！我要看简桃的表情！她知不知道这事啊？！"

很快，主持人不负众望地连线场外的简桃，电话响过几声后被接通。

主持人立马添油加醋道："小桃老师，刚才谢老师在我们的直播间透露自己暗恋过你七年，七年！你有什么想说的话吗？"

对面有风声响了会儿，简桃刚走到哪儿停下来似的。

她回过神来："想说的话？哦，你帮我问问他，给他买的这串烤年糕要加辣吗？"

弹幕：

"哈哈哈——李梦！你看你的艺人饿的！"

"看来简桃早就知情了，小夫妻没有隔阂，满意点头。"

"我永远喜欢见过再多风景也始终坚定爱你的戏码。"

"暗恋就是即使修成正果后过得再云淡风轻，但也一个人走了好久好久。呜呜，好想看看十七岁那年的谢行川，所有青春都拿来爱她的川。"

简桃是在晚上回去看到话题时，才看到这最后一句话的。

她躺在床上放空思绪好一会儿，忽然也想看看高二或高三那一年的他。

她想到这儿时，谢行川擦着头发从浴室里走出来。他还是那副懒得要死的模样，就在腰间围了条浴巾，发梢往下滴着水。

简桃支着脑袋，突然笑起来。

谢行川："笑什么？"

"我突然在想，如果我带着现在的记忆，回去遇到十七岁的你，会怎么样——"她想着，"我是不是能看穿你每一次的言不由衷？捕捉到你每次看过来的目光？或者每一次……嗯？"

下一秒手中浴巾被他扔掉，谢行川也没管头发尚未擦干，抵着床沿托着她的脑袋就吻了下来。

简桃被他抵到床头，趁他解东西的空当才茫然地问道："干……干吗？"

"不是说了？"他伸手抬起她的腿放到肩上，"让你少胡思乱想。"

三个小时结束后，谢行川揉着她汗涔涔的后颈，懒洋洋地问道："还想遇见十七岁的我吗？"

她艰难地回道："还想。"

大概是睡前的想法太浓烈，这一夜梦中，如同辛德瑞拉的童话书被人翻开，她被投进时间罅隙的书页里，"哗啦"声响中，降落到高二那年。

站在广播室里时，她还有些恍惚，如同在现实和梦境之间找到了一个奇妙的拐点，落脚处真实却又缥缈，一切软绵绵的。

然后她看见江蒙和谢行川走了进来。

她从来没太仔细观察过这一年的谢行川，多高多帅都是从别人的形容中拼凑而成的，也因此视线尤为认真地定在这个画面上。他单手拿了罐咖啡，维持着咖啡不晃的同时，另一只手钩着并不爱穿的秋季校服搭在肩上，踏入广播室后，轻松地用长腿向后带上广播室的大门。

大门关闭，一道从窗外投落进来的光柱突然改变方向，折射向他宽阔的领口，如同油画盘在锁骨处倾泻，有种细腻而昏黄的美感，再往上，他眼皮懒散地耷拉着，眯眼适应着光线，侧了一下头。

这个时刻，这样漫长定格而值得纪念的时刻，简桃的第一想法是：感动中国谢行川，昨晚又是有氧运动让我锻炼到凌晨五点。

一旁的钟怡看她半天没动，转过身来看她，见她表情复杂，这才一边调试话筒一边问："他又怎么惹你了？"

下一秒，这句话呈立体式混响效果全校播放，所有班级教室同步收音的同时，"惹你了——你了——了"全方位环绕在操场上空，直入青云。

"试音呢姐！"江蒙一把捂住话筒，"你小点儿声说话！"

话筒一共七个，全要捂住是有点儿难度，江蒙耍杂技一般伸直并不长的手，才堪堪抱住三个，用眼神示意谢行川一起帮他捂住话筒。

然后谢行川走到他面前，修长指尖一拨，音量键被滑至静音。

"哦，忘记了，"江蒙轻咳了一声，给自己挽尊，"都怪'光头彪'非说今年的校庆活动交给学生负责，结果什么都落到我们四个人头上，一大早还得来调音。"

钟怡："也没什么都落到我们头上，主要班干部都被分了点儿任务，只是我们要做的事比较多，能者多劳嘛。"

简桃心说：这个梦挺人性化的，还给我交代故事背景是吗？

钟怡撇嘴："不过我怀疑他就是想在以后的纪念册上多添几笔功绩，天天给我们画饼说毕业做个纪念册，也不知道是不是真的会做。"

简桃："会做。"

钟怡转过头来看向她："你怎么知道？"

因为我从那时候过来的，简桃心说。

"看过文件，"她找补道，"不做的话'光头彪'那么多努力不是白费了吗？"

钟怡点了点头:"也是。"

两个人还没聊完,对面的人叩了叩桌面钢板,问:"你们来这儿闲聊的?"

简桃侧过头,看了谢行川第二眼。

他人模狗样的。

她稍微屈尊肯定道:好吧,他是稍微有那么几分姿色。

话题被谢行川拉上正轨,他们试了试校庆那天广播需要的音量和广播词,这才收起稿子离开。

但这一天直到大课间时间,全校的学生都在津津有味地谣传——一大早,简桃和谢行川又在广播室里吵起来了。

忙了一上午,他们中午又要去图书馆找资料,找完已经是一点多钟,这时候再回班级教室,容易吵到午休的大家。

所以他们四个准备了卷子,就在图书馆里写,等两点上课再回去。

简桃不知道自己怎么会答应钟怡的这个提议,因为当四个人围着小方桌坐下,且她被分到据说是还比较擅长的化学大题时,看着当年对自己来说绝非难事的题目,现在的简桃死机了。

她大脑一片黑屏,然后神游地播起了电视剧。

她就这么装模作样地装了一会儿,一旁的谢行川在看漫画书,挺久之后才随意地拿起草稿纸,在纸上涂涂画画了一阵,也不知是不是在解题。

他拿的也是化学卷,想到之前他很不爽自己都没问他题目的事,简桃凑过去,小声问道:"你解的多少?给我抄抄?"

顷刻之间,四周一片寂静。

高二人设是不学无术的谢行川转头,沉默地看着她。

没想到简桃会"抄"谢行川的答案的钟怡转头,沉默地看着她。

不太理解这一切的江蒙转头,沉默地看着她。

简桃抿了抿唇,挺口不对心地说:"万一他是明年高考理科第一名呢?"

钟怡嗤笑了一声:"你这比方打的,你怎么不说万一以后你们俩结婚了呢?"

简桃撑着脑袋,没再说话。

份子钱,你当年随了不少,她在心里如是说道。

见江蒙在一边笑得更夸张,简桃心想:你也别笑,我们结婚,还是你撮合的。

午休结束,他们两点回班级教室,度过了一节昏昏欲睡的语文课,下一节是体育课。

提心吊胆地等了一个课间和上课前五分钟,确认这节课没有任何老师来,体育委员这才组织大家下楼跑步。

刚开始队伍还整齐,到后面大家就跑散了,整个跑道上零零散散全是他们班的人。简桃才跑了一圈,谢行川已经跑过两圈了。她借着机会,在他身侧缓慢跑着。

中途谢行川的鞋带散开,他便俯身去系,简桃也很自然地站在他旁边等他。

半响之后,或许是意识到自己旁侧的影子没有移动,谢行川不大理解地抬起头来:"你停下来干什么?"

一句"等你"被她咽下,简桃胡说八道:"可能是没想到谢老……"

"谢老师"三个字又被咽进喉咙里,她不知道该怎么解释,自己只是回到这一年,想把曾经在他身上缺失的那些关注和目光,全都补回来。

好在队伍重新开始移动,一旁的大家半死不活、唉声叹气,她的解释也可以顺理成章地不用再说。

他也没再问。

跑完队伍解散,大家纷纷蹲进小卖部里买水,简桃不知道为什么,这个梦竟然没让自己带钱。她也不好意思找人借,就说自己不渴。

谢行川买了瓶矿泉水,钟怡和江蒙隔着栏杆去买校外店铺自制的薄荷气泡水，趁着他们俩背过身，简桃看谢行川手里还剩半瓶水，迅速拿过来灌了几口。然后等他们回过身来的前一秒，她稳稳地把水瓶塞进了谢行川手心。

谢行川："……"

一切仿佛并未变化过，钟怡和江蒙聊着天朝他们走来，简桃表情镇定地回应着谢行川的目光。

他停顿半晌，这才挺欠揍地开口道："我最近没早恋的打算。"

你也太自恋了，谁要跟你早恋啊？

这念头打了个旋，还没来得及开口，简桃一个反转，挺遗憾地撇了撇嘴，故意讶异地说道："啊，这么可惜吗？"

"你们俩说什么呢？"钟怡靠过来，指了指他们之间的缝隙，"第一次看你们靠这么近。"

简桃耸了耸肩，拉着钟怡回教室了。

体育课的下半节，一般会有一半的学生选择在教室里写作业度过。

头顶的风扇不停地转着，简桃从钟怡那儿顺来一面镜子，架在笔袋上。

钟怡还奇怪："你今天怎么突然照镜子了？"

钟怡当然不知道，简桃只是为了立起来看后面的谢行川。

跟她猜测的剧本不大一致，这男的根本没看她，低着头正在意兴阑珊地翻课外杂志。

简桃出了会儿神，再反应过来的时候，钟怡已经打开巧克力盒的盖子，从里面吃出了"Jian Tao I love you"。

"吃光了？"简桃侧头，"嗓子疼不疼？"

"是有点儿。"钟怡觉得嗓子噎得慌，"你怎么知道？"

不出意外的话，我还会知道你明天喉咙上火没法来上学了。

简桃把她的水杯拧开："多喝点儿水吧，回去吃点儿清火的含片。"

得亏这盒巧克力提醒，她才知道今天是七夕节。

怪不得她总觉得学校里挺热闹，也不知道在热闹些什么。

没一会儿江蒙发现巧克力被吃光，摇着钟怡的肩膀："我还想吃呢！我都不知道是什么味道！人家送简桃的，你都吃了算怎么一回事啊？！"

"我这不是想拼里面的字母吗？"钟怡也觉得慌，"你想吃怎么不早告诉我？我还怕没人吃浪费了。"

简桃撑着脑袋："其实我也挺好奇味道来着。"

钟怡试探着问："那我再让他给你送一盒你尝尝？谁送的来着？"

简桃当然不可能让钟怡再去问人家要，况且也不知道是谁送的。

结果上晚自习之前的买饭时间里，谢行川就从校外拎回来一盒这个巧克力。

等江蒙问起，他才懒懒地抬了抬下巴："你们不是想吃？看到就顺便买了。"

一瞬间画面重叠，简桃忽地记起，那一年自己的巧克力确实被钟怡吃光了，而她也尝到了味道。

原来谢行川会有这盒七夕巧克力，也是因为她。

等到晚自习结束，钟怡的嗓子也成功上了火。

四个人从校门口走出，江蒙一时兴起盘算着放假了去哪儿玩。这会儿他们还没一起出去旅游过，江蒙计划着："房间就我和谢行川一间，钟怡你和简桃一间。"

说着他又转头问谢行川："你睡觉应该没什么不良习惯吧？不会睡一半梦游到我这边给我锁喉吧？"

少年低嗤一声，好笑似的反问："谁睡觉锁人？"

简桃颇不服气地脱口而出："你睡觉就最爱锁着人了好吗？"

一瞬之间，路灯下，三个人齐齐停步。

"这说的什么？"钟怡用自己上火上得跟废品回收喇叭声一样的嗓子，嘶哑着低号，"你们睡过？"

是的，你没想到吧。

简桃："我是看他这个样子就知道他不安生。"

番外

"你不对劲,"钟怡端详着她,嗓音好像拉破了的提琴声,"你今天怎么这么关注谢行川?"

没等简桃回答,谢行川先开了口。

他偏身靠在身后的栏杆上,指尖垂在书包带旁。

"还看不出来吗?"少年懒懒地扬了扬下巴,"她想找我借钱。"

这晚上谢行川要去打电动,所以跟她走一条路,钟怡和江蒙先拐回了家。不算太热闹的小路上,简桃抬眼,时而看他。

她也不知道他发没发现,就单手钩着个包挺跩地往前走,在她的注视下换了币。简桃就站在一边看他玩。

他其实挺擅长玩这个,简桃知道,但结果第一把就马失前蹄。她整个人放松至极,斜靠着机器自然地开口:"没想到谢老……"

谢老师也有没发挥好的时候。

她话没说完,又在"老"字上被掐断了。

她抿了抿唇,觉得电玩城嘈杂,他应该没听清。

然而不过数秒,这人撑着机器站起身来,冷冷的月光从他身后投落,少年眉眼之间尽是风发意气,青涩又像是细致描摹的眉眼,衬着他微勾的唇。

他好像不太有正形地笑了一下,眼神递到她身上。

"你一直'老',老什么?老公?"

看来他厚脸皮的程度是从以前到现在没变过的。

"老当益壮,老有所依,"简桃说,"反正不是老公,做梦吧,你还能娶到我这种仙女?"

她总觉得自己应该挥了手,或者道了别,但没来得及走出太多步,像是常看的古风剪辑视频中的水墨转场,天幕落下"淅淅沥沥"的雨来。她视线所及均为画布,被这雨一点点扯开,再焕然一新地合拢。

时间线被拉得太长太长。

她梦到他离开那天下了很大的雨,钟怡举了把透明的雨伞,雨点一刻不停地敲打着脆弱的伞面,城市像是随之沦陷。

她记得真实的那天,她其实是没太大感觉的。

但这一刻,身处梦中,她分明在心痛。

江蒙站得靠前,雨雾让整条街道都被笼罩,太冷了,冷到她甚至根本看不清他的脸。

谢行川摆了摆手,说"别再送了"。

简桃最后的记忆是江蒙说"到了记得发我地址,有新资料寄给你"。

谢行川扬手说"好",没再回头。

简桃启了启唇,却开不了口。

像是漫长的视频锁定图层后被按下删除键,学校开始清除有关谢行川的记忆,座位后、杂物间、校门前,他的身影被时间的手残忍又温柔地抹掉了,直到她再不能记清。

她那时候是这样的。

但这一次,简桃手指陷在掌心之中,拼命对抗即将被删除和模糊的关键帧,大脑也仿佛因为强行留下某些注定要被删除的记忆而钝痛起来。

不知是经过多漫长的拉锯战,她隐约记起他高三的学校和地址,记得他蹙眉垂眼时眼皮上那颗小痣,以及戏谑时有意无意挑起的嘴角。

这一次,她记住了。

十二月,大雪。

下周芭蕾舞比赛,她第一个上场。

他曾错过。

智能购物已经入侵到如今这个时代的每一个角落,她数不清已经多久没有自己买过票,记忆中只剩航班和工作人员提前规划好的行程,又或者是随叫随到的私人司机。

简桃并不熟练地在这一年穿梭在高铁站中,穿着一中发过的已经被洗得泛白的校服,背着沉沉的书包上下奔忙,跑起来时,能听到久违的、很多书本在背后晃荡的声响。

她买了去凌城的高铁票,看着熟悉又不熟悉的高铁站和车窗外的景致,走过陌生又并不陌生的高速铁路——然后,抵达谢行川高三这一年所在的学校。

她无数次遗憾自己来得太迟,而今天,终于如愿。

凌城附中正下晚自习,熙熙攘攘的人群鱼贯而出,她忽然失落,不知道他还在不在人群里,却倏地在女生们频频回头的视线中捕捉到他的身影。他戴着耳机,步履匆忙。

他瘦了好多。

她忽然难过。

简桃站在原地,耐心地等他走出,不知怎么的,走出校门时谢行川朝她的方向看了一眼,也可能是有人在讨论他。

可看到他这张脸,她又觉得,能见到他已经很幸运了。

那股阻塞感如气泡般接连消散,她忽然又觉得开心。

有对话闪过脑海——

"你觉得喜欢和爱,有什么区别?"

"爱呢?是不开心的时候,看他一眼,我就开心了。"

终于,在他背过身走出去许多步后,简桃踮脚喊他:"谢行川!"

人潮之中,那人顿住脚步。

似乎觉得不可思议,第一秒他并未回头,半响后摘下一边耳机……最终,那么讨厌麻烦的人还是回过头,去确认一些几乎是不可能发生的事情。

人潮如织,疾步穿梭在他们身侧,叠影之中他们之间似乎被拉出漫长的通道,两个人定格,只是对望。

他朝她走来过太多次。

大雨中、大雪里、狂风夹杂的夜里,她无数次在想,如果有机会换她先行,她会用最快的速度跑向他。

简桃抬腿朝他跑去,确认自己并非幻象,伸手扯住他的领口,少年因为她的力道而不得不俯身,她踮脚,亲了一下他的侧脸。

零下十摄氏度的气温里,连呼吸都弥漫着雾气。

错愕、意外,所有混乱的情绪混杂在他的眼底,谢行川难以置信地垂眼看着她,而她笑了笑,没解释。

简桃递过去一张门票:"下周我比赛,记得来看。"

想了想,她又说:"车开不快也没关系,赶不上也没关系,这一次,我等你。"

她退后两步,然后说:"你来了,我再演。"

半晌后,他接过她手中的票,眉眼微垂,睫毛上有不清晰的冷雾冰晶。

"知道了。"他说。

"嗯,"简桃说,"那我走啦。"

她退着步,感觉漫长执念凝结成的梦境,终因为执念圆满而一点点消融,时间好像确实太长了——梦的边缘也开始坍塌。

她想总该说些告别语。

如果我遇见十八岁的谢行川,会告诉他,我爱他,胜过这世界上所有人。

她忽然发觉此行的意义,其实不是撞上他每次的欲言又止和朝向她的目光,因为他爱她,其实无须反复证明。

这一趟,是命运在等她跑向他。

简桃说:"很快了,等一等。"

"嗯?"

故事总要留白,她全讲完的话,也没有意义。

她摇了摇头,卖着关子,仍是说道:"等一等。"

梦境彻底坍塌时,这是她的最后一句话。

她醒来时窗外仍有鸟叫声,阳光尤为炽烈,简桃一时恍惚,没什么力气地坐起身来。

她按了按脑袋，咕哝着问："几点了？"

谢行川正在对面桌台上冲咖啡，闻言看了她一眼。

"终于醒了？"他回答道，"下午四点了。"

奉献给倒时差的睡眠，也给了她如此酣畅淋漓的一个梦境。

简桃看着他的动作，好一会儿之后才说："谢行川，我梦到十七岁的你了。"

"是吗？"他并不意外似的，挑眉把手边的咖啡换成牛奶，递给她，"让我听听，都说了什么？"

白瓷杯沿贴上掌心，递来恰到好处的温度。

简桃看着水面起伏，轻声说："我说，让他等等。"

等一等，你喜欢的人，也在喜欢你的路上了。

番外　高中旅行

简桃万万没想到，高二第一次出门旅游，竟然能迷路。

她更没想到，迷路之后大家轮番寻找她，第一个找到她的，竟然是谢行川。

彼时他就站在一家卖杧果雪冰的摊位旁，简桃以为自己眼花，三两步走过去，问道："谢行川？你过来……买杧果冰？"

"嗯。"颀长的少年睇了她一眼，这才懒洋洋地反问道，"不然呢？"

也对，不然呢？难不成他还特意来找自己？

简桃点了点头，冲正在分享位置那边的钟怡说道："我看到谢行川了，你们应该也在附近吧？"

"啊？没有啊，"钟怡说，"刚才谢行川就不见了，你们现在在哪儿？"

青城的路九曲十八弯，同一个定位能分三五层，连本地人有时候都找不到路，别说他们来旅游的人了。

简桃仰头四处看着："嗯……有个卖冰激凌的车，然后正对世茂广场烤肉店招牌，上面是高架桥。"

钟怡："想吃冰激凌了。"

简桃："你像话吗？"

就这样，钟怡和江蒙在太阳底下找了她十几分钟后，选择暂时先去甜品店休息一会儿。

位置共享暂时掐断，简桃看着钟怡发来的图片，将手机递到谢行川的眼皮底下："他们这个位置，你知道在哪儿吗？"

谢行川垂眼，扫视着图片中清晰的招牌，出色的记忆力让他很快记起自己方才路过了这里，顺着一旁的阶梯下去，再绕两个弯，就能找到。

思及此处，他微微屏息，以余光去扫视一旁的简桃。她正全神贯注地看着他，试图立刻从他这里得到答复。

两个人独处的机会，好像从没有过。

因为少所以珍稀，因为珍稀因此越发让人不想立刻打破，他收回视线，有些自私地想和她多待一会儿，再待一会儿，于是低声说道："不清楚。"

她泄气地叹了一声，他又补充："他们一时片刻也吃不完，反正还有半个多小时，到时候再集合也不迟。"

她偏着头，鼻尖上渗出细微的汗意："也是。"

见她出汗，他走到一旁的树荫下的水池旁，这水池是商圈的特别建筑，一阵一阵的水雾从底下升起，水珠向外喷溅，沁凉潮湿，很解暑。

站定后，他将手里的另一杯柠果冰递出去，在她开口前淡淡地说道："送的。"

"噢。"简桃接过柠果冰，去挑里面的果肉吃，挥之不去的燥意终于在一勺勺的冰凉饮品中得到缓解，她挑了个不会被溅到的地方，坐在水池边。

谢行川不太爱吃甜品，没吃两口便将其放在一边，身后是这座城市有名的打卡地标，一旁有人在贩卖小玩意儿，是立体的手机挂件，简桃看了几眼，觉得太贵没买。

谢行川在原位坐了会儿，起身，在她认真低头吃柠果冰的时候买下了那对挂件，一个朝左一个向右，像是情侣款。

等他重新坐回去时，简桃仍然没有发现。

他将挂件递出一个。

"你怎么买了？"她惊愕，"你这么冤大头的吗？"

"门口买的，买一送一，没溢价。"

她"噢"了一声："这种景点，门口的和园区内的东西确实是两个价。"她停了停，问道，"是送我一个的意思吗？"

"无所谓，"他说，"你喜欢就拿去。"

挂件是筒子楼建筑，很有些重工感，她喜欢留着纪念品，于是欣然收下。

后来挂件的另一个，被从来不留挂饰的他扣在了书包旁边。

作为回报，路过别的摊位时，简桃买了两支地标 logo 的棒棒糖。

递给他一支后，她这才拆开，尝了半响后更惊："辣子味的啊？"

他笑。其实她不知道，这两支棒棒糖也是一对。

四处充斥着辛辣味道的城市，连火锅也是一等一的爆辣口味。

半个小时后，他带着简桃和剩余二人会合，在火锅店解决了晚餐。

她算能吃辣，但在青城的麻辣锅里也败下阵来，不停地呼吸，不锈钢材质的锅反射出她的影子。

他肆无忌惮地突然在想：在倒影里，她被辣得嫣红的唇瓣中探出来透气解辣的一小截粉色的舌……

那会儿他只觉得思绪荒谬，隐秘而见不得光，却任由这不可思议的念头疯长，但不知的是——

往后某天，这些念头终得圆满，竟也被他一一实现。

番外 那一年冬

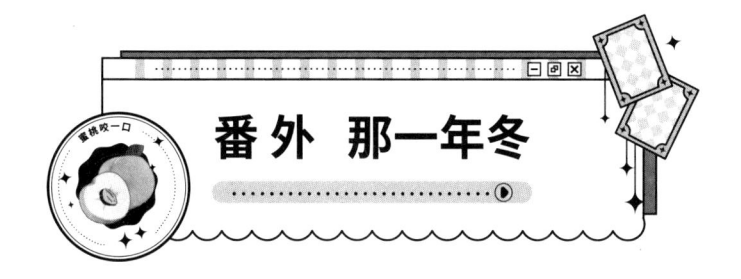

高三，隆冬。

尽管已经转到这里五个月，但睁眼的那一刻，看着眼前的陈设仍然觉得陌生而没有归属感，谢行川坐起身来，大脑一阵眩晕。

他伸手覆住额头，滚烫的热意沁出，他又发烧了。

窗外狂风仍然呼啸，猛兽一般游走冲撞，用力地拍打着玻璃窗，仿佛下一刻便会将窗户撞得粉身碎骨，席卷屋内。

没人告诉他凌城的冬天这样冷。

零下十几摄氏度里，连雪都带着冰雹，公寓占地面积大，暖气却极度稀薄，空调怎么调热气也盈不满屋内，冷气四下飘荡，连人的鼻尖也被冻得冰凉。

手指是冷的，额头却滚烫。

他轻车熟路地掰出两颗胶囊，就着水吞下，嘴里没味道了，仿佛连舌头都跟着一起麻痹，眩晕感给人一种不知今夕是何夕的错觉，他只恍惚觉得这像一场梦，而梦里人总会不受控制地做些什么……

譬如此刻，他看着手机上拨出的电话号码，还未来得及挂断电话，对面的人便开口了。

"喂？"简桃的声音从那头传出，隔着电波总也显得不真切，却是他此刻手边、耳边、眼里唯一显得真切的东西，过了两秒，她难以置信道，"谢行川？"

窗外雪粒砸向窗台，"噼里啪啦"响，简桃在那端问道："怎么了？"

其实也没怎么，他想。

也不是什么话都能说，他想。

指尖动了动，头疼得厉害，喉咙也像被用砂纸磨过，身体像是散了架，他觉得好笑——他一贯觉得自己强大，此刻怎么会脆弱成这样？

他想抱她。

许是太久没听到他回复，简桃奇怪地喊了一声："喂？"

"嗯。"他终于应声。

从前他不爱读童话，觉得要是有小美人鱼，以踩在刀尖上每一步都剧痛作为代价，跑向自己喜欢的人，实在太蠢。然而此刻要回答她，他也是忍着喉咙的剧痛和头痛欲裂，竟也觉得这是恩赐。

他们之间，就连这普通的一步，对他来说已是奢侈。

动一下就痛，他手指微蜷，从并不安静的环境中捕捉她的呼吸。

她在那端问："有什么事吗？"

没事，我只是，太想你了。

喉结滚动了一下，他沉声说"没事"，数秒后，又喊她的名字：

"简桃？"

"嗯？"她觉得奇怪，"打错电话了吗？"

"嗯。"他垂眼，灼烫的掌心按压上去，说着最不可能的谎话，"打错了。"

她那边又传来声音，大概是钟怡在问"怎么了"，她说"谢行川打错电话了"，也没再说什么。

很快，那边传来笔尖按动的声音，伴随着试卷被翻阅的"哗啦"声。她大概是在图书馆三楼，他想，她最爱坐那里靠窗的位置，只是每次补习班的小孩一下课，就很吵，冬天时她会从脖子上拉起毛茸茸的耳罩，隔绝那些欢呼争吵声。

不知听了多久，他如同行在暗夜中的人，不能也不敢发出响动，直到许久后，她又"嗯？"了一声，问他："你还没挂电话啊？"

他的睫毛颤了一下。

"忘了。"他哑声说。

"你的嗓子怎么这么哑？"她说，"多喝热水。"

这通电话最终停在这里。

少年蜷进已经很是厚重的被子里，眼尾被这场高烧灼得通红。该是这样，不该再有别的原因，他将手指搭在挂断键上，眼泪顺着眼尾淌进枕单，一滴、两滴……

他抬起掌心按压眼眶，试图止住于他而言也很陌生的眼泪，然而无用。不听见她的声音，他便不会觉得难挨。此刻听到，却如此短暂，他说不清是庆幸或是喜悦，又或者是空落落。她是如此真实而又遥远地存在着，地球上每天都有无数人在错过，但他们遇到了，又错过了。他说不清老天对他是垂怜还是残忍多一些。

不知过去多久，他终于将久久停滞在通话记录界面的手机熄屏，去看窗外一刻不停的大雪。

屋内死寂一片，他只是突然很想念每一个和她吵闹的课间。

少年翻过身，合上眼帘。

这年的冬天，太漫长了。

番外 双人舞台

官宣结婚后不久，趁着公司内部调整，简桃和谢行川的工作室合并，很多行程也一起安排，方便很多。

那天睡前，谢行川擦着头发从浴室里走出，她将视频进度条拉回最前方，想起什么似的说道："对了，今年年底的跨年晚会，我接了个双人舞。"

谢行川看着她。

说完之后她就把手机放在一边，低头开始专心抹身体乳了。

她今晚穿了件水蓝色的吊带睡裙，头发吹至半干，又被身体乳带着打湿一小缕，弯弯地贴在颈窝上，也不知道身体乳里头是加了什么材料，灯光下，肩头还泛着些微的细光。

似有若无的樱花味道弥散开来。

抹完身体乳，她头也没抬，继续低头看视频。

谢行川看了她半天，还以为她今晚打扮得这么漂亮还有点儿别的什么目的，心里那些微的期待值落了空。指尖拢着的毛巾向下移了几寸，他垂眼问："然后呢？"

"然后？然后什么？"她顿了一下，问，"你还要唱歌啊？"

他挑了挑眉："你就不怕我不去？"

对视半响，她回过味来。

简桃跪坐在床上，身子微微前倾，学他的样子眯了眯眼："干吗？

你还要我求你？"

谢行川手指拢着毛巾陷在发根里，语调意味不明："我都没舞蹈基础。"

她想说挺简单的，但顿了顿，点着头重新靠回去，故意说："那我找别人跳。"

反正她也没签合同。

谢行川看她半晌，舌尖轻顶腮帮，懒懒地说了声"行"。

一开始，她不知道他在"行"什么。然而半个小时后，她明白了。

她让谢行川帮她拧瓶盖，谢行川："不是要找别人跳？"

她让谢行川睡过去一点儿，谢行川："不是要找别人跳？"

她让谢行川关掉床头灯，谢行川："不是要找别人跳？"

她一整晚被折磨，不堪其扰，直接掀了被子走到门口。谢行川靠在床头看着她："去哪儿？"

她气冲冲地回头："去找别人跳。"

然后她就被人抓回来狠狠收拾了一通。

双人舞当然没有告吹，凌晨五点，被窝里汗如雨下，她卷着被子眼皮打架，看吃饱餍足的某人用她的手机看完了舞蹈示范视频。

末了，这人优哉游哉地点评："不难。"

她腰酸死，颇有微词道："本来就很简单啊，我怎么可能不考虑你没有舞蹈基础？只有女生的部分难一点儿，但是你不用操心。"

"睡吧。"他说，"明天你带我练练。"

练舞的过程也颇为坎坷，为了更好地练习，她买回来一面巨大的、跟练舞室里的一样的落地镜，装好之后就在那边和谢行川排练，结果这人肆无忌惮，害得很长一段时间她都对这面镜子有心理阴影，看到就腿打战。

12月31号，跨年晚会如期而至。

舞蹈他们已经排练得很纯熟，彩排也就上了两次，一次走位，一次带音乐走一遍全部的表演。她跳得很投入，还在记机位，停下来时才发现台下密密麻麻围满了工作人员，还没开始表演，"'不行就桃'双人舞"已经上了话题榜。

话题在榜单第一位挂了一下午，观众等待七个小时后，跨年压轴节目双人舞终于顺利开场。

作为热度最高的节目，双人舞表演期间收视率直线上涨。

微博上抽气声一片。

"谢行川坐在椅子上，桃绕着椅子跳舞谁想的？！太火热了，这谁把持得住？小桃跳舞永远的神。"

"好配，我直接肾上腺素狂飙。"

"啊啊啊——台下的尖叫声我开最小格音量都听到了！"

"中间谢行川是不是没借力？害得简桃只能扶他的腰啊？！被我发现了吧！"

"他肯定是故意的哈哈哈，这支双人舞我之前看过，原版没有这个动作。"

"干什么？！在舞台上调情是吧！我爱看多搞点儿！"

…………

最后一个动作结束，简桃和台下观众招手示意。舞台下，不行就桃的灯牌几乎占据了半壁江山，她朝每一个方位都打过了招呼，这才准备回到舞台中央，和大家一起倒数迎接新的一年。

但无独有偶，舞台事故突发，她的高跟鞋的鞋跟卡在了升降台的缝隙里。

她怔了怔，瞬间抬头。

还有一分钟就要开始倒数了。

她转头看向谢行川，又看了一眼自己的鞋跟，示意他先过去，或者找工作人员解决一下这个问题，总之千万不要耽误流程。

很显然，谢行川接收到了她的信号，绝不会耽误至关重要的跨年流程。

于是他一抬手，将她打横抱了起来。

一瞬间高跟鞋从足跟上脱落,她腾空而起,像是踩在云端,听到四面八方涌来巨大的尖叫声,隔着如此遥远的距离也险些将她的耳膜刺破。她恍惚着被他抱到了舞台中央,看到台下观众已经激动得站起来了。

可她转念一想,这的确也是最好的办法。

只是……她凑到谢行川的耳边:"一只脚光着一只脚穿鞋……怪怪的。"

他又蹲下身,把她放到自己的腿上坐着,替她脱下另一只高跟鞋,这才钩着那只鞋,重新抱着她站了起来。

她举起话筒向大家笑着致歉:"高跟鞋卡住了,不好意思。大家赶紧坐下吧,站着不太安全。"

主持人上场,陪大家倒数完新年倒计时,又承受了一些揶揄,被谢行川抱下台时,她强撑的体面这才全部瓦解,颇为没脸地全程将头埋在他的颈窝里,都不敢去看旁边工作人员的眼光。

后来那张图被站姐捕捉下来,又成为一张不可多得的神图,热评第一感慨无限——

"还得是真夫妻呀。"

番外　护妻行动

拍摄新电影时,谢行川戏里的角色有个弟弟,据说那个小演员七八岁,对他非常痴迷,简直到了行走的迷弟的程度。

戏杀青后不久,扮演他弟弟的江敦就请他来自己家的度假村玩。

简桃当然也被带着一起去,起先江敦小朋友对她的态度只能算普通,但是发现谢行川给她削梨子没有搭理自己之后,江敦对她就产生了一股非常孩子气的敌意。

具体表现在玩卡丁车的时候,谁都不撞,江敦只来撞她。

但她第一次开,哪里有江敦那么熟练,反击都撞不到位。最终,被撞了三五次后,她看向赛道边没打算玩并在一旁处理工作的谢行川。

简桃控诉:"谢行川,他撞我。"

印象中她极少有撒娇的时刻,谢行川顿了顿,立刻放下手机抬头:"是吗?谁?"

"你弟。"

十分钟后,江敦被撞到减速带上一动没法动,小朋友难以置信地问道:"你为了她撞我?"

简桃为这句台词感到震撼。

"那当然,"谢行川说,"我当然第一时间站在我老婆这边。"

卡丁车结束后,江敦被他亲爸带去写作业,谢行川在空地上处理没弄完的工作,简桃进屋子看了会儿,才发现江敦的手工作业差点儿就要开天窗。

江敦跟着爸爸生活，度假村的员工也基本全是男的，他自己没有一点儿天赋，做出来的东西歪七扭八，一堆大老爷们儿也没办法帮他，留他一个人抓耳挠腮。

等谢行川回到客厅的时候，江敦已经坐到了简桃身边。

看他来，江敦兴奋地说："哥！我感觉嫂子也太厉害了！"

停顿数秒，谢行川低头看了一眼手表："这才一刻钟，就倒戈了？"

"你不知道，我们有个可难的手工作业，要做一个小房子，我做得很丑，老师一直说我！但是嫂子一下就帮我弄好了，还戳了特别可爱的小狗和小羊的……那个叫什么？对，羊毛毡！老师还在群里夸我了！我宣布嫂子现在在我心里是第一名！"

谢行川笑，坐到简桃旁边："可以啊你，十五分钟就取代我的地位晋升为第一名了。"

简桃耸肩："那我也是靠我自己的本事。"

接下来，江敦一直绕着她问来问去，俨然一副被她收买的样子，吃饭的时候还在说："哥，我以后找女朋友也想找嫂子这样的。"

谢行川筷子没停："不太可能。"

江敦很受打击："为什么？！"

"我老婆这么漂亮又可爱的——"谢行川停了一下，"你找不到第二个了。"

番外　婚后四则

01

《绿岛》收官成绩堪称惊艳,版权也输送至海外,后来她工作室的庆功宴,简桃又被灌醉。

谢行川全程都在,清晰地看到她不过是喝了半杯酒,又吃了几颗葡萄,就渐渐上了脸,开始端坐在椅子上,一言不发。

回去的一路上她也都异常安静,等到家,谢行川正想先给她把澡洗了,意外接到一通电话,便搂着她的腰单手去接。

对面的人蠢得出奇,他向来没什么耐心,听了半响后嗤笑道:"脑子放着当摆设的?不会自己打开文件查?"

手下腰肢触感很快蔓延开来,简桃半个身子压在他的手臂上,半响后才回正。谢行川挂了电话一侧眼,便看到她从桌子那边抓过来几沓文件,推到他面前。

他觉得好笑,挑眉问道:"干什么?"

"你不是要文件吗?"她眨了眨眼,下方的苹果肌被染得粉扑扑的,像蘸了腮红的软垫,灯光下甚至可见细腻的绒毛。

"下一步呢?"她一本正经地询问着,"查什么?"

他情不自禁地屈起指节,刮了一下她的脸颊,热的。

这傻子,估计还以为他是在吩咐她。

谢行川:"查什么都行?"

"嗯，"她这回喝醉了尤其听话，很有信念感地点了点头，纤长睫毛覆盖下漂亮的影，"但是你要教我，查什么？"

他挺有耐心地靠在桌边，看她不明就里地乱翻，也不知道要找什么。他一向将文件收拾得整齐，却任她打散。

看了一会儿，简桃没找到要找的东西，长叹一口气，趴在手臂上睡了。

"一会儿再睡，"谢行川伸手打断她的睡眠，"先洗个澡？"

以往洗澡时她总是最闹腾，喝醉了又不想洗，浴缸里、花洒下，像条游鱼似的裹着水珠乱滑，然后累得不行才不再扑腾，但仍旧有一颗向往自由的心，只是无奈没什么力气。

但今天她倒是听话，点了点头，说："但是怎么过去？我的腿没力气了。"

谢行川俯身在她面前凑近，点了点自己的后颈："抱你过去。"

她听话地将手臂拢上去，抱着他的后颈，在他起身时腿顺势环住他的腰，一点儿别的话也不讲。

路过镜子时，谢行川见她跟只小猫一样盘在自己的身上，下巴就那么搁着，一言不发，长睫垂着，努力压制困意，似乎在响应着他那句"一会儿再睡"。

他扬了扬嘴角，把人放在就近的化妆台上。

身后欧式雕花镜映着她漂亮得染上粉雾的五官，谢行川倾身，低声说道："这么乖啊？"

似乎不太理解，又像是想进一步接收信号，她偏头道："嗯？"

"叫声我的名字听听。"

"谢行川？"

"嗯，"他凑近些，点了点自己的唇，"亲一下。"

她也很听话地凑上前去，轻飘飘地碰了一下他的唇。

他垂眼："别人说这种话不能听。"

她像是反应了一会儿，慢吞吞地应声："当然啊。"

"嗯。"

谢行川低下头，含住她的下唇缓慢地吻着，喉结上下滚动时扶住她的后颈，眼睛始终睁开一条缝隙，看她近在咫尺闭上的眼睛，睫毛颤动时像春日的柳枝，拂得人心口发紧。

只片刻，她被亲得眼尾染上艳丽的水渍，这模样大概只有他见过。他松了会儿，放她呼吸。待到被压榨的氧气重新充盈，他又靠近她，哑声问："说什么都听？"

她像只被装束的漂亮洋娃娃，朝他点了点头。

二人靠在镜台上漫长地接吻，呼吸交缠。印象中她真的极少有这样主动的时刻，他从耳后到颅内的细胞接连爆炸，除了她的气息再不能分辨出其他东西，他轻咬着亲吻，直到听见她溢出轻微的气音，不自知时连自己的眼尾都已烧红。

退开时牵连一点点银丝，他近乎疯狂地确认着自己对她没有边界的索取感，明明在一起这么久了，却每一点儿、每一点儿都在渴望，似乎从没有餍足的时候。

谢行川垂眼看着她，而她也安静地给予回馈，半晌后声音也像是被浸软了，下意识地问："还有吗？"

他脑海里无法自控地涌出一些画面，身体在叫嚣，理智却在压制。

他的唇在她的唇上掠过，他语气淡淡地说："还有，但舍不得。"

低头轻轻碰了一下她的嘴角，如同野兽压抑住自己本能而原始的渴望，他说："去洗澡。很晚了，早点儿睡。"

结束后，他把人抱出了浴室。

时间已经过去三个多小时，简桃脑袋抵着他的胸口，刘海柔顺地垂下，已经快睡着了。

第二天早上，简桃酒醒。

醒后她靠床头坐着，轻轻按压着脖子上的新鲜草莓印，不清不楚地回忆着昨晚的情景——他们在浴缸里折腾了好久，结果后来她半梦半醒间，又看到他进了一次淋浴间。回忆到这儿，她难以置信道："跟我结束后你……"

他漫不经心地笑了一下，道："以后接吻你主动点儿就行。"

02

某次结束，床头的香熏蜡烛"噼啪"在烧，压在她身上的人迟迟不起来，简桃推了一下，没推动。

谢行川埋在她的颈间，弥漫着潮热气息的鼻尖抵入她的肌肤，如同野兽在进行最原始的气味标记。

简桃忍不住轻轻往里缩："你闻什么呢？"她有点儿不好意思地想躲，"都是汗……"

谢行川托起她的后颈，上升的体温让气味蒸腾挥发，她才抹过的身体乳的气味盈满发间、颈窝，全是新鲜的蜜桃香，可口又缠绵。

"没，"他说，"很香。"

简桃没信，还想往一边蹭，咕哝着："你对我有滤镜……"

然而被人摁住，她觉得自己像只敞开肚皮等人来吸的小猫咪，半晌后说："你压得我喘不过来气了。"

他亲她的耳垂："是我压的？"

她反抗："不然呢？"

话音刚落，整个人被人一转，变成了他在下，她正面压着他。简桃想着这跟逗她玩似的……她撑着手臂想起来，无奈没什么力气，面对面努力地扑腾了会儿，谢行川伸手制止。

谢行川"咝"了一声："别动，再出事你负责？"

她老老实实地没敢再动，过了会儿才自己爬下去，躺到了自己那边的枕头上。

顿了一下，她问背后的谢行川："睡着了吗？"

"还没，怎么？"

他今天太急，只拉了道纱帘，对面就是海，简桃从纱帘的缝隙中望出去,听了会儿海声,才问道:"你想要个小孩吗?"

"想啊,"他没避讳地答,"但又不是我生,你不想要就不生。"

简桃转过身去看他,待他兴味的目光向下,这才想起把被子拉高,裹到脖颈处才说:"生的话我觉得,就先生一个好了。"

"你喜欢男孩还是女孩?"没等他回答,简桃又迅速说道,"女孩吧,乖一点儿。"

这方面他们倒是很快达成共识,谢行川颔首:"当然女儿好,生个儿子来跟我争宠?"

她拉被子:"你也忒小气了。"

他好笑地捻她的耳朵,跟弄什么玩具似的,玩得还挺上心。

简桃想了半天,回过神来时耳朵都被他给揉热了,他又在吮,她小声说:"那差不多可以准备了,正好刚拍完一部电影,这阵子休息。"她侧头去问他的意见,"嗯?"

软嫩耳垂因动作从他的舌尖下逃出,他舔了一会儿才应,声音很黏:"嗯,听你的。"

"你认真点儿!"她不满地提醒,"说大事呢!"

"我这不也算大事?"他扬了一下嘴角,不正经地又靠近同她附耳道,"你说的跟我做的,不是一件事?"

···◎3···

次日晚,简桃思虑周全,向钟怡征集几个小姑娘的名字,自己也顺便想想。

由于前一天凌晨才睡,发完消息简桃就有点儿困了,起身去洗了个苹果醒神。

钟怡很快拉了个四人群,诧异地问道:"你怀了?!"

钟怡:"怎么这么快?什么时候的事?怎么没跟我说?!"

钟怡:"确认是女孩了吗?现在不是不让诊吗?几个月了?!"

等简桃切完水果,再看群的时候,钟怡已经自己演完了一出大戏。

简桃叼着苹果回复。

捡个桃子:"哦,还没怀,只是未雨绸缪。"

钟怡发了一堆问号:"我第一次见八字没一撇在这儿起名的。"

江蒙:"这怎么能叫八字没一撇?你不相信谢行川的能力?"

这会儿轮到谢行川发问号了。

绕了半天,终于回到重点,钟怡问:"姓什么?"

"女孩就姓简。"

钟怡拓宽思路起了一堆名字,然后又说:"谢呢?不起个姓谢的?"

一直窥屏的江蒙在此刻插嘴:"小名可以姓谢。"

江蒙不嘴贱身上好像有蚂蚁在爬:"叫谢特。"

下一秒,江蒙被移出群聊。

钟怡:"骂脏话,踢出去了。"

····04····

故事起源于有一天晚上,钟怡给简桃分享了一个跳棋小程序,简桃这边还在缓慢过关,发现谢行川已经快通关了。

想起曾经在火锅店的跳棋事件,她似有所感:"你那天不会在给我放水吧?"

说着说着她就非要跟他切磋一下,弄来弄去,不知怎么就被谢行川将手腕扣在腰后,他非让她喊声"哥哥"。

简桃脸热,胡乱挣扎,挺羞耻地说什么都不愿意喊,闹了大半天,谢行川有一通电话进来。

禁锢她的手掌微松,另一只手接起电话,他挺正经地回复起了那边的问题。

全是专业术语,简桃没怎么听,看着看着就作恶心起,凑到他耳边,用气音小声喊了一声:"哥哥。"

电话那端的人仍在说着什么,见他没法治自己,简桃又凑到他的耳边喊了一声,手指顺势撩起他的睡衣下摆:"哥哥,想玩那个——"

谢行川闭上眼,喉结轻缓地滑动,被她喊得全身血液往一处涌。

她以为谢行川拿她没辙,笃定谢行川拿她没辙,他都在打电话了还能怎么样?结果下一秒,男人直接把静音打开,将她整个人按在身下,眼神微黯,凑近问:"想玩什么?"

简桃僵了几秒,全身铺天盖地地开始发烫,又孬着胆子对上他的视线,膝盖夹住他的腰,轻轻摩挲着,在他耳边蛊惑般轻声回应:"想玩……中国跳棋,一对一。"

番外 关于宝宝

小朋友是在盛夏夜晚降生的。

盛夏池畔多飞萤,所以小姑娘起名简飞萤。

某天,简飞萤小朋友突然对"宝宝"这个称呼展开了热烈讨论。

晚饭时她突然和谢行川说:"爸爸,幼儿园放学,我看别的家长都会叫他们'宝宝',你怎么好像没有叫过?"

谢行川:"我叫过。"

小朋友蒙了蒙:"我怎么好像没听到过呀?"

"因为我叫的不是你。"

小朋友在一边哭天抢地,简桃想起来,好像是有那么几次,但这人嘴上没个正经,要么就是在冲刺的时候没正形地喊几声,声音带着几分哑、几分喘,要么就是平时损她的时候带上,显得自己还像个人。

这时候,简飞萤小朋友继续问:"那妈妈以后能叫我'宝宝'吗?"

"你问你妈妈,"他很有自知之明,"反正我也管不了她。"

简桃无奈:"你能说点儿好的吗?"

小朋友继续问:"那妈妈可以的话,你可以吗?"

"我不太行。"这人给女儿夹了一筷子青菜,"我这人比较守男德,只能有一个宝宝,你想听的话等你成年了找个男朋友,让他叫给你听。"

小朋友气得敲筷子:"小气!"

番外　补办婚礼

补办一场婚礼的想法是谢行川提出的。

当年他们结婚没办婚礼，只是在教堂前走了个流程，当时的情景简桃其实已经记不太清了。

听了这事，她只是转头问："不会很麻烦吗？"

他笑，捏了捏她的下巴："麻烦也是我来办，不用你操一点儿心。"

"也是。"她这么说着，埋进枕头里。

但话是这么说，婚礼当天，谢行川却被小花童扯着裤腿，拉进了另一旁的礼厅里。

这是条长长的通道，推开第一扇门，屏幕正中央，播出了一张熟悉的脸。

这是简桃提前录好的VCR，这扇门后的她正穿着一中标志性的校服，朝他招手。

"现在的谢行川你好啊，我是十七岁的简桃。"她笑了一下，眉眼间少女感让人怦然，仿佛真的只需一个眼神，便将他拉回蝉鸣聒噪的那个夏天，"还记得我们第一次见面，梁子结得很深，我至今也不记得你从讲台上下来到底是什么样。拜托你参加一个仪仗队，差点儿削掉我半层皮。"

他笑，四周显示灯条流光溢彩，流水般向前涌现，仿佛指引他去往第二扇门。

第二扇门推开，里面是穿着白T恤的简桃。她将马尾高高扎起，颅顶处却蓬松，鬓角有微卷的小碎发，脖子细长笔直。

她指了指自己："这年十八，成人礼，你去了别的地方读书。你还记得被江蒙喊回来吃烧烤的那天吗？你瘦了好多。现在的简桃托我转告十八岁那年的你，没有她，一个人也要好好生活，她在未来等你。"

还有下一扇门，不知道她录了多少，又是怎么记录的，这个片段中的她总算开启了标志性的披发，是入校时染的栗棕色，只有发尾带着微卷，长度到肩下。

她背过手，轻轻摇了摇头："这年没见过你，但是学校的表彰板、商场的LED屏、电视里的开屏广告，每一个地方都是你的身影。

"学校最红的是你，室友说得最多的是你，电影院里海报永远摆在正中央的是你……"

简桃点了点太阳穴，仿佛在回忆那一年的情景："实在没法忘记的一张脸，又记起来了。"

他勾唇。

第四扇门，新阶段。她捧着脸说："这年我们结婚了，关系奇差无比。

"每次听到别人说谢行川，还是觉得很遥远，和我没有关系，只是偶尔刷到一些结婚相关的词条，我会恍惚几秒，想：我是真的结婚了吗？那时候觉得反正最后我们也会分开，就没抱太大的想法。"

最后一扇门，他推开时灯光大亮，头顶传来她的声音。

"其实我从来不抱希望自己能被爱，也一直觉得婚姻是个可有可无的东西，但是谢谢你告诉我，爱也可以是个动词。"

她的声音清晰、坚定，就在这一瞬间响起："我是现在的简桃，你的妻子。"

明明一开始她说了不费力，但其实后半场全由她策划。随着音乐声起，小小的花童从帘幕后面摇摇晃晃地走出。简飞萤小朋友手里提着花篮，像煞有介事地走到他身前，悄悄同他附耳："爸爸，我偷偷告诉你，你以后会有一个特别可爱的女儿。"

"真的？"他扬了扬眉，笑道，"我怎么不信呢？"

小朋友气得跺脚。

他从花篮里拿起戒指，空气里飘来很淡的花香，伴随着音乐旋律，通道那头，简桃踩着高跟鞋款款而来。

他其实看过很多次她穿各种礼服的模样，吊带、一字肩、露背，但全都比不上此刻，高定的婚纱完美契合她身体的每一处曲线，细细的闪光纱线手工缝纫进裙摆，灯光下摇曳出璀璨的光。编发乖巧地放在肩后，她的一张脸仍如同心动时灵动轻盈，不可复制。

她笑起来时眼睛仿佛也在发光。

不过她本来也是个发光体，他想。

简桃走到他面前时，谢行川仍旧站在原地。她将提着裙摆的手轻轻卸力，故意问他："好看吗？"

方回过神来似的，他抬起眼睑，眉梢微不可察地动了动。

"也就值得我记一辈子的程度吧。"

她伸手想去触他的心跳，结果没控制好距离，向前跌入他怀里。被男人稳稳搂住时，她终于隔着自己的胸腔，探听到他剧烈的心跳声。

不过她的心跳，似乎也一样快。

番外 崽崽

简飞萤七岁前都是按部就班地长大的，简桃也没觉得要带她出去拍戏或曝光，只觉得让她有个开心的童年就好。

只是简桃和谢行川的身份限制，出门总是有诸多不便，他们常常也要给小朋友戴上帽子口罩，以免被狗仔拍到。但小朋友又是个活泼的性格，不喜欢束缚，没多久就问简桃："妈妈，为什么别的小朋友出门不用戴口罩？"

简桃跟她讲完原因，小朋友却很豪迈地挥挥手说："没关系，我不在乎他们拍我，我出门不想再戴帽子啦！"

跟小朋友商量完之后，简桃决定在自己微博的日常视频里让她慢慢露脸，先放出声音，再是背影，紧接着是正脸，这样会把话题度降到最低，以免对小朋友的日常出行造成更大的困扰。

正好接下来她和谢行川准备带小朋友出去露营，第一则视频是出游准备，小朋友只是在里面说了一句"妈妈，我想吃蛋挞"，评论区就已经被可爱到不行。

出发那天，谢行川在外地，她和小朋友先出发，然后和他在休息区会合。眼见快到时间，简桃将大门敞开，检查着自己包内的证件，以及简飞萤的暑假作业——没错，出去露营也不能不写作业，这是她和小朋友约法三章的内容。

这次一起露营的还有其他几家圈内的夫妻,负责掌镜的是简桃的圈内朋友柯青。

很快,柯青如约而至。简小朋友遗传了好奇的秉性,上来就对着镜头来了个贴脸杀。

镜头里毫无预兆地出现小朋友的娃娃脸,嫩嫩圆圆的脸颊、水汪汪又灵动的大眼睛、粉粉嫩嫩的嘴唇,笑起来超可爱。

视频一经发布,评论区立刻沦陷:

"太漂亮了!"

"遗传了'不行就桃'的所有优秀基因。"

"宝贝!让我远程亲一口!"

视频里面还有小朋友的自我介绍:"哥哥姐姐们好,我今年七岁,我叫简飞……"

简桃:"简飞虫。"

小朋友撇了撇嘴,不满地回头道:"妈妈,我叫简飞萤。"

"是吗?"简桃把作业本递出去,轻敲姓名那栏,"那你这个作业本上怎么写的'简飞虫'?"

小朋友有点儿不好意思地说:"妈妈,我觉得我的名字笔画太多了,只想写一半。"

"这还多?"简桃拍了一下她的脑袋,"赶紧补齐,那你爸爸之前还想给你起简恬典呢,恬典更难——"

话没说完,小朋友突然凑近,满怀期待地殷切道:"甜点?什么甜点呀妈妈?"

写名字和"甜点"这两段视频很快被人截了出来,小朋友也喜提大家的爱称——虫虫。

终于,漫长飞行后,简桃带着小朋友抵达露营小镇,天上正落着小雨，谢行川在门口等待。

简桃给虫虫小朋友戴好帽子，然后整理着座位上的零食。

镜头内，小朋友先跳下车，顺滑的刘海上面是毛茸茸的两只小耳朵，可爱得要命。她一蹦一跳地跑向谢行川："爸爸！"

"嗯，"谢行川单手将女儿搂起放在臂弯上，低声问，"有没有听妈妈的话？"

后来这段被大家评价：

"除了你老婆能不能想点儿别的？！"

"别人三句话不离老婆，谢行川第一句就不离老婆。"

"离了老婆你怎么活啊，川？"

"谢行川的温柔：给简桃和跟简桃长得像的人。"

车内的简桃终于拉好拧包的拉链，扶着车门准备下来。谢行川见下着小雨，也将右手提着的东西挂在简小朋友的脖子上，撑开雨伞去接简桃。

三个人并肩走在泛起泥土和青草气息的石砖上，伞面朝简桃偏移，小朋友浑然未觉，兴奋地把脖子上的袋子打开，好奇又兴奋地去翻里面的东西。

众人要先核对房间入住，柯青给他们订的是套房，谁睡单独的房间就成了问题。

正当柯青笑眯眯地把镜头对准小朋友，以为在这里能拍到一出一哭二闹三上吊的精彩戏份时，简小朋友已经非常自觉地说道："我要睡里面。"

柯青：嗯？这和想的不一样啊？

"我喜欢一个人睡。"小朋友碎碎念着，走进房间去看自己的床，喜欢到不行，抿了抿唇，说，"而且，要给爸爸妈妈留足够的空间。"

简桃侧头一看，连忙澄清道："我们没有引导过啊，是她自己喜欢一个人睡的。"

话音落地,柯青目光深意更甚,谢行川在一旁挑眉:"是不是有点儿欲盖弥彰了?"

"有吗?"简桃恍惚,"但我真的……"

"好了,"谢行川打断了她的话,伸手揽住她的腰,"吃什么,厨房里选选?"

刚到这里,他们的主要任务就是适应以及休息,第二天一早,大家上山去采摘午饭需要用到的食材,回来时十一点多,还有一会儿才开始做饭。

简小朋友就坐在桌子旁,板着小脸,认认真真地对着作业发愁:"老师说要五种不同类型的涂鸦,我去哪里画五种呢?"

没一会儿,隔壁院子里的男生一个接一个地跑进来,一口一个"虫虫妹妹",递给她自己画好的小卡片。

待人走后,简桃一时瞠目:"他们怎么都给你送作业的小卡片了?"他们不就早上起来一起玩了一会儿吗?

虫虫一边看小卡片一边回答:"我不知道呀,只是早上摘蘑菇的时候说了一下。"

简桃努了努嘴:"那你还挺招大家喜欢。"

小朋友眨着一双天真的大眼睛问:"是吗?妈妈,那以前没人帮你吗?"

没等简桃回答,一旁坐着的谢行川倒是先开口了。

他仰了仰下巴,状似对小朋友开口,实则指向性明显:"比你还多,你妈妈高中的时候,轮到她执勤,她从来没机会擦黑板,一到下课,男生抢着上去帮她擦。"

"那我也擦了,"简桃反驳,"那你高中的时候打球不也老有女生给你送水吗?"

手里的贴画也不贴了,小朋友笑吟吟地听他们你一言我一语,快乐地晃荡着自己没法落地的小脚丫。

吃完饭后到了午休时间，今天起得早，简桃有些困了，便靠在软椅上晒太阳睡午觉。小朋友跟有多动症似的，一下玩这个一下玩那个，后面却渐渐消停下来，不知道是专注什么事去了。

一觉醒来，简桃发现小朋友正趴在窗边一动不动。

简桃看她奋力攀着窗台的手指，问："你干吗呢？"

"看狗吵架。"小朋友头也不回地兴奋说道，"妈妈，好好看呀。"

也就是在这一刻，简桃忽然意识到，刚才半梦半醒间，不绝于耳地回荡在小镇上空的，是一声接一声的狗叫。

她难以置信地跟着看过去，两只小狗正在不远处的草坪上吵架，你一言我一语，隔着栏杆，慷慨激昂。

小朋友看得津津有味，连手机都不想玩了。

看到兴头上，简虫虫小朋友连连拍手叫好，仿佛在赞许这一场精彩的表演。两只狗被突如其来的掌声吓到，呆愣地看了她几秒，这才慌忙一起跑了。

柯青锐评："这就是你们俩的小孩，乐趣居然是看狗吵架，闻所未闻。"

自从小朋友发现了看狗吵架的乐趣，狗不堪重负，去到了更远的一个山坡吵，于是每天简虫虫小朋友写完作业，都会拉着谢行川的袖口——

"爸爸，我想让你带我去看狗吵架。"

终于，某天下午，谢行川消失数小时，最终提着个白色的大笼子潇洒归家。

笼子里，两只小狗撒欢奔腾，时而互吠。

"每天出去看挺累的。"谢行川懒懒地仰了仰下巴，"给你找了两只经常吵架的狗。"

评论区笑晕：

"谁说这不是父爱如山？！"

"别人的父爱：上下学接送，耐心辅导功课，给零花钱，关心近况；谢行川的父爱：在花鸟市场用一下午找到两只吵架的狗。"

"笑死了。"

剩下几天他们开始自由度假，柯青并没拍摄，周五的晚餐由男士们完成，她们就坐在房车前聊天。

说到拿手菜，简桃笑了一下："我会做的菜比较少，后来我也没学几道。"

"谢老师不是挺会做吗？他没教你吗？"

他是挺会做的，想到这里，意识到自己好像被带歪了，简桃连忙轻晃了一下脑袋，说道："后来我让他教过我，先学的糖醋鱼，结果炸鱼的时候油把手烫了，他就不想让我下厨了。"

"啊？手烫了？那得多严重啊，能不想让你再下厨？！"

没那么严重，她摇了摇头："就是……"

众人心领神会：

"哦，那烫起了水疱？！"

"烫起水疱也是算比较危险的了，能理解……"

"不是，"简桃说，"就是烫红了，水冲一下就好了。"

大家："……"

周日，简虫虫小朋友的一项作业是亲近自然，至少了解一种昆虫并拍照。

虫虫小朋友积极响应号召，去看了一整晚萤火虫，结果只顾着玩了，忘了拍照。

简桃正好想出去透透气，便说自己帮她拍点儿照片，没一会儿，谢行川也起身，说跟简桃一起。

二人绕过几道山坡，才到了池塘边。

简桃还频频回头,确认有没有人跟着。

谢行川好笑地问道:"你看什么呢?"

"我看柯青来了没有,"她说,"万一拍着呢?总得有点儿私人时间吧。"

他意味不明地垂眼看着她:"你要私人时间干什么?"

"休息啊。"她说。

池塘边有个小木屋,大概是建来休息用的,简桃先在里头坐了会儿,打算休息休息再出去捉萤火虫。

她和谢行川坐在两边的椅子上。天色漆黑,简桃坐了会儿,把腿抬起来搁在他的腿上。

迎着他的目光,她坦荡地说道:"我怕被蚊子咬,放上来点儿。"

谢行川把她抱到了身上:"那你干脆整个人都上来,我替你被蚊子咬。"

她嗤了一声,抬眼:"你有这么好心?"

谢行川笑了一声,轻捏着她的下巴,很自然地低头亲她。

她耳郭发热,眼帘微垂,也没克制,接吻时的声响在静谧的夜里发酵。

简桃就这么有一阵没一阵地配合着他,半晌后,听到他低低地说了句什么,她"嗯?"了一声:"干吗?"

"憋死了。"

"出来露个营就憋死了?"

"我是来露营的?"谢行川笑了一声,语气淡淡地说道,"你不说,我还以为我是来出家的。"

简桃:"一个星期你就出家了?那我们结婚之前,你在圈里也两三年了,每天要见那么多女演员……"

她话没说完,冷不丁地被他打断了。

谢行川笑了一声:"这就吃醋了?"

"我才没。"

谢行川轻咬着她耳下的细嫩软肉，呼吸变得急促了几分，过了会儿才说："是有挺多人示好的——"他的声音逐渐变了味，"但我都不感兴趣。"

简桃扭着身体，去看窗外终于出现的大片萤火虫："你看外……"

谢行川"啧"了一声以示不满，低声抱怨："专心点儿，行不行？"

等二人回到阁楼时，小孩们已经全睡了。

谢行川怀里抱着同样睡着的简桃，外套搭在她的身上，只露出了她的鼻尖和眼睛。

一旁的人惊讶道："拍个照片怎么累成这样？"

"嗯，"谢行川看了一眼挂钟，时间直逼凌晨两点，低声应道，"难拍。"

第二天一早，柯青起得早没事干，挨个儿拍摄小家庭的清晨生活，然而拍到"不行就桃"时，只有简虫虫小朋友一个人坐在椅子上，美滋滋地吃着面包喝着牛奶，拆之前严格被定量的零食。

柯青低声问她："你爸爸妈妈呢？"

简小朋友："还在睡呢。"

"还在睡？"柯青奇怪，"你爸不是刚转了代言微博代言吗？"

她暗示半天，简小朋友举起微型摄像机，小声说："我去看看。"

待到正门被小朋友轻轻推开，谢行川正侧躺着，单手刷着手机。见女儿进来，他比了个嗫声的手势，用眼神示意她有什么喜欢吃的自己拆。而在他的肩上环着的，赫然正是简桃那双浸了晨光的藕色手臂。

观众流泪："人间一大恩赐：小猫枕手，麻了也不舍得走。谢行川多加一条：老婆搂。"

两周后，露营圆满结束。

回去的途中，车在路边停下，因为简桃想吃关东煮，谢行川就下车去帮她买。

炙热的日光打在风挡玻璃上，泛起一道道的光圈。

简桃看小朋友低头打字，不由得问道："跟谁聊天呢？"

"一起出来玩的阿航，"小朋友晃着腿一板一眼地说道，"妈妈，我还挺爱阿航的，所以邀请他做我的好朋友，让他多来我家玩。"

"爱？"简桃笑了一下，捏了捏她圆滚滚的脸，"你知道什么是爱吗？"

"不知道。"小朋友敏而好学，"我是看你和爸爸那部电影的剧本里这样写的。"

"这样啊……"简桃低语，"那你这个应该叫喜欢，朋友之间的喜欢。"

"是吗，那怎样的才叫爱呢？"

"除去我们对你的这种，属于恋人之间的爱……"简桃仍是笑着，"你遇到就知道了。"

小朋友绷着表情想了好一会儿，这才问："那……妈妈，我会爱上别人，也会被人爱吗？"

简桃正要回答，瞥见谢行川从便利店内走出。

他明明已红到家喻户晓，这一刻居然也会为她戴上帽子、口罩，冒着被人认出的风险，颇费心力地下车一趟，一去一回十来分钟，只为了给她买份吃食而已。

她想起前阵子收拾杂物时，意外发现他的资料，那会儿才知道，假如那一年她没有阴错阳差地入圈，而是留在了舞团工作，谢行川的影视工作室就会建在她的对面。

她一直以为他们相逢或再见是偶然，在那一刻才知道，是必然。

无论她做什么、如何选择，无论他处于怎样的环境，他都会以自己的方式，坚定而心无旁骛地走向她。

简桃恍惚了一会儿，再回过神来时，小朋友已经靠在椅背上睡着了。

寂静的车内，她想起了什么，轻声回答："会的。"

她声音很低,似是在回忆里说给自己听。

会有的。
你会被爱的。
会有这么一个人,将你凋敝的花园重新装点,移植进新鲜的土壤,盛开大片的玫瑰。
他会走向你,走过晴天、阴天、落着大雨的夜、飘雪的冬。
他会看过你无数遍,爱意在无人知晓中无限滋长。
他爱你,纯粹、坦荡、炽烈,大于一切。
他会纠正你所有关于爱的不美好幻想,成为你所有选择的标准答案。

因为我也是遇见他之后才知道——
原来从前遇到的那些,都不叫爱。

平行校园篇
我们会在任何时候相爱

01

十一月底,宁城一夜入冬,狂风夹杂着雨点,猖獗了十多天,才慢慢收敛。

好不容易熬到出了太阳,宁城大学门口的肯德基里,简桃趴在靠窗的桌上,纠结地摆弄着桌上的吸管,晃一圈指向她,再晃一圈,指向旁边的谢行川。

巨大的落地窗外投落窄窄一束光圈,在桌面上画了道清晰的分界线,仿佛隔开了他们二人与空荡荡的对面位置。

她颇为发愁地撑着脑袋:"你说还是我说?"

谢行川倒没她这么多愁绪,懒懒地靠在椅背上,长腿在桌下随意伸展开,少年意气风发的眉眼浸在昏黄灯光下。他垂着眼,时松时紧地捏着她的手背:"都行。"

"那你说。"

"行。"

二人话音刚落,钟怡和江蒙推门走了进来。和钟怡对上视线的那一瞬,简桃慌忙把二人牵着的手挪到桌下,突然改变主意,悬崖勒马道:"不行,不行,还是我说。"

节奏还得她掌控,不然她怕谢行川语出惊人。

简桃轻咳了一声,正想看他们说点儿什么,自己再找话题切入,下一秒，钟怡已经放下课本先开口："你们俩怎么突然跑肯德基来了？一会儿有老郑的英语课啊，迟到小心挂科。"

"有事要……"简桃抬头，结果看到些什么，指了指，"你这手怎么了？"

"哦，我今天可太惨了，必须跟你说道说道，"钟怡一肚子话等着要说，都还没得及点餐，就掰着手指数了起来，"先是上节的选修课忘带作业被扣了平时分，回寝室头撞墙，还莫名其妙地掉了两百块钱！我寻思那就去干点儿别的事吧，李顾，就我最近在追的那男的，直接当面拒绝我，我赶回教室的时候手还被扫把划了，你就说惨不惨吧？！"

简桃正要开口，江蒙绷不住了："不是，谁约人家出去说去疯狂星期四啊？！谁愿意啊？！"

"疯狂星期四怎么了？早晚有一天他要来求着跟我疯狂星期四！"钟怡说道，"再说了，他的追求者不就我一个吗？他在那儿牛什么呢？你看人家谢行川，满校的女生追着他跑，他今天还不是坐在简桃旁边。"

"男的，就不能让他太得意忘形，不是我想大二之前谈个恋爱，轮得到他吗？"

钟怡一拍大腿，看向简桃，倾诉道："你等我，下学期之前我必谈到一个，然后我们俩组个闺密局，四个人一起去私人影院。"

江蒙："你弹棉花都费劲，还谈恋爱，说不定人家简桃都谈得比你早。"

"怎么可能？简桃绝对不会背叛我的，"钟怡"哐当"一下站起身来，"她怎么舍得比我先谈恋爱？我上学期刚挂的科她高分考过，我现在每天还在兢兢业业地重修，她怎么舍得在我苦背单词的时候，自己每天潇潇洒洒，还找个男的在我面前谈恋爱刺激我？那我不得发疯？我还考个屁啊，是不是桃？"

简桃沉默。

"对了，"钟怡说，"你刚刚是要说什么？"

简桃心说：我背叛你了，我和谢行川谈恋爱了，就在今天上午，对不起。

　　简桃启了启唇，这些话在脑子里转了个圈，桌子底下的手还被谢行川捏着。他轻挠了一下她的掌心，意思是让她快点儿说。

　　刚才她纠结半天，就是在思考这件事要由谁说比较好。

　　简桃实在不忍，半响后将心一横，眼一闭迅速说道："是的。"

　　钟怡蒙了一下："是什么？"

　　简桃大脑充血，芒刺在背，肩上仿佛压着千斤的重量。

　　她火速在嘴巴反悔前开口道："我肯定不在你前面谈恋爱，放心吧。"

　　谢行川在这一瞬间蓦地转头看向她。

　　她这样劝说着自己，也这样劝说着钟怡，平稳后者的心态："我肯定单身到你考完，你状态稳定点儿，好好考试。"

　　她话音刚落的下一秒钟，手机开始持续振动，就在桌上这么振了五六分钟，振到钟怡都问她怎么了。简桃硬着头皮，把反扣的手机攥到手心里，低头说："没事，可能是垃圾短信吧。"

　　她一打开微信，谢行川发来数十条消息。

　　姓谢的狗："什么意思，我被休了？"

　　姓谢的狗："单身是吧？"

　　姓谢的狗："行。"

　　姓谢的狗："不回？"

　　姓谢的狗："始乱终弃？"

　　姓谢的狗："这是我的初恋。"

　　姓谢的狗："就谈十分钟？"

　　…………

　　"你别发疯，"简桃抿着唇微微侧头，轻声跟他附耳，"那不是她话都说到这儿了吗？我总不能现在刺她一刀吧，再等等，晚点儿和他们说……"

　　谢行川无言，抄着手凑近了些，颇为不爽地问道："背着他们怎么谈？偷情？"

"好了，好了，怎么又吵起来了？"钟怡习以为常地劝架："我去点餐，走吧桃，你跟我一起。"

·····02·····

火速吃完，四个人回学校上课，等到晚自修结束，也到了回寝时间。

她和钟怡虽然好运地考进同一所大学，但专业不同，只是有些课程有重复，寝室也不一样，但回女寝还是同路的。

等钟怡先走，简桃又从寝室里摸了出来，因为谢行川发来消息："就回去了？"

她在漆黑的楼梯间里打字，做贼似的，连声控灯都没亮。

"你先跟他一起走，然后回来找我，我在底下等你。"

外面的声音渐渐远了，过了会儿，谢行川大概是折返回来了，敲字问她："想去哪儿？"

捡个桃子："看烟花！看烟花！"

今晚钟怡就说附近有大楼开业的烟花秀，只可惜那是情侣专供，他们一群单身的人凑什么热闹……

就等谢行川来回的工夫，简桃也上了趟楼，站在镜子前时，又收到他的消息。

"楼下站三分钟了，你人呢？"

简桃抿了抿唇："马上下去。"

她拿好钥匙进了电梯，到一楼时电梯门打开。她察觉到自己居然有些紧张，禁不住轻轻吸气，推开单元楼大门——这股莫名其妙紧张到心脏高悬的感觉，在发现谢行川握着手机看向她的肩颈时到达顶峰。

他视线下挪，过了那么半秒，好像在笑。

他肯定发现了。

她不辞辛苦地上下楼，就是为了换套好看点儿的衣服。

番外

简桃这么想着,嗓子里好像进了尾鱼,小鱼摇曳着尾巴上下撒欢地畅游,搅得五脏六腑颇不安宁,让人想要开口,却说不出话。

她神经高度紧张,唯恐他说点儿什么损她两句,但幸好没有。谢行川收回视线,完成了一秒钟从狗到人的进化。

"挺好看。"他说。

这一句话有些突然,让她更不知道怎么回复。简桃"噢"了一声,压着下巴趿着拖鞋往前走去,入冬的夜有些寒,谢行川看她打扮得挺有呼应感,脚下却踩了双软绵绵的兔子拖鞋。

谢行川:"怎么衣服换了,不换拖鞋?"

她侧头,被风吹得起伏不定的发间露出双杏眼,轻眨着眼说道:"这个暖和。"

"我怀里更暖和。"

她蹙了蹙眉,莫名其妙地说道:"你说点儿正经的。"

"这哪里不正经,"他觉得好笑似的凑近问她,"抱一下就不正经了?那以后找你接吻你是不是还得去法院告我?"

简桃感觉话题往不受控的方向去了,不太理解道:"谁第一天就计划这种事情?"

少年光风霁月,坦坦荡荡:"我。"

她正想说还看不看烟花了,冷不丁地,身后传来熟悉的声音,简桃花0.1秒辨认出是钟怡的声音,然后花0.1秒决定——开始逃跑。

她二话不说,抓着谢行川就开始一起逃。

夜风灌入呢绒裙摆,"簌簌"冷风刮过面颊,亮着暖光的路灯一盏接一盏地闪过,树叶被吹出"哗啦"的声响。

一旦他们任何一个人被逮到,都会功亏一篑。

二人跑进窄巷,一分钟后,一个和钟怡的声音很像的女生从面前路过。

"就这么紧张?"谢行川笑她,"这都能认错,是不是做贼心虚?"

"是不是你心里清楚。"

谢行川正要继续说她，余光一垂，问道："你的鞋呢？"

她随着他的目光看去，数秒后诚恳地说道："跑掉了。"

现在她脚上只有一只拖鞋，而另一只不知所终，只剩白色袜子挂在脚踝上。

谢行川勾唇。

简桃勾了下足尖，没什么情绪地吩咐道："那你回去给我找找。"

他挑了挑眉，懒洋洋地拉长声音，不正经地应道："遵命，公主。"

他叫的是些什么乱七八糟的称呼？

简桃扯了扯耳垂，被他安置在一旁的椅子上等他。

数分钟后谢行川回来，简桃仰头："找到没？"

"没。"

"你这么快肯定找不到，这才几分钟——"

"怕你吹着冷，降温了，"谢行川俯身，将她的袖子往上提了提，"戴手套没？"

"干吗？"

"还能干什么？"少年定睛，声音里带着几分痞、几分坏，吊儿郎当地拖长尾音，"给你买鞋去，辛德瑞拉公主。"

路灯下飘浮着粉尘，简桃也不知道自己是怎么上他的背上去的。谢行川勒令她搂紧，她故意松，结果自己差点儿摔着，被他无语地笑了两声，这才老老实实地抱好他。

狂风里，那只没穿鞋的足尖晃来晃去，她觉得有些冷，看着脚踝，前后动了两下。

"冷？"谢行川打开自己的外套口袋，"伸进来。"

她停了会儿，脚放进去之后才看着鼓起来的那一小团问："你不是有洁癖吗？"

"现在说这些……"

路灯下，少年似乎停了停，片刻后，温情被鸣笛声轰然撞碎，她听到他意味不明地说——

"以后不也是要接吻的？没事，我习惯。"

·····○③·····

这晚的烟花秀没看成，二人在路上散了好一会儿步，谢行川又给她买了双拖鞋，非只给她一只，害她一边脚穿着兔子拖鞋，另一边穿着棕色小熊拖鞋，跟搞行为艺术似的。

人家灰姑娘掉了只鞋还被王子捡到了，她倒好，白被揶揄一顿，换回来的鞋都不一样。

第二天又是早八，学政治，她刚到教室就发现后排很多人已经倒下补觉了。钟怡给她占了座位，她很心虚，特意没坐谢行川旁边，换了个地方，结果没坐一会儿，前面频频回头的男生已经递来字条，问她有没有微信。

她刚写下"不好意思"几个大字，下一秒手机一亮，收到微信新消息，又是谢行川干的好事。

她莫名其妙地转头，这人正靠在椅背上，手机塞在桌肚里，懒洋洋地跟她打着字，而此刻，她的手机里出现的正是他义正词严的指控。

姓谢的狗："婚内出轨。"

她发了个问号。

"你再离谱点儿吧，干脆直接说我婚内"后面的字她还没想好，前面的男生回过身来，与此同时，她身后的谢行川伸直腿，抵了她的足跟一下。

她不甘示弱，低着头把他无处安放的长腿抵了回去。谁都知道谢行川有洁癖，最是宝贝脚上的白色球鞋，此刻被她抵了他也不恼似的，脚反而向前一钩，绊住她的足踝。

不知是不是她的错觉，他甚至好像……蹭了一下。

教室渐渐热闹起来，她怕被人发觉跟他在底下弄来弄去，前面的男生等了太久，见她低着头："我……"

钟怡也听到动静，随意地往下瞟了一眼："干吗呢？练breaking（地板舞）？"

这会儿简桃终于敛神，甫一抬头，就听见前面那男生开口道："附近新开了韩国料理，你一会儿去吗？"

她笑了笑，摇头说："不好意思啊，我不吃韩国料理。"

那男生被拒，也懂了她的意思，点了点头，把头转回去了。

钟怡小声问她："真的假的？你不是前几天才吃了吗？"

"这不是托词吗？"

"哦，拒绝脱单行动是吧，"钟怡顿悟，猛地拍了一下她的肩膀，"不错，真不愧是我的好姐妹，等我脱单必定给你找个好归宿！"

简桃朝右撑着脸颊，思索着这事到底该怎么办，正好看到方才被她拒绝过的那男生……还没来得及想完，椅腿被人踢了两下。

她真想将谢行川那两条动不动能穿越她的整个椅子的长腿绑起来。

一下、两下、三下……他像是在不满地警告，简桃不堪其扰，换了一侧撑脸。

这个角度她就看不到刚才那人了，下方的敲击声也停了。

简桃回头看向谢行川。

什么飞醋你都得吃是吗？

····04····

入夜，简桃和谢行川准时在体育室的窗边会合。

钟怡压力大，今晚还得回去背单词，于是一哭二闹三上吊，说之前送李顾的情书也被这王八犊子顺手扔进了篮球篓里，一想到过两天有人来学校拍宣传片，万一在镜头底下把东西朗读出来，这张脸她也就彻底别想要了。

简桃看她越哭越凄惨，刚好自己也没事，忙安慰说自己帮她把情书找回来。

但简桃不知道，学校体育室有下班时间，九点之后就关门了。

没办法，她只能翻窗。

谢行川作为她的助手，先替她翻进去看了看，这才接着她落在体育室的地面上。

简桃把手机的手电筒打开："篮球篓找到没？"

谢行川仰了仰下巴："里头。"

简桃怕惊到守夜的阿姨，让学校流传"这个年代居然还有人送情书"这样的传闻影响钟怡的心情，只好猫着腰一点点地挪过去。找到篮球篓之后简桃又费力地腾开东西，这才把钟怡的信找了出来，叠起来塞进口袋里。

就在这一瞬间，她福至心灵地抬头："其实也可以明早来拿的吧？"

谢行川一脸并不意外的表情，仿佛她说的这个提议自己早已想到。

简桃："你怎么没跟我说？"

这人扫视她一眼，一副欠揍的语气说道："我以为你是找借口跟我私会。"

简桃无语，将信装好猛地一起身，结果因为蹲太久血没上来，腿脚一软、眼前一晕，就栽到了体育室展开的折叠床上。

声响轰然，她拼命捂住嘴才让自己没有惊叫出声，一时间匍匐着身子，一点儿动静都不敢再出。

但这声音还是惊动了守夜的阿姨。

很快某处大门被推开的声响传来，简桃连忙关闭手电筒，抬头一看窗户的视角，将谢行川猛地往自己这边拉，以免被人看见。

脚步声越走越近，她一颗心也险些跳出胸腔，"咔嗒"一声——高亮的手电筒灯光从窗外射进来，正好落在谢行川方才站的位置上。

她屏住呼吸，不敢再发出一点儿声响，胸腔里的心脏却与之相反，"怦怦怦"地高速跳动，撞击着胸骨。

灯光在地面上不疾不徐地扫射，越发靠近他们的位置。

谢行川缩小范围，抵住墙沿，往前下压。

如此一来二人越发贴近，简桃面红心跳地探到他的鼻息，很浅，像是刚喝过的菠萝气泡水的味道。身下的折叠床"吱呀"响动，声音暧昧喑哑，而她仅靠垫在身前的手臂将二人隔开，随着他施力，手肘的压迫感越发明显，两个人呼吸交缠，似乎快要亲上。

"吱——呀——"

床响声越发厉害，听来实在像模拟前后撞动的声响，有一秒钟简桃已经绷不住想起身，心说被抓到就被抓到吧，大不了她替钟怡背锅。

但大概又听到声音，觉得是风吹，阿姨收了手电筒，打了个哈欠离开了。

危险撤退，但似乎并没全然撤走，她动了动手臂，想推开谢行川，让他先起来，然而转过脸的那一刻被他准确地捕捉到鼻息。眼睛逐渐能适应黑暗，她看到他直白而滚烫的眼神，热烈而不加掩饰，轻轻地从她的左边脸颊滑到右边。

他声音很低，像是气音，一缕一缕地拍打着她发烫的脸颊："接个吻？"

他这么问着，却一点儿不给她拒绝的机会似的，轻抬起她的下巴就要碾过来。简桃用0.1秒收拢思绪，用手肘推了他一下。

"不要，"她下意识地缩起脖子，"谁恋爱第一天就接吻的？"

他不说话，简桃以为他是让步了，一时间室内安静，只剩下他的手表走动的机械声响。简桃后知后觉地反应过来，猜他会不会是生气了。她正要开口，下一秒钟，他抬起手腕："过了二十四点，第二天了。"

两个人鼻尖相抵，她无奈："你真的……"

话没说完，她被他压住下唇。简桃微僵，脑子里天昏地暗各式念头纷繁闪过，连眼都忘了闭，视线所及是个硕大的篮球架，下唇处传来些微吸吮感，酥酥麻麻的电流感涌向全身。他俯身太久有些累，抬起一条腿抵在床沿上，床又"嘎吱"地晃出些响声，她被这声响刺得颅骨都快炸开，只得闭眼，触感却更加清晰，例如他的嘴唇的温度。

没一会儿察觉到湿软东西入侵，她还没反应过来，齿关被他的舌头撬开了。她"嗯嗯"了两声，却没想到实质性动作。直到自己的舌尖被他放肆地勾动，她难以置信，这才用了些力道。

谢行川在她身前，长睫有些湿润，半响后才微微睁开眼，似乎还有些意犹未尽或是没反应过来，对她的打断行为，轻蹙了一下眉心："嗯？"

简桃不理解，但大为震撼。

嗯？你"嗯"什么啊？？倒打一耙？？？

她别开脸，颈后肌肤和耳垂烧成一片："很沉浸是吧？别装无辜。"

他垂眼，视线之中，是即使暗夜也能察觉到的她升温变红的面颊。

反应过来什么，他笑了一下，这会儿倒是不无辜了，语气透着股讨打的劲："怎么，害羞了？"

她懒得跟他讲。

他笑了笑，咬了一下她的耳垂，用低哑的气音说："也没说不能伸舌头。"

嗯嗯嗯，是是是，你总有道理。简桃不想再听他说话，推了推他："赶紧走吧，再不走真要被抓了。"

她起身走了两步，却发现他还停在原地，一回头，少年正对着月光端详手表，镇定地换算："亲了十多分钟，第一次，那我挺厉害。"

······05·····

周五，钟怡过生日。

她本来说那天课太多不过的，但最终，六点下课后还是决定在危险的边缘大鹏展翅，忽然就说要过了。

蛋糕加急，预计两个小时后送到，钟怡说自己想去监督着做，没一会儿就拉着江蒙跟她打工去了。简桃则留下来，帮她布置一会儿要用的拍照场景。

台球室内暖气缭绕，帮钟怡布置好拍照角落后，简桃便坐在柜子上跟谢行川聊天，聊着聊着不知怎么就亲上了。他食髓知味，有第一次经历之后就容易缠着她接吻。室内没开窗，气压又闷又躁，谢行川把她抵在柜沿上，时轻时重地吮吻着，到底放纵，又不敢太张狂，青涩又克制地沿着她的颈项下挪，亲了亲脖子，没有更深一步地留下烙印，唇却如同另一种程度上的烙铁，一下接一下地烫在她脆弱的皮肤上。

绕过一圈回到她的耳垂上，他轻轻地咬了一下。简桃收紧手指，眼睛紧紧闭着，心脏也像是被人悬起，密不透风的空间里脸颊两侧都好像烧着，感觉到下唇又被他含住。

大门猝不及防地被人刷卡推开，江蒙抹着额头进来："服了，钟怡说她没带钱包，我——"

后面的话没说出来，他错愕地站在门口，见谢行川从她唇上撤开，如同入定般在原地站了几秒，半晌后丝滑地爆出一句优雅的国粹。

江蒙几乎瞳孔地震，脱口而出："这什么啊？你们在干吗啊？"

好事被扰，谢行川很不爽地回应道："接吻，看不出来？"

简桃："……"

江蒙："……"

五分钟后，江蒙开始在房间里踱步。

"什么时候的事？为什么没人告诉我？"

"怎么不请客？这么大的好消息也不分享？"

"你们不会早就背着我们在一起了吧？"

"说！今天是不是也是蓄谋已久？！"

"怎么不说话？回答我！"

"谁告白的啊？"

"我。"谢行川被他一个接一个的问题吵得头痛，仰了仰下巴下逐客令，"还不走？不是等你拿了钱包去付钱？"

江蒙暴跳如雷："付钱晚点儿没什么！你就等着我走然后继续过

二人世界是吧？！想都别想，我不是那么傻的人！"

"怎么不说话？被我捏到痛点了？在想什么？被我拆穿不知道说什么了？！"

谢行川："你的话太密没法开口。"

江蒙停了片刻，又说："钟怡知道吗？你等……"

"你别和钟怡说，"简桃抬不起头，但还是蒙在谢行川的衣服后头，艰难地探出了一点儿脑袋，"我不说就是怕她受刺激，想等她考过再说，免得她觉得只有自己一个人受苦。本来她最近压力就大，情绪不稳定。"

"哦，行，"江蒙觉得她说得有道理，半晌之后又难以置信地问道，"没了？"

简桃迷惑地偏头，意思是：还有什么？

江蒙："不是，你们怎么不担心我的心理状况啊？"

他声情并茂地比画着："我，我啊，一开门'哐当'两个人，然后你们这样那样，我受创伤，我被袭击，我也没有女朋友，我……"

桌面上的手机开始振动，简桃看了一眼，说道："钟怡催你赶紧过去了，你快点儿吧。"

谢行川遥遥地把钱包扔来："我请客，别磨蹭。"

"知道了，"江蒙说，"但是我觉得你们还是要关心一下我……"

简桃："别和钟怡说，我真怕她受不了。"

"不是，哎！"江蒙急得四处打军体拳，"什么意思啊？为什么你们不担心我的精神状态？！为什么？！"

谢行川："你这精神状态，担不担心都不正常。"

最后事情以江蒙怒目而视，然后带上大门收场。

····ᗢ06ᗢ····

混乱的数十分钟过去后，钟怡在今晚好歹也得到了一个不错的生日仪式。

回来时钟怡还带了买的果酒，结果没看清拿了个度数高的，最后喝成一摊烂泥。简桃没喝多少，但也有点儿晕了。

钟怡选的地方离学校太远，这会儿学校已经门禁了，他们只能住外面。

好消息是楼上就有家民宿，坏消息是只剩下了最后一间房。

简桃先洗澡，出来时钟怡和江蒙已经在沙发上睡熟了，一人一张沙发，画面还挺和谐。她想把钟怡叫醒去床上睡，然而未果。钟怡叫也叫不醒，她抱又抱不动。

此时门锁响动，谢行川出门帮她买衣物回来了。

"怎么样？"简桃问。

他动了动手上的袋子："都关门了，我回家拿了两件衣服。"

"你的？那我怎么穿啊？"简桃想了想，说，"不行我还是回家吧。"

这么说着，她拉开民宿大门，走廊正对窗，凌晨的狂风一阵阵地向内倒灌，顷刻之间把她吹清醒了。

简桃关上门，默默地又走了回去。

谢行川洞悉一切地看着她："不是要回去？"

"就在这儿睡吧，太冷、太累了，"简桃说，"而且我怕钟怡明天一早起来，说我不仗义，丢下她一个人在这儿睡。"

就这么折腾了一晚上，躺在床上时，简桃已经累得不想动弹了。

四肢仿佛烛台，躺下的那一刻熔化焊死在床单上，她一点儿力气都没有了。

谢行川在她旁边躺下，她都没第一时刻进行反抗。

过了几十秒后，她才转身："你不回去睡吗？"

"嗯，"他将手覆在眼皮上，讲话时喉结在夜里不甚明晰地滚动，"回去拿了趟衣服还要冒着雨夹雪再走一趟，你讲点儿良心。"

"我不是那个意思……"她转过身，"我以为你觉得回去睡舒服……"

结果话没说完，逼仄小床上二人面面相觑，她条件反射般后仰，结果差点儿摔下去。

"凑合一晚，"他想让她别折腾了，"以后给你睡大床。"

这话是她想的那个意思吗？简桃启唇，却不知该如何反驳，思考了一分多钟，已过了最佳答话的时间。

算了，他们也就凑合睡一晚上。

她说道："那你别过中线。"

他仰了仰下巴："那两个人还在外面睡着，我就算有闲心，你觉得我有那癖好？"

"那不好说，"简桃反驳，"你没有吗？"

他挺无奈地笑出声："看来你体会挺深，说说？"

真说才是着了他的道，简桃裹了裹被子，拒绝跳坑。

没一会儿，她在被子里又蠕动起来。

谢行川："怎么？"

"谢行川，我的脚好冷。"她小声说。

他伸手探去："我给你找个热水袋。"

"这儿有吗？"

"没有。"

她沉默片刻，问道："那你怎么找？"

"找我哪儿比较热。"

一阵响动声过后，他拍了拍大腿："放我腿上。"

"算了，"简桃说，"你这里好危险。"

又过了几分钟，她小心翼翼地抬腿："算了，危险就危险吧，我太冷了。"

谢行川握住她的脚踝，她的整个后脚掌都是冰冰凉凉的，他语气淡淡地问："你吃什么长大的？体寒成这样。"

"我前段时间才看到人说，这种体质的人在极寒天气会晚一点儿被冻死。"

他本还蹙着眉，闻言轻哂，倒是禁不住笑了一声："那我得夸你挺厉害的？"

她没答，像是隐隐在计划什么，半晌后脚掌上挪，隔着衣料放在他的小腹上："我还是觉得那里很危险，放这儿吧。"

少年说话时，胸腔的振动感隐隐扩散下来，传递到她的脚心上："你放这儿，更危险。"

"真的吗？"简桃作势就要撤回脚，"那我不……"

谢行川伸手按住她的脚："赶紧睡，今天冷一晚上你来'姨妈'又得痛。"

简桃斟酌着说："那你……如果……万一……"

这她说的什么？

安静半晌，他反应过来，好笑地勾了勾唇。

"哦，我起反应了通知你一声？"

她脸颊发烫，掩耳盗铃般拉高被子，却闻到一点点从他身上传来的沐浴露的味道。

第二天是周末，一早，江蒙就被家里人抓走回老家，没一会儿，外面又传来电话声，是钟怡的爸妈催她回家吃午餐。

外面的人磨蹭了一会儿，大门这才再度落锁，客厅恢复一片安静。

看样子两个人都走了。

简桃侧身，谢行川已经掀开被子起来，清晨薄薄的一层日光越过纱帘，照在少年平直流畅的肩背上，他后背开阔，像雾霭中静谧的山川。

她眨了眨眼，见他套上外套，似乎准备回头看她，便急忙闭上眼睛。

虽然等他走后，她也没想明白自己到底为什么要闭眼。

又躺了会儿，简桃准备起来，发现昨晚她的裤子被自己扔在了水池边，已经打湿了，手边唯一干净的，只剩下谢行川带来的裤子。

她想去跟谢行川说，无奈被窝外太冷，于是一边套起他宽大的裤子，一边推开门："你这裤子比衣服还大……"

下一秒，简桃和沙发上正张开大口打算生吞一只煎包的钟怡四目相对。

"啪"一声，钟怡嘴里的煎包失重坠地，砸在脚边。

07

很快，简桃被"扣押"，钟怡眯起眼看向混乱的内间，一张床一床被褥，两个枕头上都有人躺过的痕迹。

谢行川在门口处烧完水，一回来就看到简桃拎着裤子，伸手挑了下垂落的腰带："怎么不系？"

简桃小声说："你这太大了……"

"这还大？已经是最小的一条了。"谢行川端着杯牛奶，看她套着自己的衣服，衣摆堪堪遮住大腿根，眼神沉了沉，"谁教你这么穿衣服？扣子就这么敞着，肚子不凉？昨晚谁喊冷的？"

"我是想穿上裤子再……"

"干什么？干什么？情侣叙旧是吧？！"钟怡猛地拍了一下桌子，"这儿还有人呢，在我面前演偶像剧？！"

简桃乖顺地低头，谢行川越过她的头顶，看到钟怡时顿了顿，说道："你刚才不在。"

"我刚才在地上捡东西。"

"我不是故意要瞒你的，"简桃连忙说道，"在肯德基那天本来想说的，结果你一进来就说失恋什么的，我怕影响你的情绪，打算等你稳定点儿或者你考完试再讲的。"

简桃见她表情骤变，还以为她要冲自己发火，脚步战略性后移，结果钟怡猛地出声："那叫什么失恋？！那叫我悬崖勒马，回头是岸，及时结束了对他的施舍。男人，差不多就行了，我能追他两天不是给他脸了？"

事态急转直下，简桃的脑子里冒出若干问号。

钟怡："还有你啊……"

简桃连忙应声:"是是是。"

"我问什么你答什么,不能有一点儿遗漏,也不能骗我。"

简桃提着裤子:"行。"

站着太冷,她打了个喷嚏,一旁的谢行川把牛奶塞到她的手心里,俯身给她调裤子的系带。穿好裤子后,简桃看钟怡的脸越发逼近,直觉一场狂风骤雨般的严刑拷打即将袭来,心脏禁不住猛跳了几下。

钟怡握拳:"昨晚亲了吗?"

简桃:"啊?"

"你们到哪一步了?多久了啊?什么感觉?"钟怡问,"初吻在什么时候?哪儿啊?你们是不是瞒着我们?我不管,我要看!"

简桃忍耐半晌,终于开口:"你问点儿正常东西吧!"

····· 08 ·····

等这顿混乱的早餐吃完,她和钟怡走出民宿时,钟怡还在叽叽歪歪。

"早发现你们不对劲了,"钟怡一脸高深莫测的表情,"上上个月吃馄饨那天,你们俩的脚在桌子底下打架就开始了,是吧?!"

简桃想不起来是哪次了:"没那么早,就上周。"

钟怡重重地叹了一口气,在空气里哈出一口白雾。

"不愧是我,"她双手插兜,"一点儿爱情天赋都没有。"

简桃无言,又笑起来。

钟怡蓦地转头看向她,过了两秒,简桃说:"我还怕你接受不了这事呢。"

"也还好,你要突然告诉我,我是有点儿不能接受,但是看完你们俩挨个儿从房间里出来……"钟怡挤出一个一言难尽的微笑,"就觉得也没什么不能接受的呢。"

钟怡:"我那就是说着玩玩,你别太放在心上。"

想了想,钟怡又说道:"而且往好了想,以后我无聊了还可以让你们接吻给我看……哎,哎哎,简桃,你别走,别跑……哎!"

学校宣传片拍完,又是节日。

学校后门新修了院墙,学生出去得绕好大一圈,偏那边又是个卖苹果的水果店,半高的围墙怎么围得住十八九岁的少年?很快,有一茬接一茬的男生翻过未修葺的红色石墙,去给喜欢的女生买苹果。

简桃和钟怡买完水走出教学楼,江蒙四处张望:"谢行川呢?"

钟怡:"出去买苹果了?"

"不可能,这么冷的天,他又懒,"江蒙顺着往一边的红色围墙指去,"怎么可能翻这么高?"

他的手指往下一压,谢行川的身影出现在墙上。

简桃站在人群中,似乎有人发现了她,周遭叫喊声此起彼伏,但她似乎听不大真切,只听到他在偶尔寂静的时候开口叫她:"简桃。"

雪似乎在这一刻停了。

雪花飘飘摇摇地缀在他的衣领、指尖上,简桃仰头,看着他将手中的苹果抛进她的怀里,然后从高处跳下来。

少年的衣摆落下的弧度,形成了一条漂亮的抛物线。

"最后一个了。"他说。

江蒙在一旁阴阳怪气地起哄:"还差四个字吧?"

谢行川:"告白的时候说过了。"

二人往回走,地面上覆了一层薄薄的冰,她总觉得这场景在哪里见过,可能是某天的梦里,场景微妙地重合却又有细微差别……

她转头看着他。

他挑眉:"没什么想说的?"

简桃"噢"了一声,缓了半晌,抿了抿唇,说:"节日快乐。"

"还有呢?"

就……她说不出口。

简桃轻咳两声,那四个字早就浮现在脑海里,但兜兜转转就是钻不到舌尖上。她舔了舔唇，觉得他肯定知道，避重就轻地说："新年也快乐？"

他笑了一声："那等新年再跟我说。"

她点了点头，又侧过头看他。少年从这个角度看挺帅，她也不知怎么的，就问他："明年？"

穿过长廊，谢行川牵住她的手，身后传来此起彼伏的惊呼声，但他没管。

他目视前方，不急不缓地向后细数。

"明年、后年，每一年。"

我都需要你，在我身边。

番外

蜜桃咬一口

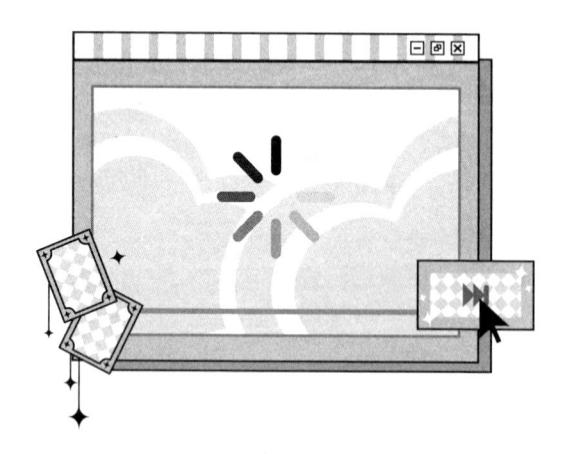

后记

后记　你天生就适合我的灵魂

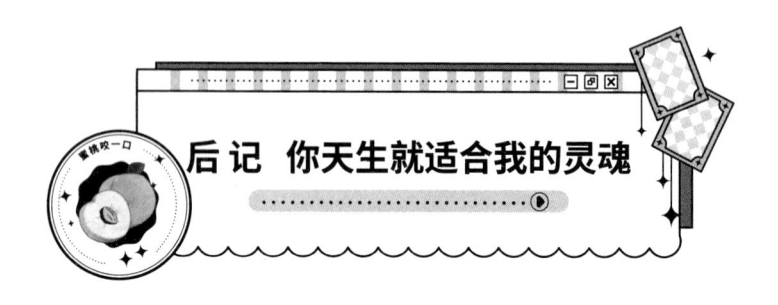

最后一个番外的符号落下来，在文档里敲下"后记"两个字，我才意识到，这个故事是真的结束了。

我是一个很擅长从情绪和故事里面走出来的人，但这本书写完之后过了半年，他们两个却好像还是经常在我面前闪过。打名字的时候我还会下意识地打出谢行川，然后恍惚几秒，再删掉。

我和朋友开玩笑说，这个故事对我的后劲是真的很足。

它是我写到目前为止最满意的故事：有过熬到凌晨写完一章，然后兴奋得睡不着，在昏暗的客厅里走来走去的时候；也有失眠的一整夜脑子里一个接一个地蹦出剧情的时候；也有不停流泪的时候。我是一个经常怀疑自己的人，但写这本书时从没怀疑过，一开始我就和朋友说，这个故事是我拿来取悦自己的。

我想完完整整地写一个从头到尾都按照我的喜好量身定制的故事，希望它给我提供很强的情绪支撑，修复一些陈年创口。

在这本书里，我找回了最初创作时那种纯粹的快乐。我什么也不担心，就只是沉浸在故事里，陪着他们走完这一段路。

很荣幸，它收获了非常多的读者的喜欢。

我想我和你们的审美还是一致的，我很开心。

这本书连载期间，我突然和朋友聊到了"宿命感"。那时候脑子

后记

里念头忽然一闪，我说："那要这么说的话，他们其实本来没有缘分，所有交集微弱得都是谢行川一分一分对抗命运，从命运里挖出来的。"

说完那句话，我忽然很动容。

那时候这个故事已经在我的文档里完结一个月了，但我始终深陷在里面，很久很久都没有走出来。

他太好了。

小桃也太好了。

我相信你们读完不会对这个故事失望。

我也记得我写完第一和第二个番外时，内心久久不能平静，想起杜拉斯在《情人》里说："我遇见你，我记得你，这座城市天生就适合恋爱，你天生就适合我的灵魂。"

他们天生适合相爱，在世界末日以前。

蜜桃咬一口

……全书完……